너의 췌장을 먹고 싶어

KIMI NO SUIZO O TABETAI
©Yoru Sumino 2015
All right reserved.
Original Japanese edition published in Japan in 2015 by Futabasha Publishers Ltd., Tokyo.
Republic of Korean version published by Somy Media, Inc.
Under license from Futabasha Publishers Ltd.
Korean translation rights © 2017 by Somy Media, Inc.

너의 췌장을 먹고 싶어

스미노 요루 지음
양윤옥 옮김

소미미디어
Somy Media

한국 독자분께

　안녕하세요, 처음 뵙겠습니다. 지금, 이 책을 펼쳐주셔서 고맙습니다. 저자 스미노 요루라고 합니다. 이번에 〈너의 췌장을 먹고 싶어〉가 번역되면서 한국 독자 여러분께 저의 졸작을 선보이게 되어 참으로 반갑습니다. 저 자신은 아직 한국에 가본 적이 없어서 오히려 저보다 제가 쓴 책이 먼저 한국에 간다는 게 신기하기도 합니다.

　이 서문을 소설을 읽기 전에 보실지 아니면 읽은 다음에 보실지 모르겠습니다만, 스토리에 앞서 우선 제목에서 어떤 상상을 하셨을까요. 일본에서는 이 책이 출간되고 일 년 반쯤이 지났지만 저는 새삼 이 제목이 불쾌하겠구나 하는 마음이 듭니다. 매우 어둡지요. 다만 이 스토리를 다 읽은 다음에는 제목에 대한 이미지가 여러분 마음속에서 크게 변화한다면 좋겠습니다. 그러기를 바라면서 쓴 소설이니까요.

이 이야기의 무대는 일본입니다. 한국은 언어도 문화도 습성도 문제의식도 일본과는 모두 다르겠지요. 하지만 서로 다른 사회에서 살아가는 여러분이 이 소설을 마음에 들어해주신다면 더욱 더 흐뭇할 것 같습니다. 이야기에 등장하는 주인공은 전혀 다른 분위기 속에서 자란 두 사람입니다. 그들이 서로 친해져가듯이 여러분이 이 소설과 함께해주신다면 저로서는 더할 수 없이 큰 기쁨입니다.

다시 한 번 이 책을 펼쳐주신 것에 감사드립니다.

부디 좋은 만남이 되시기를 빕니다.

스미노 요루

내 클래스메이트였던 야마우치 사쿠라의 장례식은 생전의 그녀와는 전혀 닮은 구석이 없는 꾸무럭한 날씨에 거행되었다.

 그녀의 생명이 가진 가치의 증거로서 수많은 사람들이 흘린 눈물에 감싸였을 장례식에도 빈소에도, 나는 참석하지 않았다. 나는 그냥 집에 있었다.

 다행히 나에게 참석을 강요할 유일한 클래스메이트는 이미 이 세상에 없고, 선생님이나 그쪽 부모님이 나를 불러낼 권리도 의무도 있을 리 없어서 나는 나 자신의 선택을 온전히 존중할 수 있었다.

 물론 제대로 하자면 아무도 불러내지 않더라도 고교생인 나는 마땅히 학교에는 나가야 했지만 그녀가 휴일 동안에 세상을 떠나 준 덕분에 궂은 날씨에 굳이 외출은 하지 않아도 되었다.

 맞벌이하는 부모님을 배웅하고 적당히 점심을 챙겨먹은 뒤, 나는 줄곧 내 방에 틀어박혔다. 그것이 클래스메이트를 잃은 섭섭함이나 허전함에서 온 행동인가 하면, 아니었다.

클래스메이트였던 그녀가 불러내지 않는 한, 원래부터 나는 휴일을 내 방에서 보내는 성격이다.

방 안에서 나는 대부분의 시간 동안 책을 읽었다. 인생의 지침서나 자기계발서 쪽은 좋아하지 않고 소설을 즐겨 읽는다. 침대에 누워 하얀 베개에 머리나 턱을 얹고 문고본을 읽는다. 하드커버는 무겁기 때문에 되도록 문고본이 바람직하다.

지금 읽는 책은 전에 그녀에게서 빌려온 것이다. 책을 별로 읽지 않는 그녀가 인생에서 유일하게 만난 최고의 책이다. 빌려온 뒤 내내 책장에 꽂아놓았고 그녀가 죽기 전까지는 꼭 읽고 돌려줄 생각이었는데 결국 때를 놓쳐버렸다.

때를 놓친 것은 이제 어쩔 수 없으니까 다 읽은 뒤에는 그녀의 집에 찾아가 돌려주기로 했다. 그녀의 영정(影幀)에 절하는 것은 그때 하면 된다.

침대에서 반쯤 남았던 그 책을 다 읽고 났을 때는 이미 저녁이었다. 커튼을 닫고 형광등 빛으로 시력을 얻었던 나는 시간의 경과를 휴대폰에 걸려온 한 통의 전화로 알았다.

전화는 별것 아니었다. 어머니한테서 온 것이다.

처음 두 번은 무시했지만 역시나 계속 안 받았다가는 저녁밥이 위태롭다 싶어서 휴대폰을 집어 귀에 댔다. 전화 내용은 쌀을 좀 씻어두라는 것이었다. 나는 어머니에게 알았다는 뜻을 전하고 전화를 끊었다.

휴대폰을 책상에 내려놓기 전에 문득 깨달았다. 그 기기를 손에 든 게 이틀만이었다. 의식적으로 피한 것은 아니었다고 생각한다. 어쩐지, 라고 하면 너무 의미심장한 말인지도 모르지만 아무튼 나는 이틀 동안 휴대폰을 집어드는 것을 까맣게 잊고 있었다.

개폐식의 내 휴대폰을 딸깍 펼쳐 메시지 수신함을 확인했다. 열어보지 않은 메시지는 한 통도 없었다. 당연하다면 당연한 일이었다. 이어서 송신 메시지를 확인했다. 거기에 통화 이외의 기능으로 최근 이용내역이 눈에 들어왔다.

클래스메이트였던 그녀에게 내가 보낸 메시지였다.

단 한 마디의 메시지.

이걸 그녀가 열어봤는지 어떤지는 알지 못한다.

한 차례 내 방을 떠나 주방으로 가려다가 나는 다시 한 번 침대에 엎드렸다. 그녀에게 보냈던 말을 마음속으로 다시금 곱씹었다.

나는 그녀가 그것을 열어봤는지 어떤지, 알지 못한다.

'너의 췌장을 먹고 싶어.'

열어봤다고 치고, 그녀는 그 말을 어떻게 받아들였을까.

생각하다가 잠이 들어버렸다.

결국 쌀은 어머니가 돌아와 씻어 앉혔다.

나는 꿈속에서 그녀를 만났…었는지도 모른다.

| 1 |

"**너의 췌장을 먹고 싶어.**"

학교 도서실 서고에서였다.

먼지가 부옇게 떠도는 공간에서 책장에 꽂힌 책들의 순번이 올바른지 아닌지 확인한다, 라는 도서위원으로서의 임무를 한창 충실히 수행하는 참에 야마우치 사쿠라가 나에게 이상한 고백을 했다.

무시해버릴까 생각했지만 이 공간에 존재하는 사람은 그녀와 나뿐이니까 역시 혼잣말이라고 하기에는 너무도 엽기적인 그 말은 나한테 던져진 것일 터였다.

별수 없이 등을 맞댄 책장을 살펴보고 있을 그녀에게 반응을 보여줬다.

"느닷없이 카니발리즘(Cannibalism)*에 눈을 떴어?"

---

* 같은 종끼리 서로 공격하거나 잡아먹는 행동

그녀는 크게 숨을 들이쉬다가 먼지 때문에 잠시 콜록거리고 나서 의기양양하게 설명에 들어갔다. 나는 그녀 쪽을 쳐다보지 않았다.

"어제 텔레비전에서 봤거든. 옛 사람들은 어딘가 안 좋은 곳이 있으면 다른 동물의 그 부분을 먹었대."

"근데 그게 뭐?"

"간이 안 좋으면 간을 먹고, 위가 안 좋으면 위를 먹고, 그러면 병이 낫는다고 믿었다는 거야. 그래서 나는 너의 췌장을 먹고 싶어."

"혹시 그 너라는 게 나?"

"너 말고 또 누구 있어?"

킥킥 웃는 그녀도 이쪽을 쳐다보지 않고 자기 일에 종사하는 모양이었다. 하드커버의 책을 제자리에 꽂아 넣는 소리가 들렸다.

"내 작은 장기(臟器)에게 너를 구해준다는 무거운 책무를 부과할 수는 없을 거 같은데?"

"하긴 너, 그러다 스트레스로 위까지 탈이 날 것 같긴 하다."

"그러니까 다른 데 가서 알아봐."

"다른 데 누구한테 알아보라고? 아무리 그래도 내 가족을 먹어버릴 마음은 안 드는데?"

그녀는 다시 킥킥킥 웃었다. 나는 어떤가 하면, 여전히 무표정한 얼굴로 착실히 일을 하고 있었으니까 부디 본받아주셨으면 했다.

"그래서 결국 *비밀*을 알고 있는 *클래스메이트*에게 의지하는 수밖에 없어."

"너의 그 췌장 조달계획 속에는 나 역시 췌장을 꼭 필요로 한다는 가능성은 없어?"

"어차피 췌장의 역할도 잘 모를 거 같은데?"

"알아, 나도."

알고 있다. 귀에 익숙지 않은 그 장기에 대해 나는 미리 검색해봤다. 물론 그녀와의 만남을 계기로.

건너편에서 그녀가 흐뭇한 듯 나를 돌아보는 것이 숨결과 발소리로 느껴졌다. 나는 책장 쪽을 향한 채, 흘끗 한순간만 그녀를 쳐다보았다. 그곳에는 땀에 젖은, 전혀 머지않아 죽을 사람 같지 않은 여학생의 웃는 얼굴이 있었다.

요즘 같은 온난화 세상에 이미 7월에 접어들었는데도 서고는 에어컨 바람이 제대로 와 닿지 않았다. 나도 땀이 줄줄 흘렀다.

"혹시 검색해봤어?"

그녀의 목소리가 너무도 통통 튀었기 때문에 나는 별수 없이 질문에 답해주었다.

"췌장은 소화와 에너지 생산의 조정 역할을 한다. 이를테면 당분을 에너지로 바꾸기 위해 인슐린을 만들어낸다. 만일 췌장이 없으면 인간은 에너지를 얻지 못해 죽는다. 그래서 너한테 내 췌장을 대접해드릴 수는 없겠다. 미안해."

단숨에 줄줄 말해버리고 내 일로 돌아갔더니 그녀는 우와하핫

소리내어 웃었다. 내 농담이 그렇게 잘 먹혔나 하고 좀 의기양양
해졌지만 아무래도 그게 아닌 것 같았다.

"뭐야, *비밀을 알고 있는 클래스메이트*도 나한테 관심 있잖아?"

"……그야 중병에 걸린 클래스메이트라면 관심이 없을 수
없지."

"그런 거 말고, 나라는 사람에게는?"

"……글쎄."

"글쎄라니, 뭐야, 그게?"

말을 하면서 그녀는 다시 우와하핫 웃었다. 분명 더위로 아드
레날린이 솟구쳐 머리가 이상해진 것이다. 나는 클래스메이트의
증세가 새삼 걱정스러웠다.

말없이 작업을 계속하는데 도서실 선생님이 우리를 데리러 왔다.

아무래도 도서실 폐관 시간이 지난 모양이었다. 우리는 확인이
끝난 곳까지 표시 삼아 책 한 권을 조금 앞으로 빼놓고, 잊어버린
것은 없는지 둘러본 다음에 서고를 나섰다. 후덥지근한 곳에서
나오자 도서실 안의 에어컨 찬바람이 땀에 젖은 살갗을 덮쳐 부
르르 몸이 떨렸다.

"시, 시원해!"

그녀는 좋아라하면서 빙글빙글 돌아 도서실 접수 카운터 너머
로 들어가더니 자신의 가방에서 손수건을 꺼내 얼굴을 닦았다.
나도 느릿느릿 그 뒤를 따라 카운터 안으로 들어가 땀에 젖은 내
몸을 처리했다.

"수고했어. 문은 닫았으니까 천천히 하고 나와라. 아, 거기 차하고 과자."

"와아, 고맙습니다!"

"고맙습니다."

선생님이 챙겨준 시원한 보리차를 한 모금 마시고 도서실 안을 둘러보았다. 분명 학생은 한 명도 없었다.

"이 만쥬, 진짜 맛있어!"

모든 긍정적인 것에 일일이 반응하는 그녀는 그새 카운터 의자에 질펀하게 앉아 쉬고 있었다. 나도 만쥬 하나를 집어들고 그녀와는 좀 떨어진 곳에 의자를 옮겨 자리를 잡았다.

"둘 다 미안해, 다음 주부터 기말고사인데."

"아뇨, 아뇨, 진짜 괜찮아요. 저희는 항상 고만고만한 성적이 나오는 팀이거든요. 그렇지, *비밀을 알고 있는 클래스메이트*?"

"뭐, 평소에 수업을 잘 들었다면 그렇지."

적당히 대꾸해주고 만쥬를 베어 물었다. 맛있다.

"둘 다 대학은 이미 정했니? 야마우치 사쿠라는 어때?"

"저는 아직 아무 생각이 없어요. 아직, 이라고 할까 이미, 라고 할까."

"거기, *점잖은 남학생은?*"

"저도 아직, 입니다."

"그러면 안 되지. *비밀을 알고 있는 클래스메이트*는 진지하게 진로를 고민해봐야 하잖아."

두 개째 만쥬에 손을 내밀며 그녀가 오지랖 넓은 소리를 했다. 무시해버리고 나는 보리차를 한 입 마셨다. 슈퍼에서 파는 보리차, 그 익숙한 맛이 맛있었다.

"둘 다 똑같이 장래에 대해 진지하게 고민해야 돼. 멍하고 있다가 눈 깜짝할 사이에 선생님하고 똑같은 나이가 되는 수가 있어."

"우와하핫, 그럴 리는 없어요!"

"……."

그녀와 선생님은 즐거운 듯 서로 웃어가며 얘기했지만 나는 웃지 않고 만쥬를 한 입 먹고 보리차를 마셨다.

그녀가 말한 대로, 그럴 리는 없었다.

그녀가 사십대의 선생님과 똑같은 나이까지 이 세상에 남아있을 일은 없다. 그건 이 자리에서는 나와 그녀만 알고 있는 사실이었고, 그래서 그녀는 내게 눈짓을 보내며 웃었다. 마치 외국 영화에 등장하는 배우가 조크를 던질 때 윙크하는 것처럼.

미리 말해두겠는데, 내가 웃지 않은 것은 그녀의 농담이 예의에 어긋난다고 생각했기 때문이 아니다. '어때, 내가 꽤 센스 있는 농담을 했지?'라는 듯한 그녀의 의기양양한 표정이 신경질 났기 때문이다.

내가 뚱하고 있었더니 그녀는 약이 오른 듯 쓰윽 노려보는 시선을 내게 던졌다. 나는 그걸 보고서야 겨우 시늉만으로 입 끝을 슬쩍 올렸다.

폐관 후의 도서실에서 삼십 분쯤 머물다가 우리는 집에 가기로 했다.

신발장에 나갔더니 저녁 여섯 시가 넘었는데도 여전히 쨍쨍한 햇볕 아래 열심히 뛰고 있는 운동부 팀원들의 구호 소리가 들려왔다.

"서고, 너무 더웠어."

"응."

"내일도 도서부 일 해야 돼? 하긴 하루만 더 나오면 방학이지만."

"응."

"……듣고 있어?"

"듣고 있어."

실내화를 운동화로 갈아 신고 신발장이 줄줄이 이어진 출입구를 나섰다. 교문은 출입구를 끼고 운동장과는 반대편에 있었기 때문에 야구부와 럭비부의 구호 소리가 조금씩 멀어져갔다. 그녀는 콕콕 신발 앞부리를 울리고, 일부러 빠른 걸음으로 다가와 내 옆에 나란히 섰다.

"남의 말을 귀담아들어야 한다는 거, 못 배웠어?"

"배웠어. 그래서 잘 듣고 있어."

"그럼 내가 방금 무슨 말을 했는데?"

"……만쥬 얘기?"

"거봐, 안 들었지! 거짓말하면 못써!"

마치 유치원 선생님처럼 그녀는 나를 꾸짖었다. 남자로서는 작은 내 키와 여자로서는 큰 그녀의 키는 거의 비슷했다. 약간 낮은 눈높이에서 꾸지람이 날아왔다는 것이 오히려 신선했다.

"아, 미안. 잠깐 딴생각을 좀 하느라."

"뭐? 딴생각?"

그녀는 찡그렸던 얼굴을 거짓말처럼 환하게 풀고 흥미진진한 기색으로 내 쪽을 들여다보았다. 나는 그녀와 슬쩍 거리를 두며 조심스럽게 고개를 끄덕였다.

"응, 계속 생각했어, 나로서는 진지하게."

"어머, 웬일이래?"

"너에 대한 생각."

나는 멈춰 서지 않았고 그녀 쪽을 쳐다보지도 않았다. 지극히 평범한 대화가 되도록, 극적인 분위기 같은 것은 형성되지 않도록, 각별히 주의했다. 너무 심각하게 받아들이면 귀찮아질 것 같았기 때문이다.

그런 나의 획책을 모조리 뛰어넘어 그녀는 예상대로 귀찮기 짝이 없는 리액션을 취했다.

"나에 대한 생각? 뭐야, 뭐야, 사랑 고백? 꺄아, 나 긴장돼!"

"……아니라니까. 야, 너, 진짜."

"응, 응, 말해봐."

"……얼마 남지 않은 목숨을 도서실 정리 같은 것에 써도 괜찮아?"

그야말로 아무렇지도 않은 척하며 던진 내 질문에 그녀는 고개를 갸우뚱했다.

"당연히 괜찮지."

"괜찮지 않은 거 같은데?"

"그래? 그럼 그밖에 뭘 해야 하는데?"

"그야 첫사랑을 만난다든가 외국에 나가 히치하이킹으로 마지막 죽을 자리를 정한다든가, 아무튼 하고 싶은 게 있을 거 아냐."

그녀는 이번에는 반대 방향으로 고개를 갸우뚱했다.

"글쎄? 무슨 말을 하려는지 모르는 건 아니지만, 이를테면 *비밀*을 알고 있는 클래스메이트도 죽기 전에 꼭 하고 싶은 일이 있어?"

"……없지는 않다, 라고 할까."

"근데 지금 그걸 안 하고 있잖아. 너나 나나 어쩌면 내일 죽을지도 모르는데 말이야. 그런 의미에서는 너나 나나 다를 거 없어, 틀림없이. 하루의 가치는 전부 똑같은 거라서 무엇을 했느냐의 차이 같은 걸로 나의 오늘의 가치는 바뀌지 않아. 나는 오늘, 즐거웠어."

"……그런가?"

분명 그럴지도 모른다. 그녀의 단언에 나는 어쩐지 약은 올랐지만 자칫 납득할 뻔했다.

가까운 장래에 그녀가 죽는 것처럼 나 역시 언젠가는 틀림없이 죽는다. 그건 언제 올지는 모르지만 확실한 미래다. 어쩌면 그녀가 죽기 전에 내가 죽는 일이 있을지도 모른다.

역시나 죽음을 자각하는 사람이 하는 말에는 나름대로 깊이가 있었다. 옆에서 나란히 걸어가는 그녀에 대한 평가가 내 마음속에서 약간 올라갔다.

물론 그녀가 내리는 나에 대한 평가 같은 건 아무려나 상관없었다. 그녀는 자신을 좋아하는 인간이 너무 많아서 나 따위에 신경 쓸 시간 따위는 없는 사람이다. 그 증거로, 교문 쪽에서 축구부 유니폼 차림으로 달려오던 남학생이 그녀가 걸어가는 모습을 발견하고 돌연 표정이 환하게 피어났다.

달려오는 그를 그녀도 알아봤는지 가볍게 팔을 쳐들었다.

"열심히 해!"

"응, 수고가 많다, 사쿠라."

마주 지나친 축구부 남학생은 상쾌한 웃음을 던지고 씩씩하게 달려갔다. 분명 그는 나와도 클래스메이트였지만 나한테는 눈길도 주지 않았다.

"저 녀석, *비밀을 알고 있는 클래스메이트*를 싸악 무시하네? 내일 만나서 따끔하게 혼내줘야겠어!"

"됐어. 아니, 관둬. 난 아무렇지도 않으니까."

정말 아무렇지도 않았다. 나와 그녀는 정확히 정반대쪽 부류의 인간이고, 그 결과 다른 클래스메이트의 취급이 나와 그녀 사이에 전혀 다르게 나온다고 해도 어쩔 수 없는 일이다.

"으이그, 네가 그러니까 친구가 안 생기는 거야."

"사실이긴 한데, 전혀 쓸데없는 오지랖이다."

"에휴, 얘가 이렇다니까."

말하는 사이에 우리는 교문에 도착했다. 우리 집과 그녀의 집은 학교를 끼고 반대편이었기 때문에 그녀와는 여기서 헤어져야

한다. 참으로 유감스럽지만.

"자, 그럼."

"조금 전 그 얘기 말인데……."

망설임 없이 등을 돌리려는 나를 그녀의 말이 멈춰 세웠다. 그녀는 뭔가 장난칠 게 생각난 듯 신이 난 표정이었다. 나는 결코 신이 난 얼굴은 하지 않았다고 생각한다.

"굳이 원하신다면, *비밀을 알고 있는 클래스메이트*에게 나의 얼마 남지 않은 인생을 도와줄 기회를 부여해줄까 하는데."

"그건 무슨 뜻이지?"

"이번 일요일에 시간 있어?"

"아, 미안. 예쁜 여자친구와 데이트 약속이 있어. 그냥 두면 걔가 금세 히스테릭해져서 힘들거든."

"거짓말이시죠?"

"거짓말이면?"

"그럼 일요일 오전 열한 시에 역 앞에서 만나자! 내 〈공병(共病)문고〉에도 꼭 기록해줄게!"

그렇게 딱 잘라 말하고 내 승낙 따위 애초에 필요도 없다는 식으로 그녀는 손을 흔들며 나의 귀로와는 반대쪽으로 걸어갔다.

그녀의 모습 너머로 여름 하늘은 아직 오렌지색과 핑크색, 연한 군청색이 한데 어우러진 빛깔로 우리를 비추고 있었다.

손은 마주 흔들어주지 않고 나도 이번에야말로 그녀에게 등을 돌리고 집으로 향했다.

이제 요란한 웃음소리는 들리지 않고, 하늘의 군청색이 차지한 비율은 조금씩 늘어가고, 나는 항상 다니던 길을 걸어갔다. 아마도 내가 바라보는 평소의 귀갓길과 그녀가 바라보는 평소의 귀갓길은 그 한 걸음 한 걸음을 느끼는 방식이 전혀 다를 것이다, 라고 생각했다.

나는 졸업할 때까지 틀림없이 이 길을 계속 걷게 될까.

그녀는 앞으로 몇 번이나 똑같은 길을 걸을 수 있을까.

하지만 그렇다, 그녀가 말한 대로 나 역시 앞으로 몇 번이나 이 길을 걸을 수 있을지는 알지 못한다. 그녀가 바라보는 길거리의 색깔과 내가 보는 길거리의 색깔은 원래대로라면 서로 달라서는 안 되는 것이다.

목덜미를 쓰다듬으며 내가 살아있는지를 확인했다. 심장의 박동에 맞춰 발을 내딛다 보니 덧없는 목숨을 억지로 흔들고 있는 듯한 느낌이 들어 속이 울렁거렸다.

저녁 바람이 불어 아직 살아있는 내 마음을 달래주었다.

아주 조금, 일요일에 나갈지 말지 긍정적으로 검토해보자는 생각이 들었다.

| 2 |

그건 지난 4월의 일이었다. 늦은 벚꽃이 아직 피어 있었다.

의학은 내가 알지 못하는 사이에 크게 발전했다. 그건 나도 자세한 내용은 전혀 알지 못하고 알아볼 마음도 없다.

단지 내가 말할 수 있는 것은, 적어도 의학은 생명이 오락가락하는 중병으로 인해 남아있는 목숨이 일 년 미만인 여학생이 주위의 어느 누구에게도 그 증세를 들키지 않은 채 일상생활을 할수 있을 만큼은 발전했다. 또한 그로써 인간은 인간답게 살아갈 시간을 연장할 수 있는 능력을 얻었다.

병이 그토록 깊은데도 계속 멀쩡히 돌아다니다니 마치 기계 같다는 생각도 들었지만, 그런 내 느낌 따위는 중병을 앓는 모든 사람들에게는 아무려나 상관없는 일이다.

그녀도 쓸데없는 생각에 방해를 받는 일 없이 의학의 혜택을 마음껏 누리고 있었다.

그래서 그녀가 그냥 단순한 클래스메이트일 뿐인 나에게 자신의 병을 들켜버린 것은 그녀의 불운, 그리고 방비를 철저히 하지 못한 것 외에는 아무 이유도 없다.

그날 나는 학교를 결석했다. 맹장수술, 그 자체가 아니라 수술 후 실밥을 뽑기 위해서였다. 몸 상태도 좋았고 병원에서의 시술도 금세 끝났다. 지각이라도 학교에 가려고 했지만, 대형병원인 탓에 기다리는 시간이 길었고, 기왕 이렇게 된 거 하루 쉬자는 비뚤어진 의지가 나를 병원 로비에 묶어두었다.

그저 사소한 관심이었다. 로비 한구석에 덜렁 자리 잡은 소파 위에 책 한 권이 놓여 있었다. 누가 잊어버리고 갔나, 라는 생각과 동시에 과연 어떤 책일까 라는, 책 좋아하는 자 특유의 기대감 같은 흥미가 머리를 쳐들어 나를 움직이게 했다.

환자들 사이를 누비며 그 소파로 다가가 앉았다. 얼핏 보기에 3백 페이지쯤 될 것 같은 문고본 크기의 책이었다. 병원 근처 서점의 커버가 씌워져 있었다.

커버를 벗기고 제목을 확인하려는 참에 흠칫 놀랐다. 서점 커버 밑으로 원래 문고본에 붙어 있어야 할 책 표지가 아니라 굵은 매직으로 〈공병(共病)문고〉라고 직접 써넣은 글씨가 있었다. 물론 그런 제목도 출판사도 들어본 적이 없다.

이건 대체 뭔가, 생각해봤자 답이 나오지 않아서 책장을 한 장 넘겨보았다.

첫 페이지에서 내 시야에 뛰어든 것은 눈에 익은 인쇄 글씨가 아니라 볼펜으로 정성껏 손수 써넣은, 즉 사람이 써내려간 문장이었다.

20ㅇㅇ년 11월 23일

공병문고라고 이름 붙인 이 노트에 오늘부터 매일매일 내 마음이나 행동을 적어나갈 생각이다. 우리 가족 이외의 어느 누구에게도 아직 말하지 않았지만, 나는 이제 몇 년 뒤에 죽는다. 그런 사실을 받아들이고 내 병과 함께 살아가기 위해 나는 글을 쓸 것이다. 우선 내가 앓고 있는 췌장의 병은 얼마 전까지는 판명되자마자 거의 대부분의 사람들이 곧바로 죽는 질병의 왕이었다. 하지만 요새는 증세도 거의 나타나지 않을 만큼 의학이 발달해서…….

"췌장의 병……? 죽는다……?"

내 입에서 저절로 일상에서는 발음할 리 없는 말들이 연달아 흘러나왔다.

아무래도 이건 질병으로 시한부를 선고받은 누군가의 투병일기, 아니, 공병(共病) 일기인 것 같았다. 아차, 이건 내가 봐서는 안 될 내용이구나.

그런 점을 이해하고 얼른 노트를 덮었을 때, 내 머리 위로 누군가의 목소리가 떨어졌다.

"저기요……."

그 말에 고개를 들었고, 내심 깜짝 놀랐지만 그것을 표정에는 드러내지 않았다. 깜짝 놀란 것은 그 말을 한 상대의 얼굴을 잘 알고 있었기 때문이고, 그리고 감정을 감춘 것은 그녀가 나에게 이 노트와는 관계없이 말을 걸었을지도 모른다고 생각했기 때문이다.

아니, 그보다 아마 매사에 쿨한 나도 내 클래스메이트가 시한부를 선고받은 운명을 짊어지고 있을 가능성 따위는 일단 부정하고 싶었던 것이리라.

클래스메이트가 말을 걸어온 것에만 관심을 갖는다, 라는 표정을 지으며 그녀의 말을 기다렸다. 하지만 내 허접한 기대감을 비웃듯이 그녀는 손을 쓱 내밀었다.

"그 노트 내 거야, *따분한 클래스메이트*. 근데 병원에는 웬일이야?"

당시 그녀와 같은 반이면서도 거의 한 번도 대화를 나눠본 적이 없었던 나는 그녀에 대해 '나와는 정반대로 명랑하고 발랄한 클래스메이트'라는 정보 말고는 가진 게 없었다. 그래서 그녀가 자신의 중병에 대한 것을 관계가 거의 없는 내게 들켜버린 이 상황에서 느긋하게 웃는 얼굴을 보일 수 있다는 것에 크게 당황했다.

그래도 나는 가능한 한 모르는 척하기로 결심했다. 나에게도 그리고 그녀에게도 최선의 선택이라고 생각했다.

"얼마 전에 맹장수술을 받았어. 그 사후 치료."

"아, 그렇구나. 나는 췌장 검사 받으러. 치료 안 받으면 당장 죽으니까."

이게 무슨 소리인가. 그녀는 순식간에 나의 배려와 염려를 산산조각 냈다. 미처 진의를 파악하지 못한 채 그녀의 표정을 관찰하고 있었더니 그녀는 웃음이 더욱 짙어지면서 내 옆에 깊숙이 자리를 잡고 앉았다.

"놀랐어? 그 〈공병문고〉, 봤지?"

아무렇지도 않게, 마치 소설책이라도 추천하듯이 그녀는 말했다. 그래서 역시 장난친 거구나, 거짓 미끼에 걸려든 게 어쩌다 얼굴 정도만 아는 나였구나, 라는 생각까지 들었다.

"사실은……."

저거 봐, 장난이라는 사실을 털어놓으려고 하잖아.

"내가 더 깜짝 놀랐어. 노트 잃어버린 줄 알고 허둥지둥 찾으러 왔더니 하필 *따분한 클래스메이트*가 들고 있지 뭐야."

"어떻게 된 거야, 이거?"

"어떻게 되긴? 내 〈공병문고〉야. 읽어봤으니까 알잖아, 췌장병을 선고받고 일기처럼 쓰고 있다는 거."

"농담이지?"

그녀는 병원 안인데도 거리낌 없이 우와하핫 하고 웃었다.

"내가 그렇게 악취미로 보여? 그런 건 블랙조크도 안 돼. 거기 쓴 거, 다 사실이야. 내 췌장이 망가져서 이제 얼마 뒤에 죽는다네요, 네."

"아, 그래?"

"헉, 겨우 그거뿐? 뭔가 좀 다른 말, 없어?"

그녀는 천만뜻밖이라는 듯 목소리가 거칠어졌다.

"클래스메이트에게서 이제 곧 죽는다는 말을 들으면 뭐라고 대답해야 하지?"

"……흠, 나라면 할 말을 잃을 것 같네."

"그렇지. 내가 침묵하지 않은 것만으로도 높이 평가해주기를 바란다."

그녀는 "하긴 그렇다"라고 말하면서 킥킥 웃었다. 그녀가 뭘 우스워하는지는 알 수 없었다.

그로부터 즉시 그녀는 노트를 받아들고 자리에서 일어나 내게 손을 흔들며 병원 안으로 사라졌다. "다른 애들에게는 비밀이니까 학교에서 얘기하지 말아줘"라는 말을 남겼기 때문에 나는 앞으로 그녀와 다시 교류할 일은 없을 거라고 어딘가에서 안도하고 있었다.

하지만 그녀는 다음날 아침, 복도에서 마주친 내게 말을 건네왔다. 더구나 각 반별로 지원자 수가 자유롭게 설정된 결과, 달랑 나 혼자서만 담당했던 도서위원회의 공석에 스스로 참여 의사를 밝히고 나섰다. 그녀가 그러는 이유는 알 수 없었지만, 원래 일이 흘러가는 대로 살아가는 성격인 나는 성실히 신입 도서위원에게 업무에 관한 사항을 알려주었다.

생각해보면 그 노트 한 권을 우연히 목격하는 바람에 일요일 오전 열한 시에 느닷없이 나는 역 앞에 서 있는 신세가 되었으니까 세상 참, 어떤 일이 갑작스럽게 사건의 원인으로 작동할지 모르는 것이다.

강한 힘을 거스르는 일 없이 풀잎 배처럼 그냥 둥둥 떠밀려가며 살기로 마음먹은 나는 결국 그녀의 청을 거절하지 못한 채, 정확히는 거절할 타이밍을 잡지 못한 채, 약속 장소에 나오고 말았다.

바람을 맞혀버리면 끝날 일인지도 모르지만, 섣불리 나에게 잘못을 전가할 만한 짓을 했다가 그녀에게 약점을 잡히면 그다음에는 또 무슨 요구를 할지 모를 일이었다. 나와는 달리 씩씩한 쇄빙선처럼 스스로 앞길을 개척해나가는 그녀에게 맞선다는 것은 풀잎 배의 삶으로서는 전혀 영리하다고 할 수 없는 짓이다.

약속 시간 5분 전에 미리 정해준 기념비 앞에 도착해 멍하니 기다리는데 그녀가 정확한 시각에 나타났다.

병원에서의 우연한 만남 이후 오랜만에 보게 된 그녀의 사복 차림은 티셔츠에 면바지의 심플한 것이었다.

웃는 얼굴로 다가오는 그녀에게 슬쩍 팔을 쳐들어 응했다.

"안녕? 바람 맞으면 어쩌나 했어."

"가능성이 없었다고 하면 거짓말일걸?"

"결과는 '올라잇'인데?"

"단어 사용법이 맞는지, 약간 미묘한 느낌이 든다. 그래서 오늘은 뭘 할 거지?"

"엇, 관심이 있는 모양이네?"

강한 햇볕 속에서 그녀는 변함없이 모든 게 거짓말인 것처럼 웃는 얼굴을 보였다. 참고로, 나는 별로 관심이 있는 것은 아니었다.

"우선 시내로 나가자."

"사람들 많은 곳은 별로인데."

"*비밀을 알고 있는 클래스메이트*, 지하철 탈 돈 있어? 내가 내 줄까?"

"아니, 나도 돈 있어."

결국 나는 간단히 의견을 꺾고 그녀의 제안대로 일단 시내로 이동하기로 했다. 우려했던 대로 다양한 가게들이 모인 거대한 역 앞 거리에는 낯가림 심한 나를 질색하게 만들기에 충분한 숫자의 인간들이 몰려 있었다.

옆에 선 그녀는 어떤가 하면, 인간의 숫자에 기가 질린 기색도 없이 건강함 그 자체였다. 얘가 진짜로 이제 곧 죽을 사람인가? 그런 의구심이 솟구쳤지만, 그전에 이미 이런저런 정식 서류를 보여줬기 때문에 의심할 여지는 없었다.

개표구를 나와 점점 더 불어나는 인파 속을 그녀는 망설임 없이 척척 걸어 나갔다. 나는 가까스로 뒤처지지 않게 따라붙어 지하로 들어갔고 사람들의 북적임이 약간 줄어든 참에 겨우 그녀에게서 오늘의 목적을 들을 수 있었다.

"우선은 숯불구이!"

"숯불구이? 아직 대낮인데?"

"낮과 밤 사이에 고기 맛이 달라지니?"

"유감스럽게도 시간별로 맛의 차이를 구분할 만큼 고기에 집착한 적이 없어."

"그러면 아무 문제없네. 나는 숯불구이가 먹고 싶어."

"나는 열 시쯤에 아침밥 먹었는데."

"괜찮아, 숯불구이 싫어할 사람은 없거든."

"너, 나하고 대화할 마음은 있어?"

없는 눈치였다.

저항도 헛되이, 문득 깨닫고 보니 나는 본격적인 숯불을 사이에 두고 그녀와 마주 앉아 있었다. 정말 풀잎 배 성향이 몸에 배어버린 꼴이다. 가게 안은 그다지 붐비지는 않았고 어슴푸레한 실내에 각 테이블을 비춰주는 개별 조명이 불필요하게 서로의 얼굴을 또렷이 드러나게 하고 있었다.

곧바로 젊은 점원이 테이블 옆에 무릎을 꿇고 주문을 받았다. 그 친절함에 내가 황송해하고 있는데 그녀는 수학의 증명을 예습해온 것처럼 술술술 점원에게 말했다.

"여기 이거, 제일 비싼 걸로 주세요."

"아, 잠깐. 나 그렇게 돈이 많지 않아."

"괜찮아, 내가 낼 거니까. 여기 이 제일 비싼 무한 리필 코스, 2인분 주세요. 음료는 우롱차, 괜찮지?"

내가 그 기세에 눌려 엉겁결에 고개를 끄덕이자 그녀의 마음이 바뀌기 전에, 라는 속셈인지 젊은 점원은 신속히 주문을 복창하고는 가버렸다.

"와아, 기대된다."

"……저기, 돈은 다음에 꼭 갚을게."

"괜찮다니까, 신경 쓰지 마. 내가 낼 거야. 얼마 전까지 아르바이트도 했고 저금해둔 게 많아서 다 써버려야 하거든."

죽기 전까지, 라는 말은 하지 않았지만 아마 그런 뜻일 터였다.

"그건 더 안 되지. 좀 더 의미 있는 일에 써야 해."

"이것도 의미가 있어. 나 혼자 숯불구이 먹어봤자 별로 재미없잖아? 나의 즐거움을 위해 돈을 쓰는 거야."

"그래도 이건 좀……."

"오래 기다리셨습니다. 먼저 음료수입니다."

내가 떨떠름해하고 있는데 절묘한 타이밍에 점원이 우롱차를 들고 나타났다. 마치 돈에 대한 대화를 중단하고 싶어 하던 그녀가 일부러 점원을 불러들인 것 같은 타이밍이었다. 그녀는 빙글빙글 웃고 있었다.

우롱차에 이어 고기 모듬세트가 나왔다. 곱게 줄을 맞춰 차려진 고기들은 솔직히 말해 진짜 등급이 높고 맛있어보였다. 이른바 눈꽃 마블링이라는 것일까. 지방의 무늬가 선명히 도드라져서 굽지 않아도 먹을 수 있을 것 같다는, 여러 사람들에게 혼이 날 것 같은 생각이 머릿속을 스쳤다.

숯불에 얹힌 석쇠는 이미 충분히 달궈졌는지 그녀가 신이 나서 고기를 한 점 얹자마자 상쾌한 치지직 소리와 함께 식욕을 돋우는 고기 향이 동시에 위를 자극했다. 한창 성장하는 고교생은 결국 식욕을 이기지 못하는 법, 나도 그녀와 함께 고기를 석쇠에 얹었다. 고온의 석쇠 위에서 최고 등급의 고기는 금세 익었다.

"잘 먹겠습니다, 우와암!"

"잘 먹겠습니다. 음, 꽤 맛있네."

"어라, 겨우 그 정도의 감동이야? 엄청 맛있는 거 아니고? 내가 머지않아 죽을 사람이라서 감상적으로 맞장구를 쳐주는 건가?"

아니다, 고기는 엄청 맛있었다. 단지 텐션에 차이가 있을 뿐이다.

"우왓, 진짜 맛있다. 부자들은 항상 이런 것만 먹을까?"

"부자들은 무한 리필 식당에는 안 올걸? 아마도."

"그런가? 이렇게 맛있는 고기를 무한 리필로 제공해주는데, 진짜 아깝다."

"부자는 뭐든 무한 리필이야."

그리 배가 고픈 것도 아니었는데 2인분의 고기 모듬세트는 눈 깜짝할 사이에 사라졌다. 그녀는 테이블 끝에 놓인 메뉴판을 집어들고 추가주문을 궁리하고 있었다.

"뭐든 괜찮지?"

"응, 알아서 해줘."

알아서 해줘, 라는 말처럼 나에게 딱 들어맞는 말도 없다.

그녀가 조용히 팔을 들자 어디선가 이쪽만 지켜보고 있었나 싶을 정도로 신속하게 점원이 즉각 달려왔다. 지나치게 헌신적인 그 모습에 흠칫하는 나를 아랑곳하지 않고 그녀는 메뉴판을 보며 유창하게 주문했다.

"막창, 새끼보, 대창, 벌집양, 양, 염통, 울대, 오드레기, 허파, 천엽, 스위트브레드……."

"아, 잠깐, 잠깐, 잠깐, 지금 뭘 주문하는 거야?"

점원의 업무를 방해하는 것이 조금 마음에 걸렸지만 그녀가 너무도 귀에 익숙치 않은 단어를 줄줄 늘어놓는 바람에 나는 급히 끼어들었다.

"새끼보*라니? CD야?"

"얘가 왜 이래? 아, 우선 방금 말한 거, 일인분씩 주세요."

그녀의 말을 듣고 점원은 웃는 얼굴로 냉큼 물러가버렸다.

"벌집 뭐뭐, 라고 하지 않았어? 벌레를 먹어?"

"너, 혹시 모르는 거? 새끼보, 벌집양, 모두 소의 내장 부위 이름이야. 내가 내장 고기를 엄청 좋아하거든."

"내장이라고? 소가 그렇게 우스꽝스러운 이름의 부위를 갖고 있어?"

"인간도 비슷하잖아? 팔꿈치 척골을 '퍼니 본'이라고 하던데."

"그것도 어딘지 모르겠는데?"

"참고로, 스위트브레드는 소의 흉선(胸線) 혹은 췌장이야."

"혹시 소의 내장을 먹는 것도 병 치료의 일환인가?"

---

* '새끼보'는 일본어로 '고부쿠로'. 2001년에 데뷔한 남성 포크 듀오의 이름이기도 하다. 멤버 '고부치' 와 '구로다'의 이름에서 각각 따온 것이라고 한다.

"아니, 내가 내장 고기를 좋아하는 것뿐이야. 좋아하는 음식이 뭐냐고 물으면 내장이라고 하거든. 내가 좋아하는 거, 내장!"

"그렇게 당당하게 말하면 나는 뭐라고 대답해야 하냐?"

"아, 밥 주문하는 거 깜빡했네. 너도 밥 필요해?"

"필요 없어."

잠시 뒤, 큼직한 접시 가득히 그녀가 주문한 내장 일습이 차려져 나왔다. 예상보다 훨씬 더 그로테스크한 모양새여서 나는 대부분의 식욕을 잃었다.

그녀는 점원에게 밥을 주문하고 희희낙락 내장을 석쇠에 늘어놓기 시작했다. 어쩔 수 없이 나도 거들었다.

"이거, 잘 구워졌어."

매우 괴기한 모양의 내장에 영 손이 나가지 않는 나를 보다 못해 그녀가 오지랖도 넓게 우둘투둘 구멍이 뚫린 허연 것을 내 앞 접시에 놓아주었다. 먹을 것을 함부로 하지 않는다는 주의를 갖고 있는 터라서 머뭇머뭇 입에 넣었다.

"어때, 맛있지?"

솔직히 식감도 좋고 향도 좋아서 예상보다 훨씬 맛있었지만, 뭔가 감쪽같이 당한 것 같아 내심 분통이 터졌기 때문에 그냥 고개를 갸우뚱하는 정도의 반응만 보여주었다. 그녀는 평소처럼 이유를 알 수 없는 웃음을 짓고 있었다.

바라보니 그녀의 우롱차 잔이 비어서 점원을 불러 우롱차 한 잔, 그리고 보통 고기를 조금만 주문했다.

나는 주로 고기를, 그녀는 주로 내장을 묵묵히 먹었다. 간간이 내가 내장을 집어먹으면 그녀는 짜증나게도 느물느물 웃는 얼굴로 넘어다보았다. 그럴 때는 그녀가 애지중지 굽던 내장을 냉큼 먹어주면 "에이잉!"하고 약이 오른 눈치를 보여서 체증이 쑥 내려갔다.

"나는 화장(火葬)은 싫어."

나름대로 즐겁게 숯불고기를 먹고 있는데 그녀가 명백히 자리에 어울리지 않는 화제를 꺼냈다.

"뭐라고?"

잘못 들었을 가능성도 있어서 일단 확인했더니 그녀는 재미있다는 얼굴로 되풀이했다.

"화장은 싫다니까. 죽은 뒤에 불에 구워지는 건 좀 그렇잖아?"

"그게 고기 구우면서 할 얘기야?"

"이 세상에서 진짜로 없어져버리는 것 같아. 다들 먹어준다거나 하는 건 좀 어렵겠지?"

"고기 먹으면서 사체 처리 얘기는 하지 말자."

"췌장은 네가 먹어도 좋아."

"내 얘기 듣고 있어?"

"누군가 나를 먹어주면 영혼이 그 사람 안에서 계속 산다는 신앙도 외국에는 있다던데."

아무래도 라고 할까, 아니나 다를까 라고 할까, 내 말은 전혀 듣지 않는 눈치였다. 혹은 다 듣고 있으면서 무시하는 건가. 후자인 것 같다.

"안 될까?"

"……안 될걸, 윤리적으로. 법률적으로는 어떤지 검색해봐야 알겠지만."

"그래? 유감이다. 너한테 췌장은 못 주겠네."

"나는 전혀 필요 없는데."

"먹고 싶지 않아?"

"너는 췌장 때문에 죽는 거잖아. 분명 네 영혼의 조각이 가장 많이 남았겠지. 근데 네 영혼은 몹시 시끄러울 거 같아."

"맞아, 맞아."

우와하핫 하고 그녀는 재미있다는 듯 웃었다. 역시 살아있을 때도 이렇게 소란스러우니 죽어서 영혼 전문가가 된 그녀의 췌장이 소란스럽지 않을 리 없다. 그런 걸 먹다니, 정중히 사양하고 싶다.

비교해보니 그녀는 나보다 더 많은 양을 먹었다. 고기도 밥도 내장도 "아휴, 배불러 죽겠다"라는 말이 나올 때까지 그야말로 배터지기 직전까지 먹었다. 나는 적당히 배가 불러 만족스러운 지점에서 멈췄다. 애초에 내가 먹을 수 있는 분량만 주문했기 때문에 당연히 그녀처럼 사이드메뉴로 테이블을 가득 채우는 어리석음은 범하지 않았다.

식사 후 대량의 빈 접시와 할 일이 끝난 숯불을 점원이 가져가고 마지막으로 디저트 셔벗이 나왔다. "속이 울렁거릴 지경"과

"배불러 죽겠다"를 연발하던 그녀도 이 얼음과자의 출현에 재차 살아나 상큼한 생기를 입속에 불어넣고는 거짓말처럼 다시 떠들어대기 시작했다.

"음식에 제한 같은 건 없어?"

"기본적으로는 없어. 근데 그것도 최근 십여 년 동안에 의학이 발전한 덕분이래. 인간의 능력이란 정말 대단하지? 병에 걸리긴 했지만 평소 살아가는 데는 전혀 아무런 위협 요소도 없어. 그런 의학 발전을 병이 완치되는 방향으로 사용했으면 좋았을 텐데."

"정말 그렇다."

의학에 대해서는 잘 알지 못하지만 그녀의 의견에 어쩌다 동의해주는 것도 바람직할 것이다. 세상에는 큰 병을 낫게 하는 게 아니라 함께한다는 투병 방법도 있다는 얘기를 어디선가 들은 적이 있다. 하지만 발전시켜야 할 기술은 아무리 생각해봐도 낫게 하는 기술이지 질병과 친해지는 방법 따위가 아니다. 하긴 우리가 아무리 그런 말을 해봤자 의학이 한달음에 진보하는 것도 아니라는 건 잘 알고 있다. 진보시키고 싶다면 의대에 들어가 특별한 공부를 하는 수밖에 없다. 물론 그럴 시간은 그녀에게는 없다. 그리고 나에게는 그럴 의사가 없다.

"이제 어떻게 할 거야?"

"미래, 라는 뜻? 나한테는 남은 시간이 없어."

"그런 얘기가 아냐. 전부터 생각했는데, 그런 농담을 하면 내가 난감할 거라는 생각은 못해?"

그녀는 어리둥절한 표정을 보이더니 조심스럽게 킥킥 웃었다. 표정 변화가 극심한 인물이다. 도저히 나와 똑같은 생물이라고는 생각되지 않았다. 다른 생물이니 당연히 수명이 다른지도 모르겠지만.

"아니, 나도 너 말고 다른 사람 앞에서는 이런 얘기 안 해. 다들 슬퍼하잖아. 근데 넌 대단해. 머지않아 죽는다는 클래스메이트와 그야말로 자연스럽게 대화를 해주잖아. 나라면 아마 못했을 거야. 네가 그렇게 대단한 사람이라서 나는 하고 싶은 말을 막 하는 거야."

"너무 높이 평가해주셨네."

진짜로, 정말로.

"그렇지 않은 거 같은데? *비밀을 알고 있는 클래스메이트*는 내 앞에서 슬픈 표정은 안 하잖아. 혹시 집에 돌아가서는 나를 위해 울어준다거나?"

"안 울어."

"좀 울어주지."

울 리가 없다. 나는 그런 비합리적인 짓은 안 한다. 슬퍼하지도 않고, 더구나 그녀 앞에서 그런 감정을 내보일 일도 없다. 그녀가 남들 앞에서 슬픈 표정을 보이지 않는데 다른 누군가가 그걸 대행하는 것은 잘못이다.

"얘기를 되돌리겠는데, 이제 뭘 하지?"

"화제를 바꿔버리네? 그럼 울어줄 거지? 이제부터 나는 밧줄을 사러 갈 거야."

"안 울어, 인마. 근데 밧줄이라니?"

"엇, 너도 남자다운 말투를 쓸 줄 아네? '심쿵'을 노린 거야? 응, 밧줄, 자살용."

"누가 머지않아 죽을 여학생한테 '심쿵' 작전을 써먹겠냐. 아, 자살하려고?"

"자살도 괜찮지 않을까 싶긴 해. 병에 잡아먹히기 전에 내가 직접, 이라는 뜻에서. 하지만 현재로서는 자살할 생각은 없어. 밧줄은 장난 좀 치려고 구입하는 거. 아, 그보다 *비밀을 알고 있는 클래스메이트*, 너무하잖아! 내가 네 말에 상처입고 자살해버려도 난 모른다?"

"장난? 자살하느니 마느니, 얘기가 뒤죽박죽이잖아. 일단 얘기를 정리하자."

"그러네. 근데 너, 여자친구 있었던 적 있어?"

"뭘 어떤 식으로 정리했는지, 자세한 건 알고 싶지 않으니까 말하지 않아도 돼."

그녀가 뭔가 말하려고 했기 때문에 나는 선수를 쳐서 자리를 털고 일어섰다. 테이블 주위에서 계산서가 눈에 띄지 않아 점원을 불러 가져다달라고 말하자 계산대로 직접 가라고 했다. 그녀도 "가볼까?"라고 빙글거리면서 일어섰다.

아무래도 대화에 미련을 두지 않는 타입의 인간인 모양이다. 나한테 매우 유리한 그녀의 특징을 발견한 것이다. 다음부터는 이 방법으로 밀고 나가자고 생각했다.

숯불구이 식당을 나와 불룩해진 배를 안고 지상으로 나오자 여름의 쨍쨍한 햇볕이 우리를 내리쳤다. 나는 저절로 눈이 가늘어졌다. "날씨 참 좋다. 이런 날에 죽어버릴까?"라는, 도무지 어떤 식으로 반응해주기를 원하는지 알 수 없는 중얼거림이 들려와서 일단은 그녀에 대한 가장 유효한 수단으로써 싸악 무시해주는 방법을 밀어붙이기로 했다. 맹수와 눈을 맞춰서는 안 된다는 느낌으로.

그러고는 간단한 회의 끝에, 회의라고는 해도 다들 짐작하는 그대로 거의 그녀가 얘기한 것뿐이지만, 우리는 역과 직접 연결되는 대형 쇼핑몰로 향하기로 했다. 그곳에 유명한 홈센터가 있어서 그녀가 소망하는 자살용 밧줄인지 뭔지를 살 수 있는 모양이었다. 아니, 사실은 자살용 밧줄 따위는 존재하지도 않지만.

잠시 걸어서 도착한 쇼핑몰은 사람들로 북적거렸지만 홈센터의, 특히 밧줄 코너에는 아무도 없었다. 분명 이런 화창한 날씨에 밧줄을 구입할 사람이라면 업자거나 카우보이거나 죽어가는 여고생 정도일 것이다.

멀리서 까불어대는 어린애들의 목소리가 들려오는 가운데, 내가 좀 떨어진 곳에서 못의 크기를 비교하고 있으려니 그녀는 젊은 점원에게 말을 건넸다.

"죄송하지만 자살하기 위한 밧줄을 찾고 있는데요, 역시 외상을 입고 싶지는 않아요. 그럴 경우에는 어떤 타입의 밧줄이 가장 무난할까요?"

또렷이 들려오는 그녀의 약간 머리가 돈 듯한 질문. 뒤를 돌아보니 점원이 명확히 곤혹스러운 표정을 띠고 있어서 나는 아주 조금 웃음이 터져버렸다. 웃고 나서 그녀 나름의 농담이라는 것을 깨닫고 적잖이 분했다. 자살하기에 무난하다, 라는 그녀 나름의 농담. 점원도 나도 허를 찔려 깜빡 곤혹스러워했고 게다가 나는 웃기까지 했다. 가벼운 분풀이 삼아 크기가 다른 못을 하나씩 자리를 바꿔 용기에 다시 넣어둔 뒤에, 난처해하는 점원과 등짝으로 웃고 있는 것처럼 보이는 그녀에게로 다가갔다.

"미안합니다. 얘가 죽을 날이 머지않아서 머리가 좀 이상해졌어요."

내가 날려준 도움 멘트에 점원은 이해한 것인지 아니면 어이가 없는 것인지는 잘 모르겠으나 아무튼 우리를 남겨두고 자신의 업무로 돌아갔다.

"어렵사리 점원에게 상품을 소개해달라고 부탁했는데, 방해하지 마. 혹시 나하고 점원이 친하게 얘기하는 것에 질투가 났어?"

"그런 걸 친하다고 치면 아무도 오렌지를 튀김으로 해먹을 생각은 안 할 거야."

"무슨 소리?"

"의미 없이 한 말이니까 따지지 말아줄래?"

그녀를 화나게 하려고 한 말이었는데 한 박자 늦게 그녀는 우와하하핫 하고 평소보다 더 크게 웃었다.

왜 그런지 묘하게 기분이 좋아진 그녀는 잽싸게 밧줄 하나를 구입하고 그것을 넣어갈 귀여운 고양이 그림의 토트백도 샀다. 콧노래를 흥얼거리며 밧줄이 든 가방을 앞뒤로 흔들어대는 그녀와 함께 홈센터를 나섰다. 대체 얼마나 유쾌한 홈센터에서 나오는 길인가 하고 주위 사람들의 오해와 주목을 받고 있었다.

"*비밀을 알고 있는 클래스메이트, 이제부터 어떡하지?*"

"나는 너를 따라온 것뿐이라서 딱히 목적은 없는데."

"그래? 어딘가 꼭 들르고 싶은 곳은?"

"굳이 말하자면 서점인가."

"책 사려고?"

"아니, 별 볼일도 없이 서점에 가는 걸 좋아해."

"그거, 어쩐지 스웨덴 속담 같다."

"무슨 소리?"

"의미 없이 한 말이니까 따지지 말아줄래? 우후후."

역시 그녀는 기분이 엄청 좋은 모양이었다. 나는 신경질만 났다. 상반되는 표정을 지으며 우리는 같은 쇼핑몰 안의 대형서점에 가기로 했다. 도착하자마자 나는 그녀를 아랑곳하지 않고 문학 신간 코너로 향했다. 그녀는 뒤따라오지 않았다. 오랜만에 갖게 된 나 혼자만의 시간을 문고본을 들여다보며 만끽했다.

몇 권이나 문고본 표지를 살펴보고 첫 부분을 펼쳐 읽다 보니 나도 모르는 사이에 시간이 흘러갔다. 책을 좋아하는 사람이라면 얼마든지 이해 가능한 감각이지만, 모든 인간이 다 책을 좋아하는 것은 아니다. 그래서 나는 손목시계를 확인하고 아주 조금 죄책감을 느끼며 서점 안에서 그녀를 찾아보았다. 그녀는 선 채로 패션 잡지를 싱글벙글 웃으며 읽고 있었다. 선 채로 책을 읽는 중에까지 웃는다는 것은 참 대단하다. 나는 못한다.

옆으로 다가가자 그녀는 말을 건네기 전에 알아차리고 이쪽으로 시선을 돌렸다. 나는 순순히 사과했다.

"미안, 너를 깜빡 잊었어."

"헉, 너무하잖아! 하지만 뭐, 괜찮아, 나도 내내 책 읽었으니까. *비밀을 알고 있는 클래스메이트*는 패션 쪽에 관심 있어?"

"없어. 옷은 그냥 눈에 띄지 않는 평범한 것이면 되는 거 아냐?"

"내 그럴 줄 알았어. 나는 관심 있어. 대학생 되면 마음껏 멋부릴 거야, 라고 해봤자 이제 곧 죽겠지만. 인간이란 역시 겉모습보다 내면이 중요하지?"

"관용구 사용법이 완벽하게 잘못되었는데?"

나는 무심결에 주위를 둘러보았다. 그녀의 발언이 주목을 끌지도 모른다고 생각했기 때문이다. 하지만 한 여고생이 내뱉은 엉뚱한 인용에 아주 조금이라도 관심을 가진 인간은 주위에 없는 것 같았다.

서점에서는 둘 다 아무것도 사지 않았다. 실은 그다음에도 우리는 아무것도 사지 않았다. 서점을 나와서도 그녀의 변덕으로 눈에 띄는 액세서리 가게며 안경집에도 들어갔지만 상품은 일절 구매하지 않고 가게를 나왔다. 결국 그녀가 구입한 것은 밧줄과

토트백뿐이었다.

걷는 데도 지쳐 그녀의 제안으로 우리는 유명 체인 카페에 들어갔다. 카페 안은 사람들로 붐볐지만 운 좋게 자리가 있었다. 그녀가 기다리는 동안 내가 두 사람 몫을 주문하러 갔다. 그녀는 시원한 카페오레를 원했다. 계산대에서 내 아이스커피와 함께 카페오레를 쟁반에 담아 테이블로 돌아왔다. 그녀는 뭘 하면서 기다렸는지 궁금했는데 〈공병문고〉에 부지런히 뭔가 쓰고 있었다.

"아, 고마워. 얼마였어?"

"됐어, 숯불구이 식당에서 신세진 것도 있는데."

"그건 진짜로 내가 좋아서 낸 거니까 괜찮아. 하긴 뭐, 커피쯤은 얻어먹어볼까?"

흐뭇한 듯 그녀는 잔에 빨대를 꽂고 카페오레를 빨아들였다. 흐뭇한 듯, 이라고 일일이 표현하는 것도 그녀에게는 군더더기인지 모른다. 그녀의 모습에는 항상 뭔가 긍정적인 것이 넘실거렸다.

"우리, 남들 눈에는 커플로 보일까?"

"그렇게 보인다고 쳐도 사실이 그렇지 않으니까 상관없어."

"칫, 쿨하시네."

"그렇게 보려고 마음먹으면 성별이 다른 두 사람은 모두 다 커플로 보이겠지. 그리고 겉모습만으로는 너도 도저히 머지않아 죽을 사람처럼 보이지 않아. 중요한 것은 남들의 평가가 아니라 실제 내용이야. 너도 말했었지?"

"*비밀을 알고 있는 클래스메이트다운 말씀이네.*"

웃으면서 카페오레를 마시려고 하는 바람에 그녀의 잔에서는 빨대에서 공기가 도망치는 소리가 났다.

"그래서, *비밀을 알고 있는 클래스메이트*는 여자친구 있었어?"

"자아, 한참 쉬었으니 슬슬 나가볼까."

"아직 커피 한 모금도 안 마신 거 같은데요?"

아무래도 똑같은 수법은 안 통할 모양이다. 자리에서 일어나려다 그녀에게 팔을 붙잡혔다. 손톱까지 세우는 건 제발 하지 말아줬으면 싶었다. 혹시 숯불구이 식당에서 내가 화제를 뚝 잘라먹은 데 대한 앙갚음인가. 분노를 사기는 싫어서 얌전하게 다시 앉았다.

"어땠어, 여자친구는?"

"글쎄."

"아니, 그보다 나, 너에 대해 아무것도 모르는 것 같아."

"그럴지도. 나는 나에 대해 얘기하는 거, 별로 좋아하지 않아."

"왜?"

"아무도 관심이 없을 만한 일을 자의식 과잉처럼 줄줄 늘어놓고 싶지 않아."

"어떻게 아무도 관심이 없다고 미리 정해두는 건데?"

"내가 남에게 관심이 없기 때문이야. 기본적으로 인간은 누구나 자기 자신 이외에는 관심이 없어, 따지고 보면. 물론 예외는 있어. 너처럼 특수한 사정을 떠안은 사람에게는 나도 약간은 관심이 있지. 하지만 나 자신은 다른 누군가의 관심을 끌 만한 인간이 못 돼. 그래서 아무에게도 이득이 되지 않을 얘기를 늘어놓을 마음은 나지 않아."

테이블의 나이테를 보며 평소에 생각한 것들을 책상에 늘어놓는 듯한 느낌으로 그녀에게 말했다. 이런 지론도 평소에는 마음속 깊은 곳에서 먼지를 뒤집어쓴 채 잠들어 있었다. 물론 이야기할 상대가 없었기 때문이다.

"나는 관심 있는데?"

지론에 덮여있는 먼지를 털어내고 그것을 입수하게 된 경위나 추억을 살펴보던 참이었기 때문에 나는 그녀의 말을 언뜻 이해하지 못했다. 고개를 들고, 흠칫 놀랐다. 그녀의 풍부한 표정이 한 가지 감정을 드러내고 있었다. 타인과는 거리를 두던 나도 그녀가 적잖이 분노를 품었다는 것을 한눈에 알아보았다.

"왜 그래?"

"나는 너한테 관심이 있다고 말했어. 나는 관심 없는 사람에게 함께 놀러가자든가, 그런 말은 안 해. 사람을 바보 취급하지 말아줘."

그녀가 하는 말을 나는 사실 잘 알아듣지 못했다. 내게 관심을 가져주는 이유도, 화가 난 이유도. 더구나 그녀를 바보 취급하지도 않았다.

"바보인지도 모른다고 이따금 생각하긴 했지만 바보 취급을 하지는 않았어."

"너는 그런 마음인지 모르지만, 나는 기분이 상했어!"

"어, 그래? 미안하다."

의미는 알지 못했지만 아무튼 사과했다. 화가 난 사람에게 유일하고도 가장 큰 효과를 발휘하는 행동을 취하는 것을 나는 마다하지 않는다. 아니나 다를까 그녀도 다른 화난 사람들과 마찬가지로 볼이 부루퉁한 가운데서도 서서히 표정이 누그러들었다.

"네가 분명하게 대답해준다면 용서할게."

"……들어봤자 별 재미도 없어."

"그래도 말해봐, 관심 있으니까."

그녀는 어느 새 입 끝을 올리며 빙그레 웃고 있었다. 거스를 마음이 안 나니 어쩔 수 없다, 라고 회유되고 마는 나 자신을 한심하다고는 생각하지 않았다. 나는 풀잎 배니까.

"네 기대에 전혀 부응할 수 없을 것 같은데?"

"됐어, 됐어, 얼른 대답이나 해."

"초등학생 때쯤부터인가? 나한테는 친구라는 게 있었던 기억이 없어."

"……기, 기억상실?"

"역시 너, 바보인지도 모르겠다."

진심으로 의심한 다음에, 혹시 그녀 같은 나이에 불치병을 앓는 것이 기억상실증에 걸리는 것보다 확률이 낮다면 그녀의 발언에도 정당성이 있을지 모른다고 생각했다. 나는 앞서 했던 말을 철회하기로 하고, 알기 쉬운 표정으로 찡그리는 그녀에게 설명했다.

"친구가 없었다는 얘기야. 그러니까 네가 말하는 여자친구라는 것도 물론 있었던 적이 없어."

"여태까지 쭈욱 친구가 없었다고? 지금뿐만이 아니라?"

"남한테 관심을 갖지 않으니까 남한테서도 관심을 못 받는 모양이지. 딱히 누가 손해를 보는 것도 아니라서 나는 그걸로 좋았어."

"친구 갖고 싶지 않았어?"

"글쎄. 친구가 있으면 재미있을지도 모르지만 나는 현실세계보다 소설 속 세계가 더 재미있다고 믿으니까."

"아, 그래서 늘 책만 읽고 있었구나."

"그런 모양이다. 자아, 이걸로 나의 별 재미없는 얘기는 끝. 그냥 형식상 물어보겠는데 너야말로 남자친구는? 있다면 지금 당장 나 같은 사람 말고 그 남자친구랑 함께 지내는 게 좋아."

"있긴 했는데 바로 얼마 전에 헤어졌어."

그녀는 아무 우울할 것도 없다는 듯이 그렇게 말했다.

"네가 머지않아 죽을 거라서?"

"아냐. 남자친구에게 어떻게 그런 말을 해? 가장 친한 친구한테도 말을 못 했는데."

그러면서 나한테는 왜 솔직히 털어놓았는가. 하지만 별로 궁금하지도 않아서 굳이 묻지 않았다. 그야말로 자연스럽게.

"그 애……, 아, 너도 아는 애야, 우리 반이니까. 근데 이름을 알려줘도 너는 기억을 못할지도 모르겠다. 우와하핫. 그 애가 친구로서는 정말 좋았는데 막상 연인이 되고 보니까 영 아니더라고."

"그럴 수도 있나?"

우선 친구라는 게 없는 나로서는 이해하기 힘든 얘기였다.

"그럴 수가 있더라니까. 그래서 내가 먼저 헤어지자고 했어. 하느님이 처음부터 태그를 붙여주시면 좋을 텐데 말이야. 이 사람은 친구 전용, 이 사람은 연인이 되어도 좋다, 라는 식으로."

"그렇게 해주신다면 나는 아주 편리하겠다. 하지만 너는 오히려 인간관계가 복잡하기 때문에 더 재미있다는 식으로 얘기할 것 같은데?"

내 의견에 그녀는 우와하핫 하고 호쾌하게 웃었다.

"맞아, 진짜 그렇게 얘기할 것 같네. 자아, 그러면 방금 그 태그 붙이기라는 말은 취소. 너, 나를 꽤 잘 아는데?"

"……."

부정하려다가 관뒀다. 그럴지도 모른다, 라는 생각이 들었기 때문이다. 그 이유로서 마음에 짚이는 게 있었다. 나는 그녀를 알고 있다.

"아마 정반대이기 때문일 거야."

"정반대?"

"너와 나는 정반대되는 사람이라서 나라면 생각도 안 할 일을 너는 생각하겠구나, 했었어. 그리고 그런 걸 입에 올리면 정확히 맞았어."

"뭔가 좀 난해한 얘기를 한다? 소설의 영향인가?"

"그럴지도."

사실은 서로 관계를 맺을 필요도 예정도 없었을 완전히 정반대의 자리에 선 사람.

몇 달 전까지 나와 그녀의 접점은, 같은 반이라는 것과 내 귀에 뛰어드는 소란스러운 그녀의 웃음소리뿐이었다. 너무 시끄러워서 남에게 관심이라고는 없던 나도 그녀를 병원에서 봤을 때, 금세 이름이 떠올랐을 정도다. 그것도 분명 나와는 정반대되는 사람이기 때문에 머릿속 어딘가에 걸려 있었던 것이리라.

그녀는 카페오레를 마시면서 희희낙락 "음, 맛있어, 맛있어"라고 일일이 느낌을 표현한다. 나는 말없이 블랙 그대로의 커피를 마신다.

"응, 분명 정반대인지도 모르겠네. 너, 고기 구워먹을 때도 갈비나 로스만 먹었잖아. 그 숯불구이 집이라면 당연히 내장 고기를 먹으러 가는 건데."

"예상한 것보다는 맛있었지만 역시 나는 보통 고기가 더 맛있어. 생물의 내장을 즐겨 먹다니, 악마나 할 짓이지. 커피에 설탕이나 밀크를 유난히 많이 넣는 것도 악마의 짓이야. 커피는 그냥 그 자체로 이미 완성된 것인데."

"아무래도 너와는 음식의 방향성이 안 맞을 거 같아."

"음식뿐만이 아닐 텐데?"

카페에서는 그로부터 한 시간쯤 머물렀다. 그동안에 나눈 대화는 하나같이 아무려나 상관없는 내용들이었다. 삶이나 죽음이나 질병, 남아있는 생에 대한 얘기 같은 건 하지 않았다. 그러면 어떤 얘기를 했었는가 하면 주로 그녀가 반 친구들에 대해 말했다. 내가 반 친구들에게 관심을 가져주었으면 하는 것 같았지만, 그녀의 시도는 실패로 끝났다고 말할 수 있었다.

나는 클래스메이트의 시시해빠진 실수담이나 흔해빠진 연애 사정에 관심을 가질 만큼 따분한 이야기밖에 알지 못하는 인간이 아니다. 그런 내 감정을 그녀도 분명 눈치챘을 것이다. 나는 따분함을 감출 수 있는 인간도 아니었기 때문이다. 그래도 성심을 다해 이야기하는 그녀의 모습이 오히려 아주 조금 흥미로웠다. 나라면 호박에 침놓는 것처럼 싱거운 일에는 나서지도 않을 것이고 그물로 바람을 잡는 듯한 허랑한 일도 하지 않을 것이다.

슬슬 갈까, 라고 어느 쪽이랄 것도 없이 그런 분위기가 형성되었을 때 나는 내내 마음에 걸렸던 것을 그녀에게 물어보았다.

"그나저나 그 밧줄, 어떻게 할 거야? 자살은 안 한다고 했지? 장난이라고 했잖아."

"장난, 이긴 한데 나는 아마 그 결과를 못 볼 거야. 그래서 *비밀을 알고 있는 클래스메이트*가 내 대신 나중에 확인해줬으면 좋겠어. 실은 〈공병문고〉에 밧줄에 대한 얘기를 살짝 내비칠 거야. 그러면 밧줄을 발견한 사람은 내가 자살을 생각할 만큼 막판에 몰렸던 모양이다, 라고 오해하겠지? 뭐, 말하자면 그런 장난이야."

"악취미네."

"괜찮아, 괜찮아. 분명하게 사실은 거짓말이었습니다, 라는 설명도 붙여둘 거니까. 일단 뚝 떨어뜨렸다가 다시 띄워 올리는 거, 재미있잖아."

"그걸로 다행이었다는 식으로 일이 풀리진 않겠지만 그런 언급이 없는 것보다는 낫겠네."

나는 어이없는, 그리고 역시 나와는 방향성이 전혀 다른 그녀의 사고가 꽤 재미있다고 생각했다. 나라면 죽은 뒤에 주위 사람들이 어떤 반응을 보일 것인가에 대해 궁금해 하는 일은 없을 것이다.

카페에서 나와 역을 향해 인파 속을 비비적거리다가 겨우 지하철을 탔고, 선 채로 짧은 대화를 나눴다. 그러다 보니 어느 새 우리가 사는 동네로 돌아와 있었다.

둘 다 역까지 자전거를 타고 왔기 때문에 무료 주륜장에서 자전거를 회수해 학교 근처까지 달려가 각자 손을 흔들고 헤어졌다. 그녀는 "내일 또 보자"라고 말했다. 내일은 도서위원회 소집도 없어서 그녀와 얘기할 일은 없을 거라고 생각했지만 일단 "응"이라고 대답해두었다.

자전거를 타고 집으로 돌아가는 길은 역시 앞으로도 수없이 보게 될 평소의 그 길이었다. 어라, 하고 뭔가 신기한 마음이 들었다. 어제까지 마음의 표면에 떠올라있던 죽음이나 소실에 대한 피할 길 없는 공포감이 약간이나마 잠잠히 가라앉아 있었다. 아마도 오늘 만난 그녀의 인상이 너무도 죽음과는 거리가 멀어서 나에게서 죽음의 현실감을 빼앗아간 것이리라.

그날, 나는 그녀가 죽는다는 것을 아주 조금 믿을 수 없어졌다.

집에 돌아와 책을 읽고 어머니가 해준 저녁밥을 먹고 욕조에
몸을 담그고 주방에서 보리차를 마시고 아버지에게 "잘 다녀오셨
어요?"라고 인사하고 다시 책을 읽으려고 마음먹고 내 방으로 돌
아오자 휴대폰에 메시지가 들어와 있었다. 나는 기본적으로 휴대
폰 메시지 기능은 쓰지 않았기 때문에 메시지 착신 신호가 신기
하게 느껴졌다. 휴대폰을 열어보니 메시지는 그녀에게서 온 것이
었다. 그러고 보니 도서위원의 연락망 문제로 그녀와 휴대폰 번
호를 교환했던 것이 생각났다.

침대에 벌렁 누워 메시지함을 열어보았다. 이런 내용이었다.

「피곤했지? 처음 메시지 보냈는데, 들어갔나? 오늘 나와 함께
해줘서 고마워(브이). 엄청 재미있었어(웃는 얼굴)! 이다음에 또
내가 하자는 것에 함께해준다면 매우 기쁘겠다(웃는 얼굴). 죽을
때까지 사이좋게 지내자! 그럼 잘 자(웃는 얼굴)~. 내일 보자」

우선 머릿속에 떠오른 것은 숯불고기 식사비를 갚는다는 것을
까맣게 잊고 있었다는 것이었다. 내일은 억지로라도 잊지 않게
하려고 휴대폰 메모에 기록해뒀다.

간단히 답장을 쓰려다가 다시 한 번 그녀의 메시지를 읽어보
았다.

사이좋게, 라고?

일반적으로는 그녀 나름의 농담일 터인 '죽을 때까지'에 시선이
가겠지만, 나는 오히려 그 뒷부분이 마음에 걸렸다.

그런가, 우리가 사이좋게 지냈었나.

오늘 하루를 되돌아보며 분명 사이좋게 지냈었는지도 모른다고 생각했다.

문득 마음속에 떠오른 것을 그대로 메시지에 쓸까 하다가 관뒀다. 그것을 그녀에게 말하는 것은 아무래도 약이 오른다는 느낌이 들었기 때문이다.

나도 오늘 꽤 즐거웠다…….

마음 깊은 곳에 밀어 넣은 그 말을 메시지에서는 '내일 보자'라는 말로 바꿔서 보냈다.

침대에서 나는 문고본을 펼쳤다. 정반대의 그녀는 무엇을 하고 있을까.

| 3 |

어제 한밤중, 내가 한창 잠이 든 사이에 이웃 현(県)에서 살인사건이 일어났다. '묻지 마 살인'이었던 모양이어서 당연히 아침부터 텔레비전은 온통 그 뉴스였다.

그래서 시험 기간이기는 해도 학교에서 이 사건에 대한 화제로 들끓을 거라고 생각했는데, 적어도 우리 반에서는 그런 일은 없었다. 그렇다면 시험에 관한 화제가 대부분이었는가 하면 그것도 아니고, 아무래도 나에게 그리 바람직하지 않은 화제로 클래스메이트들이 숙덕숙덕 열을 올리고 있는 것 같았다.

그들은 말하자면, 저 명랑 쾌활하고 건강 발랄하며 우리 반에서 인기 최고인 그녀가 우리 반에서 가장 따분하고 음울하기 짝이 없는 남학생과 휴일에 함께 차를 마셨다는 수수께끼를 풀어보고 싶은 모양이었다. 그런 일에 정답이 있다면 우선 내가 먼저 알고 싶다고 생각했지만, 오늘도 평소와 다름없이 클래스메이트와의 접촉을 최대한 피했기 때문에 그런 질문을 던질 기회는 주어지지 않았다.

사태는 일단 도서위원회 회의를 했던 것이 아니겠느냐는 방향으로 정리되는 것처럼 보였다. 그들의 숙덕거림에 일절 관여하지 않은 나도 그렇게 수습되기를 내심 바랐지만, 쓸데없는 일에 유난히 용기가 많고 스스럼도 없는 한 여학생이 직접 그녀에게 큰소리로 물어보았고 역시 마찬가지로 그녀는 쓸데없는 일에 쓸데없이 쓸데없는 소리를 해버렸다.

"응, 친한 사이야."

일단 클래스메이트의 관심의 창끝이 내게로 향한다는 것은 인식했기 때문에 평소보다 그들의 대화에 주의를 기울이고 있었다. 그래서 그녀의 쓸데없는 그 말도 내 귀에 쏙 들어왔다. 그 뒤에 클래스메이트들에게서 일제히 쏟아진 시선도 감지했다. 당연히 나는 그런 모든 것을 전혀 알지 못하는 척하고 있었다.

시험이 한 과목씩 끝날 때마다 거의 대화도 나눠본 적 없는 클래스메이트들의 시선이 날아왔고, '왜?' '어째서?'라고 도무지 영문을 모르겠다는 의혹을 받는 대상이 되고 말았지만 나는 변함없이 무시로 일관했다.

관여의 거부가 더 이상 허용되지 않는 일이 딱 한 번, 3교시가 끝났을 때 일어났다. 하지만 그것도 금세 해결되었다.

조금 전에 스스럼도 없고 배려도 없이 그녀에게 질문을 던졌던 여학생이 내게로 척척 다가와 말을 건넸다.

"저기, 너, *따분한 클래스메이트*, 사쿠라하고 진짜 친한 사이야?"

그 질문을 받고 이 여학생은 분명 선량한 아이일 거라고 생각했다. 그 이유는 다른 클래스메이트들은 멀리서 오락가락하며 은밀히 나를 관찰하고 있었기 때문이다. 이 여학생은 아까도 지금처럼 숨김없는 단순한 성격을 이용당해 다른 아이들 앞에 내세워졌을 것이다.

정확한 이름도 기억나지 않는 그 여학생이 딱해서 나는 대답에 나섰다.

"별로. 어제는 우연히 만난 것뿐이야."

"아, 그래?"

선량하고 정직한 그 여학생은 내 말을 자신이 들은 그대로 받아들였는지 "알았어"라면서 클래스메이트들의 울타리 속으로 돌아갔다.

이런 때, 나는 거짓말을 하는 데 망설임이 없다. 나 자신의 보신과 그녀의 비밀 보호라는 명목이 있으니까 어쩔 수 없다. 쓸데없는 말만 해대는 그녀도 나를 만난 이유가 불치병이라는 최대급 비밀과 링크되어 있으니 적절히 말을 맞춰줄 터였다.

일단 재난은 그걸로 해소되었다. 4교시 시험이 끝나고, 이번에도 반 평균보다 약간 높은 정도의 점수를 훌륭히 성취해냈을 것이라는 예감을 받은 뒤에 나는 딱히 누구와도 커뮤니케이션을 취하는 일 없이 청소를 하고 집에 돌아갈 준비를 했다. 할 일도 없고 얼른 집에나 가자. 그렇게 교실에서 나가려는 나를 누군가 큰 소리로 불러 세웠다.

"아, 잠깐, *사이좋은 클래스메이트!*"

돌아보니 만면에 웃음을 띤 그녀와 우리 두 사람의 관계를 의아해하는 클래스메이트들의 얼굴이 보였다. 사실은 그 둘 다 무시해버리고 싶었지만, 어쩔 수 없이 후자만 무시하고 내게로 다가오는 그녀를 기다렸다.

"선생님이 잠깐 도서실로 오라고 하시던데? 뭔가 할 일이 있나봐."

그녀의 말을 듣고 왠지 교실 전체에 후우 안도하는 공기가 점점이 흩뿌려졌다.

"나는 그런 얘기 못 들었는데?"

"아까 선생님 만났을 때 얘기하셨어. 아, 무슨 다른 볼일 있어?"

"없어."

"그럼 가자. 어차피 시험공부도 안 할 거잖아."

매우 실례되는 말이라고 생각했지만 사실이었기 때문에 그녀와 나란히 도서실로 가기로 했다.

그 뒤 도서실에 도착한 다음의 일을 상세히 설명하는 것은 화가 나니까 지극히 간단히 말하자면, 그녀는 거짓말을 했다. 게다가 쓸데없이 도서실 선생님과 결탁까지 해가면서. 도서실에 할 일 따위는 없었다. 내가 착실히 선생님께 무슨 일을 해야 하느냐고 여쭈었더니, 급한 호출에 순순히 따라와준 나를 향해 그녀와 선생님은 낭랑하게 웃어젖혔다. 그 즉시 귀가를 시도했으나 선생님이 미안하다고 사과하며 차와 과자를 내주셔서 그걸로 일단 용서하기로 했다.

잠시 차를 마셨지만 오늘은 일찌감치 도서실 문을 닫기로 했다는 이유로 우리는 쫓겨났다. 그 단계에 이르러서야 나는 비로소 왜 의미 없는 거짓말을 했는지 그녀에게 물어보았다. 상당히 중요한 이유가 있을 것이라고 짐작하면서.

"뭐, 별로. 그냥 장난 좀 친 것뿐이야."

이 녀석이, 라고 생각했지만 그것을 겉으로 드러낸다면 이런 장난을 꾸민 자의 예상대로 흘러가는 꼴이 될 것 같아서 신발장 쪽으로 가는 도중에 한 차례 그녀의 발을 거는 정도만 해두었다. 그녀는 가볍게 내 발을 뛰어넘어 한쪽 눈썹을 찡긋 올리는, 진심으로 분통터지는 표정을 내보였다.

"언젠가 양치기 소년처럼 벌을 받을 거야."

"아하, 그래서 내 췌장이 망가졌나? 역시 하느님은 똑똑히 지켜보시는구나. 그러니까 너는 절대 거짓말하면 안 돼."

"췌장이 망가진 사람은 의미 없는 거짓말을 해도 좋다는 규칙은 없어."

"어머, 그래? 난 전혀 몰랐네? 그나저나 *사이좋은 클래스메이트*, 점심 먹었어?"

"먹었을 리가 있나. 느닷없이 너한테 불려갔는데."

가능한 한 비꼬는 말투가 되지 않도록 조심하며 쏘아붙인 참에 신발장에 도착했다.

"어떡할 거야?"

"슈퍼에 들러 반찬이나 몇 가지 사가려고."

"아직 준비 안 했으면 나랑 밥 먹으러 가자. 우리 아빠엄마도 오늘 집에 없어서 나한테 돈만 주셨거든."

"……."

실내화를 갈아 신으며 그녀의 제안을 즉각 폐기해줄까 하고 생각했지만, 실제로는 미처 대답을 못했다. 거절할 이유를 명확히 지어낼 수 없었기 때문이다. 어제 느꼈던 '꽤 즐거웠다'라는 본심도 방해가 되었다.

운동화를 신고 앞부리를 콕콕 찧은 뒤에 그녀는 한 차례 크게 기지개를 켰다. 오늘은 약간 구름 낀 날씨여서 햇볕도 어제보다는 기세가 약했다.

"어때? 내가 죽기 전에 꼭 가보고 싶은 곳이 있는데."

"또 우리 반 애들 눈에 띄면 귀찮은데."

"아, 그거! 생각났다!"

돌연 큰소리를 내지르는 그녀를 머리가 이상해졌나 하고 바라봤더니 미간을 잔뜩 찌푸려 불쾌한 감정을 연출하고 있었다.

"*사이좋은 클래스메이트*, 아까 우리 별로 친한 사이 아니라고 말했지? 주말에 친하게 놀러다닌 사이면서!"

"응, 그렇게 말했어."

"어제 내가 메시지로 보냈잖아. 죽을 때까지 사이좋게, 라고."

"이런 때는 사실이 어떤지는 딱히 상관없어. 나는 클래스메이

트들에게 관찰을 당하는 것뿐이라면 그나마 괜찮지만, 말을 걸어
오거나 추근추근 따지는 게 싫었을 뿐이야."

"굳이 속일 것도 없잖아? 중요한 것은 남들의 평가가 아니라
실제 내용이라고 어저께 자기 입으로 말했으면서."

"중요한 것은 실제 내용이니까 속여도 되는 거야."

"다람쥐 쳇바퀴네."

"게다가 네가 아프다는 것을 들키지 않게 해야 한다는 배려도
있었으니까 너처럼 의미 없는 거짓말을 한 것도 아니야. 칭찬받
을 일이지 혼이 날 이유는 없어."

"끄으으응."

그녀는 지나치게 어려운 문제를 오래오래 고민 중인 어린애 같
은 얼굴을 했다.

"역시 너와는 방향성이 영 안 맞아."

"응, 그럴지도."

"이건 음식뿐만이 아니야, 좀 더 뿌리가 깊은 것 같아."

"정치 문제처럼 말하네?"

우와하핫 하고 웃는 그녀의 기분은 아무래도 어느 틈에 원래대
로 돌아간 모양이다. 단순하고 전환이 빠르다는 것은 그녀에게
친구가 많은 두 가지 이유인 것이리라.

"그래서 어쩔 거야, 점심?"

"……같이 먹어도 되지만, 괜찮겠어? 다른 친구와 함께하지 않
아도?"

"내가 일정을 이중으로 잡을 사람이야? 친구하고는 내일 약속이 잡혔어. 하지만 췌장의 병을 감추지 않아도 되는 건 너뿐이라서 마음이 좀 편하거든."

"쉼터인가?"

"맞아, 쉼터."

"뭐, 그렇다면 도와준다는 의미에서 함께해도 좋아."

"진짜? 좋았어."

잠시 한숨 돌리며 쉬기 위해서라는 데야 어쩔 수 없다. 혹시 반 친구들 눈에 띄어 일이 귀찮아지더라도 남을 도와주려면 조금쯤은 힘든 것도 감수해야 한다. 그녀에게도 비밀의 무게를 토해낼 장소가 필요한 것이리라. 그러니 어쩔 수 없다.

그렇다, 나는 풀잎 배다.

"어디로 가려고?"

내가 물어보자, 실눈으로 하늘을 올려다보던 그녀가 통통 튀듯이 말했다.

"파라다이스!"

낙원이라니, 그런 장소가 꽃다운 여고생의 생명을 앗아가는 이 세상에 과연 있을까, 라고 나는 기이하게 생각했다.

가게에 들어선 뒤에야 나는 그녀를 따라온 것을 후회했다. 하지만 이 문제로 그녀를 원망한다는 것은 잘못된 얘기라는 것도 알고 있다. 잘못한 것은 나였다. 지금까지 사람들과의 접촉을 지나치게 피해온 탓에, 남에게 함께 놀자는 청을 받아본 경험이 심히 결여된 탓에, 불길한 예감을 미처 감지하지 못했다. 타인과 어울릴 때는 상대가 준비한 플랜이 전혀 내 의향에 맞지 않고 또한 그 발견이 늦어지는 일도 있다는 것을 나는 알지 못했다. 이런 것을 위기 관리능력의 부족이라고 하는 것이리라.

"왜 그래, 떨떠름한 얼굴을 하고?"

그녀의 표정에서는 이쪽이 난처해하는 것을 충분히 이해하고 재미있어서 어쩔 줄 모르는 게 훤히 보였다.

그녀의 질문에 대한 대답은 나도 명확히 갖고 있었다. 하지만 대답한다고 어떻게 되는 일도 아니어서 말하지 않기로 했다. 내가 할 수 있는 일이라고는 이번의 실수를 거울삼아 다음에는 특히 유의하는 것밖에 없었다.

즉 말하자면, 나는 온통 여학생뿐인 팬시하고도 소녀스러운 공간에 우연히 뛰어들게 되었다고 두 손 들고 기뻐할 만한 남자가 아니라는 사실을 새삼 깨달았다는 것이다.

"여기, 쇼트케이크가 진짜 맛있거든."

들어가기 전부터 좀 이상하다고는 생각했다. 하지만 그다지 신경쓰지 않았다. 이런 장소에 와본 적이 없었기 때문에 경계심을 가질 수도 없었던 것이다. 하지만 설마 이토록 어느 한쪽의 성별로 손님 층이 편향된 음식점이 있을 줄은 생각도 못했다. 점원이 놓고 간 계산서를 보니 '남성'이라고 인쇄된 칸에 체크가 되어 있었다. 어지간히 남성 손님이 드문 것인지 아니면 가격 설정이 남녀 간에 다른 것인지 나로서는 알 도리도 없었지만 어느 쪽이든 납득할 만했다.

현재 우리가 와있는 가게는 계통적으로 분류하자면 '스위트 뷔페'라고 한다. 가게 이름은 〈디저트 파라다이스〉. 지금의 나에게는 패스트푸드점이 훨씬 더 낙원처럼 느껴졌다.

나는 방실방실 웃는 그녀에게 마지못해 말을 건넸다.

"근데……."

"응?"

"방글방글 웃지 말아줄래? 그나저나 너 뚱뚱해지려고 작정했어? 아니면 나를 뚱뚱하게 만들려는 건가? 이틀 연속으로 무한 리필이라니."

"어느 쪽도 아니야. 그냥 먹고 싶은 거 먹는 거야."

"진리(眞理)네. 그래서 오늘은 달달한 것을 죽을 만큼 먹고 싶었다?"

"그렇지, 그렇지. 너도 달달한 것, 괜찮지?"

"생크림 질색."

"어머, 그런 사람이 다 있어? 그러면 초콜릿 케이크 먹어. 진짜 맛있다니까. 그리고 여기 단것뿐만 아니라 파스타, 카레, 핏짜도 있어."

"그건 대단히 기쁜 소식이지만, 피자를 그런 식으로 발음하지 말아줄래? 느글거려."

"치즈가?"

보란 듯이 농담을 던지는 그녀의 콧등에 찬물이라도 끼얹어줄까 했지만, 나는 남에게 피해를 끼치는 건 그리 좋아하지 않기 때문에 탁자를 치워야 하는 점원의 수고를 생각해서 관뒀다. 그렇다고 길가였으면 끼얹었다, 라는 것도 아니지만.

그녀의 계획대로 쭈뼛쭈뼛하는 것도 신경질이 나서 나는 기왕 들어왔으니 각오를 단단히 한 척하면서 자리에서 일어나 그녀와 함께 음식을 담으러 가기로 했다. 평일 점심 시간대라고 해도 우리 학교와 똑같이 기말고사 기간인 인근 학교의 여고생들로 가게 안이 가득했다. 탄수화물과 샐러드, 햄버거와 닭튀김을 적당히 담아 자리로 돌아오자 그녀는 벌써 한껏 신이 난 얼굴로 앉아 있었다. 그녀의 접시 위에는 대량의 다디단 케이크. 양과자의 단맛을 그다지 좋아하지 않는 나는 약간 속이 메슥거렸다.

"그나저나 살인사건, 너무 무섭더라."

먹기 시작한 지 수십여 초 만에 그녀가 그렇게 얘기를 꺼냈다.

나는 안도했다.

"다행이다, 오늘 그 사건에 대해 얘기하는 사람이 하나도 없어서 내가 꿈을 꿨나, 하던 참이었어."

"다들 관심 없는 거 아냐? 주민도 별로 없는 시골이라잖아."

"너답지 않게 말투가 매정하다."

의외라고 생각했다. 그런 말을 할 만큼 그녀를 잘 아는 것도 아닌데, 내 상상 속의 그녀는 그런 식으로는 말하지 않을 것 같았다.

"아, 난 관심 있어. 그래서 뉴스도 제대로 봤고. 저 사람, 나보다 먼저 죽을 줄은 생각도 못했을 텐데, 라고 생각했거든. 근데……."

"만의 하나, 라는 경우가 있어서 일단 물어보겠는데, 그 피해자와 만난 적이라도 있어?"

"있다고 생각해?"

"있다고 생각한다고 생각해? 아, 됐고. 그래서?"

"응, 난 관심 있어. 근데 그냥 평범하게 살아가는 사람들은 산다든가 죽는다든가 하는 것에 별로 관심이 없을 거라는 얘기야."

"아, 그렇군."

올바른 의견인지도 모른다. 그냥 평범하게 살아가면서 산다든가 죽는다든가 하는 것을 강하게 의식하는 사람은 드물다. 사실일 것이다. 매일매일 자신의 사생관(死生觀)을 응시하며 살아가는 것은 분명 철학자거나 종교인이거나 예술인뿐이다. 그리고 중병에 걸린 여학생이거나 그런 여학생의 비밀을 알아버린 놈이거나.

"죽음을 마주하면서 좋았던 점이라면 매일매일 살아있다고 실감하면서 살게 된 거야."

"어떤 훌륭한 위인의 말보다 가슴에 스민다."

"그렇지? 아, 다른 사람들도 머지않아 다 죽는다면 좋을 텐데."

혀를 쏙 내미는 그녀, 농담처럼 말할 생각이었겠지만 나는 진심이라고 받아들였다. 말은 때때로 발신하는 쪽이 아니라 수신하는 쪽의 감수성에 그 의미의 모든 것이 내맡겨진다.

하트형 접시에 조금 담아온 토마토 파스타를 먹었다. 약간 질긴 감이 있었지만 제법 괜찮았다. 생각해보니, 먹는 것도 귓갓길과 똑같았다. 나의 한 입과 그녀의 한 입은 본인이 느끼는 가치가 완전히 다른지도 모른다.

물론 원래는 달라서는 안 되는 것이다. 범죄자의 '묻지 마'식 폭주를 만나 당장 내일 죽을지도 모르는 나와 이제 곧 췌장의 병 때문에 죽게 될 그녀의 식사에 가치의 차이 따위, 있어서는 안 된다. 그것을 명백히 이해할 수 있는 것은 분명 죽은 다음이리라.

"사이좋은 클래스메이트, 여학생에게 관심은 있어?"

그녀는 사생관 따위 시야에 넣어본 적도 없는 것처럼 생크림이 코에 묻은 얼빠진 얼굴로 말했다. 너무 웃겨서 절대 말해주지 않기로 했다.

"갑자기 또 무슨 소리야?"

"여학생 가득한 가게에 데려와도 쭈뼛쭈뼛 겸연쩍어하고, 예쁜 여학생이 바로 옆을 지나가도 눈길 한 번 주지 않잖아. 나는 저절로 쳐다보게 되던데. 너, 혹시 게이?"

아무래도 쭈뼛쭈뼛한 것은 간파당한 모양이다. 나는 연기력을 연마하기로 결심했다. 그게 능수능란해지는 게 먼저일지 그녀의 죽음이 먼저일지, 두고 볼 일이다.

"어울리지 않는 엉뚱한 장소를 좋아하지 않을 뿐이야. 그리고 남을 흘끔흘끔 쳐다보는 실례되는 짓은 하지 않아."

"그럼 내가 실례되는 짓을 한 사람 같잖아."

그녀는 볼이 불룩해지며 토라졌다. 코 위에 여전히 생크림이 묻어 있어서 점점 더 나를 유쾌하게 하는 얼굴이었다. 마치 남에게 일부러 보여주려고 하는 표정 같았다.

"그런 식으로 말하는 게 진짜 실례야. *사이좋은 클래스메이트*가 어제, 친구도 연인도 있어본 적이 없다고 말했잖아. 그래서 혹시나 혼자 좋아한 사람쯤은 있었나 하고 물어본 건데."

"나는 딱히 누구도 싫어하지 않아. 즉 모두를 좋아한다는 뜻이야."

"네에, 네에, 알았어요, 알았어. 그래서 혼자 좋아한 여학생은? 있었어, 없었어?"

한숨을 내쉬고 그녀는 닭튀김을 볼이 불룩하게 몰아넣었다. 차츰 내 농담 따먹기에 먹혀드는 것 같았다.

"아무리 그래도 짝사랑 한 번쯤은 했을 거 아냐."

"……짝사랑?"

"서로 좋아하는 게 아닌 거."

"알아, 나도, 그 정도는."

"알고 있다면 그 얘기를 해봐. 짝사랑은 해본 적 있어?"

이런 때 시치미를 떼며 상대를 감질나게 하면 일이 더 귀찮아진다고 판단했다. 어제처럼 괜히 토라져서 징징거리면 도저히 감당 못 당한다.

"글쎄, 딱 한 번 해본 것 같기도 해."

"그렇지, 그렇지! 어떤 애였어?"

"왜 그런 걸 그렇게 궁금해하지?"

"그냥 궁금하니까 그렇지. 너는 나와 정반대라고 했으니까 과연 어떤 사람을 좋아하나 싶어서."

그런 건 자신을 거울삼아 짐작해보면 될 거 아니냐고 생각했지만 남에게 내 가치관을 밀어붙이는 짓은 하고 싶지 않아서 그 말은 하지 않았다.

"어떤 사람이냐고? 글쎄, 어디에나 '님'을 붙이는 사람이었나."

"……님?"

그녀는 미간에 주름을 잡고 코를 움찔했다. 생크림도 함께 움직였다.

"중학생 때, 우리 반에 있었어. 어디에나 반드시 '님'을 붙이는 여학생. 책방 님, 점원 님, 생선가게 님. 교과서에 나오는 소설가에게도 아쿠타가와 류노스케 님, 다자이 오사무 님, 미시마 유키오 님. 나중에는 먹을 것에도 '님'을 붙였어. 무 님, 이라는 식으로. 지금 생각해보면 그냥 단순한 습관이었을 뿐, 인간성과는 전혀 관계가 없었는지도 모르겠다. 당시에 나는 그것이 다양한 것에 대해 경의를 잊지 않는 것이라고 생각했어. 말을 바꾸자면 선량함이라든가 사려 깊음 같은 것이라고 생각했던 것 같아. 그걸로 다른 사람보다 그 애에게 아주 조금 특별한 감정을 가질 수 있었어."

단숨에 말해버린 뒤 나는 물을 한 모금 마셨다.

"그게 짝사랑인지 뭔지는 잘 모르겠지만."

그녀를 보았다. 그녀는 가타부타 말없이 웃음을 지으며 접시 위의 과일 얹힌 케이크를 먹었다. 입을 오물거릴 때마다 그녀의 웃음이 점점 깊어져서 왜 저러나 의아했는데, 그녀는 뺨을 긁적이며 나를 슬쩍 올려다보았다.

"왜?"

"아니, 아냐."

그녀는 구불구불 몸을 꼬았다.

"아이, 생각보다 너무 멋있어서 내가 괜히 오글거리잖아."

"······응, 멋있는 애였는지도."

"아니라니까? 좋아하는 이유가 멋있다는 얘기야."

어떻게 대답해야 할지 알 수 없어서 나는 그녀를 따라 접시 위의 햄버거를 입에 몰아넣었다. 이것도 맛있다. 그녀는 느물느물, 이라기보다는 방글방글 웃으며 흐뭇한 듯 이쪽을 보고 있었다.

"그래서 그 사랑은 어떻게 됐어? 아차, 그렇구나, 여자친구가 있었던 적이 없다고 했지?"

"그랬지. 그 애가 일반적으로 봐서 생김새가 예쁜 편이었는지 우리 반의 활달하고 잘생기고 인기 있는 남학생이 데려갔어."

"아이쿠, 사람 보는 눈이 없었네."

"무슨 뜻?"

"아니, 아무것도 아냐. 그렇구나, 너도 아련한 연심을 품은 순수한 소년이었던 적이 있구나."

"그런가? 아, 예의상 물어보겠는데, 너는?"

"지금까지 남자친구가 세 명 정도? 미리 말해두겠는데, 모두 다 진심으로 좋아했어. 중학생 때의 연애는 그냥 장난이라고 말하는 애들이 가끔 있지만, 그건 자신의 사랑에 책임지지 못하는 바보들이나 하는 말이야."

열기 넘치는 말투와 표정에서 그녀의 드센 기가 느껴졌다. 나는 주춤 몸을 뒤로 물렸다. 지나치게 뜨거운 건 영 질색이다.

참고로, 그녀의 생김새는 과거에 남자친구가 세 명이었다는 말을 듣고도 충분히 납득 가능한 정도다. 화장기는 적고, 모두가 뒤돌아볼 미인까지는 아니어도 이목구비에 화사함이 있었다.

"아이 참, 주춤 물러나지 마."

"물러나진 않았어. 근데 코에 생크림이 좀 묻었나?"

"뭐?"라고 선뜻 이해하지 못한 그녀는 완전히 얼빠진 얼굴이었다. 그 얼굴이라면 아마 연인은 생기지 않았을지도 모른다. 잠시 뒤에야 깨달은 그녀는 서둘러 물수건으로 코를 닦았다. 코 위의 생크림이 없어지기 전에 나는 자리에서 일어섰다. 접시를 다 비웠기 때문이다.

새 접시를 들고 조금쯤은 달달한 것도 먹어볼까 하고 가게 안을 산책하는데 다행스럽게도 내가 가장 좋아하는 고사리 녹말떡이 눈에 띄어서 얼른 접시에 담고 옆의 흑설탕 꿀을 끼얹었다. 예술적으로 흘러내리는 꿀을 황홀하게 바라보고, 내친 김에 뜨거운 커피도 한 잔 따랐다.

그녀가 토라졌을 때의 대처법을 생각하며 여고생들 사이를 빠져나와 자리로 갔더니 내 우려와는 달리 그녀는 아주 기분 좋은 상태였다.

단 나는 조금 전까지의 내 자리에 앉을 수 없었다.

테이블로 다가가자 나를 알아본 그녀의 웃음이 더욱 짙어졌다.

그녀의 표정으로 눈치를 챈 것이리라, 원래 내가 앉아야 할 자리에 앉은 인물도 이쪽을 돌아보았다. 그리고 그 여학생은 화들짝 놀란 얼굴을 했다. 나는 어디선가 본 적이 있는 사람인데, 라고 생각했다.

"사, 사쿠라, 같이 온 친구라는 게 저기 *음울해 보이는 클래스메이트*야?"

그녀보다 약간 더 기가 센 듯한 여학생이 누군지, 나는 그제야 생각났다. 분명 그녀와 곧잘 행동을 함께하던 여학생이다. 아마 무슨 운동부 소속일 터였다.

"맞아. 근데 교코, 왜 그렇게 놀라지? 아, *사이좋은 클래스메이트*, 얘는 내 절친 교코야."

웃는 그녀, 당황하는 그녀의 절친, 접시와 커피 잔을 들고 일의 추이를 지켜보는 나. 이건 또 일이 귀찮게 되겠구나, 하고 나는 내심 한숨을 쉬며 우선 커피 잔과 고사리 녹말떡을 테이블에 내려놓고 옆의 빈자리에 앉았다. 다행인지 불행인지 나와 그녀는 4인용 둥근 테이블을 쓰고 있었다. 두 여학생의 맞은편 중간쯤에 앉아서 딱히 본다는 것도 없이 두 사람을 바라보았다.

"아니, 얘, 사쿠라, *음울해 보이는 클래스메이트*하고 친하다고?"

"응, 리카가 물어봤을 때 내가 말했잖아, 친한 사이라고."

그녀가 나를 향해 슬쩍 웃음을 건넸다. 절친 교코의 황당함은 그녀의 웃음 때문에 더욱 커진 것 같았다.

"근데 리카가 그 얘기는 사쿠라가 농담한 거랬는데?"

"에이, 그건 *사이좋은* 클래스메이트에 대해 애들이 자꾸 이상하게 수군거릴까봐 그냥 얼버무린 거야. 리카가 나보다 그 애들 얘기를 더 믿더라니까. 우리의 우정은 대체 어디로 사라졌나 싶었어."

농담처럼 말하는 그녀에게 절친 여학생은 웃음을 짓지 않았다. 그 대신 살피듯이 내 쪽으로 시선을 던졌다. 본의 아니게 시선이 마주쳐서 나는 가볍게 인사를 건넸다. 덩달아 상대도 인사를 했다. 그걸로 통과됐나 했더니만 역시나 그녀의 절친답다고나 할까, 인사만으로는 나를 놓아주지 않았다.

"근데 내가 *음울해 보이는* 클래스메이트와 얘기해본 적이 있었던가?"

생각하면 매우 실례되는 질문이었지만 악의가 없어 보였고 설령 악의가 있다고 해도 그리 불쾌한 마음은 들지 않았다.

"언젠가 얘기했었어. 도서실에서 내가 카운터 맡았을 때 왔던 것 같은데?"

듣고 있던 그녀는 우와하핫 하고 웃으면서 "그건 얘기한 거라고 할 수 없지"라고 끼어들었다. 그건 너만의 가치관이야, 라고 생각했는데 당사자인 절친 교코까지 "나도 그건 얘기한 거라고 할 수 없다고 생각해"라고 중얼거렸다. 하긴 뭐, 나에게도 절친 교코에게도 아무려나 상관없는 문제였다.

"교코, 근데 괜찮아? 같이 온 애들이 기다릴 텐데?"

"응, 지금 갈 거야. 근데 사쿠라, 딱히 불만이 있는 건 아니지만, 좀 물어보자."

절친 교코는 그녀의 얼굴을 지그시 바라보고 딱 한 번 내 얼굴도 돌아보았다.

"이틀 연속으로, 게다가 여학생과 커플만 우글거리는 이런 곳에서 단둘이 놀고 있어? 친한 사이라는 게 말하자면 그렇고 그런 의미야?"

"아이, 아냐."

그녀가 당당히 가슴을 내밀며 부정해줘서 나는 입 밖으로 튀어나오려던 부정의 말을 꿀꺽 삼켰다. 둘이 동시에 불끈하고 나서는 것은 이런 상황에서는 그다지 바람직하지 않다고 생각했기 때문이다.

절친 교코는 그제야 안심한 듯 표정이 누그러들었지만, 다시금 의아한 듯 얼굴을 찡그리며 그녀와 나를 번갈아 바라보았다.

"그럼 대체 뭐야? 친구인가?"

"글쎄 친한 사이라고 했잖아."

"사쿠라 너는 이제 됐어, 가끔 영문 모를 소리를 하는 애니까. 그보다 *음울해 보이는 클래스메이트*, 사쿠라와 그냥 친구 사이인 거 맞지?"

역시 절친답다고 할까, 그녀에 대해 아주 잘 알고 있다. 나는 내게 날아온 유탄을 어떻게 처리할까 궁리하다가 가장 적절한 말을 선택해 대답했다.

"응, 그냥 친구."

동시에 두 개의 얼굴이 보였다. 힘이 쭉 빠진 어이없는 표정과 푸하하핫 웃으며 좋아하는 표정의 얼굴.

절친 교코는 상대방에게 들려주기 위한 한숨을 내쉬더니 그녀를 강한 눈빛으로 쏘아보며 "내일 다 실토하게 만들 테니까 그리 알아"라는 말을 던지고 그녀에게만 팔을 흔들며 가버렸다.

내일 친구와 약속했다는 게 저 여학생과의 약속인가, 하고 나는 내가 아니라 그녀에게 불똥이 튀게 된 것을 기쁘게 생각했다. 내일 클래스메이트들에게서 쏟아질 시선에 관해서는 이제 포기하기로 했다. 실질적인 피해가 없다면 약간은 눈을 질끈 감고 넘어갈 수밖에 없다.

"어휴, 설마 교코를 만날 줄이야."

놀람과 기쁨을 반반씩 말 속에 담으며 그녀는 내 접시의 고사리 녹말떡 하나를 마음대로 집어다 먹었다.

"교코와는 중학생 때부터 절친이야. 쟤가 보다시피 기가 세서 처음에는 무서운 줄 알았는데 몇 번 얘기해보고는 금세 친해졌어. 착한 애니까 *나랑 친한 클래스메이트*도 앞으로 친하게 지내줘."

"절친이라면서 교코에게 네 병에 대해 말하지 않아도 괜찮아?"

찬물을 끼얹는 얘기라는 것을 잘 알면서도 나는 말했다. 긍정적인 감정으로 채색된 그녀의 마음이 한순간에 시들어지리라는 것을. 하지만 그녀를 의도적으로 상처 입히려는 악취미에서 한 말은 아니었다.

그저 순수한 마음에서, 나 같은 사람과 얼마 남지 않은 시간을 보내도 괜찮겠느냐, 라는 의미에서 물어본 것이었다. 나 같은 사람보다 그녀를 훨씬 더 소중히 아껴주는 절친과 함께 마지막 시간을 보내는 것이 더 가치 있는 게 아닌가 싶었다. 나로서는 드물게도 배려와 동정이 담긴 질문이었다.

"아이, 됐어! 교코가 엄청 감상적이거든. 그런 얘기하면 틀림없이 나 만날 때마다 눈물바람을 할 거야. 그런 시간, 즐겁지 않잖아? 나는 나 자신을 위해 마지막 아슬아슬한 순간까지 가까운 사람들에게는 비밀로 하자고 이미 결심했어."

내가 뿌린 찬물을 의지의 힘으로 튕겨내는 듯한 그녀의 말과 표정. 더 이상 이 일에 대해서는 내 입으로 아무 말도 하지 말자고 생각하게 하기에 충분했다.

단 한 가지, 어제부터 마음속에 잠복해있던 의문이 그녀의 의지에 촉발되어 불쑥 떠올랐기 때문에 그것만은 확인해야 한다고 생각했다.

"저기, 너 말이야."

"응, 뭔데?"

"정말 죽어?"

그녀의 표정이 일순 사라졌다. 그 표정만으로도 이런 질문은 안 하는 게 좋았을 걸, 이라고 생각했다. 하지만 내가 후회의 여운을 느낄 새도 없이 그녀의 표정은 다시 평소처럼 눈이 핑글핑글 돌게 변화했다.

처음에는 웃음, 그다음에는 난감함, 쓴웃음, 화남, 슬픔, 그리고 다시 난감한 얼굴로 되돌아왔다가 마지막에는 내 눈을 똑바로 마주보고 웃으며 말했다.

"응, 죽어."

"……아, 그렇구나."

그녀는 평소보다 눈을 더 많이 깜빡거리며 웃음이 깊어졌다.

"죽어. 벌써 몇 년 전부터 알고 있었어. 요새는 의학이 발전해서 증세가 거의 겉으로 드러나지 않고 남은 수명도 길어졌어. 하지만 틀림없이 죽어. 앞으로 일 년을 버틸지 말지 모른다는 선고를 들었어."

딱히 알고 싶지도 듣고 싶지도 않았는데 그녀의 목소리는 똑똑히 내 고막에 와 박혔다.

"*사이좋은 클래스메이트*, 너 말고는 아무한테도 말 안 했어. 너는 분명 나한테 진실과 일상을 부여해줄 단 한 사람일 거야. 의사선생님은 내게 진실밖에는 주지 않아. 가족은 내 말 한 마디 한 마디에 과잉반응하면서 일상을 보상해주는 데 필사적이지. 아마 친구들도 사실을 알고 나면 그렇게 될 거야. 너만은 진실을 알면서도 나와 일상을 함께해주니까 나는 너하고 지내는 게 재미있어."

마음 깊은 곳에서 바늘에 찔린 듯한 아픔이 느껴졌다. 나는 그녀에게 그런 것을 부여해주지 않았다는 것을 잘 알고 있었기 때문이다. 만일, 내가 만일, 그녀에게 뭔가를 부여해주고 있다면 그것은 아마도 단순한 도피일 것이다.

"어제도 말했지만, 나를 지나치게 잘 봐줬어."

"그런 것보다 우리, 역시 커플로 보이나봐, 그렇지?"

"……무슨 뜻으로 하는 말이야?"

"아니, 그냥."

맛있다는 듯 포크로 초콜릿 케이크를 입 안 가득 떠넣는 그녀는 역시 이제 곧 죽을 사람 따위로는 보이지 않았다.

깨달았다.

모든 인간이 언젠가 죽을 사람처럼은 보이지 않는다는 것. 나도, 범인에게 살해된 피해자도, 그녀도, 어제는 살아 있었다. 죽을 것 같은 모습 따위, 내보이지 않은 채 살아 있었다. 아, 그렇구나, 그게 바로 어떤 사람이든 오늘 하루의 가치는 모두 다 똑같다는 것인지도 모른다.

내가 생각에 잠겨 있자 그녀는 넌지시 타이르듯이 말했다.

"그렇게 심각한 표정 하지 마. 어차피 너도 죽을 거야. 나중에 천국에서 만나자."

"응, 그건 틀림없지."

그녀의 삶에 대해 감상적이 되는 것은 단순한 우월감일 뿐이다. 그녀보다 내가 먼저 죽는 일은 절대로 없다고 확신하는 오만함일 뿐이다.

"그러니까 나처럼 덕을 쌓으면서 살도록 해."

"그래, 너 죽으면 불교 신자가 되어야겠다."

"나 죽었다고 나 말고 다른 여자애에게 손을 내밀었다가는 절대 용서 안 해!"

"미안해, 너하고는 그냥 장난이야."

우와하핫 하고 그녀는 평소의 호쾌한 웃음을 웃었다.

우리는 먹을 것을 배가 불룩하게 채워 넣었다. 각자 돈을 내 계산하고 가게를 나와 오늘은 그만 집에 돌아가기로 했다. 학교에서 디저트 파라다이스까지 걸어오기에는 약간 거리가 멀어서 원래는 자전거를 이용하고 싶었지만 집까지 자전거를 가지러 가는 시간과 수고를 아까워하는 그녀의 제안으로 우리는 교복을 입은 채 걸어서 이곳까지 왔었다.

집으로 가는 길, 둘이서 터벅터벅 국도 가의 인도를 걸으며 이미 중천은 한참 지난 햇볕을 받았다.

"더운 것도 괜찮네. 마지막 여름일지도 모르니까 마음껏 즐겨야지. 다음에는 뭘 해볼까? 여름이라면 가장 먼저 뭐가 떠올라?"

"수박바?"

그녀는 웃었다. 그녀는 항상 웃고 있는 것 같았다.

"수박이 아니고?"라고 말하고 웃고, "그밖에는?"이라고 말하고 웃고.

"빙수."

"둘 다 얼음이잖아!"

"넌 여름이라면 뭐가 떠오르는데?"

"나는 역시 바다라든가 불꽃놀이라든가 축제? 그리고 한여름의 아방튀르!"

"황금이라도 찾으러 가려고?"

"황금? 왜?"

"아방튀르, 즉 어드벤처, 그건 모험이라는 뜻이잖아."

그녀는 일부러인 듯한 한숨을 내쉬고 양쪽 손바닥을 위로 향하며 고개를 내저었다. 어처구니없다는 뜻의 제스처겠지만, 이보다 더 짜증나는 몸짓이 또 있을까.

"모험도 보통 모험이 아니지. 여름이고 모험이라면 뭔지 뻔하잖아?"

"꼭두새벽에 일어나 장수풍뎅이를 잡으러 간다든가?"

"알았어, 알았어, *나랑 친한 클래스메이트는 바보야.*"

"어느 특별한 계절이면 머릿속이 온통 연애에 지배되는 쪽이 더 바보겠지."

"어라, 다 알고 있잖아? 어휴, 나 참."

얼굴에 땀이 송송 맺힌 채 이쪽을 노려보는 바람에 시선을 쓱 돌려버렸다.

"날도 더운데 괜히 열나게 하지 마."

"더운 것도 괜찮다고 하지 않았던가?"

"한여름의 아련한 사랑, 한여름 밤의 실수, 어렵사리 여고생도 되었겠다, 그런 추억 한두 가지쯤은 경험해도 좋지 않을까 싶은데."

아련한 건 또 모르겠지만, 실수라는 건 안 되는 거 아닌가?

"이렇게 살아있는데 사랑도 해봐야지."

"지금껏 살아오면서 연인이 세 명이나 있었다면 이제 충분한 거 아니야?"

"에이, 마음이란 숫자로 말해질 수 있는 게 아니잖아."

"얼핏 심오한 것 같지만 찬찬히 생각해보면 의미가 모호한 얘기네. 간단히 말해서 너는 아직 연인을 만들어볼 마음이 있다는 거지?"

무심코 내뱉은 말이었기 때문에 그녀가 다시 농담으로 대꾸할 거라고 생각했는데, 아니었다.

그녀는 돌연 무슨 생각을 했는지 우뚝 멈춰 섰다. 미처 예고를 받지 못한 나는 추진력대로 그녀보다 다섯 걸음이나 앞으로 가버린 참에야 겨우 그녀의 행동의 의미를 파악해보려고 뒤를 돌아보았다. 백 엔짜리 동전이라도 발견했나 하고 대충 생각했더니 우뚝 멈춰선 그녀는 내 쪽을 빤히 바라보고 있었다. 두 팔을 등 뒤로 맞잡고 긴 머리칼을 바람에 날리며.

"왜 그래?"

"……연인을 만들어볼 마음이 있다고 하면 어떻게든 해줄래?"

이쪽을 시험하는 듯한 표정이었다. 마치 억지로 의미심장한 표정을 만들어낸 듯한.

그 표정의 의미도, 그녀의 말의 의미도, 인간관계가 심히 부족한 나로서는 잘 알 수 없었다.

"어떻게든 해주다니, 뭘?"

"아, 아냐, 됐어."

고개를 저으며 그녀는 다시 걸음을 뗐다. 옆에 나란히 섰을 때 얼굴빛을 살펴보니 아까의 복잡함이 깨끗이 리셋된 웃는 얼굴로 돌아와 있어서 나로서는 점점 더 의미를 알 수 없었다.

"혹시 나한테 남자친구를 소개해달라는 농담?"

"아니."

마음에 짚이는 것이 그것밖에 없었지만, 깨끗이 부정당해버렸다.

"그럼 대체 무슨?"

"됐어, 무슨 소설도 아니고, 내 말에 모두 의미가 있다고 생각한다면 큰 착각이야. 딱히 의미 같은 거 없어. *나랑 친한 클래스메이트*는 좀 더 타인과 접촉하는 기회를 많이 갖도록 해."

"……아, 그래?"

억지로 납득당한 모양새였지만, 의미가 없다면서 명확히 부정하는 것은 이상하다, 라는 말은 굳이 하지 않았다. 왜 말하지 않았는가, 그건 나의 풀잎 배 정신에서 유래한 것이었다. 그녀가 그 화제에 대해 좀 더 이야기하는 것을 허락하지 않는 분위기를 내비친 듯한 마음이 들었다. 어차피 인간에 대해 문외한인 내 감수성에 의한 판단이었기 때문에 진위는 확실하지 않다.

학교 근처의 갈림길에서 그녀는 손을 흔들며 큰소리로 말했다.

"자, 그럼 다시 다음 예정이 정해지면 알려줄게."

어느 틈에 그녀의 예정에 내가 참가한다는 것으로 자기 멋대로 정해버렸지만 굳이 따지지 않고 나는 손을 흔들며 그녀에게 등을 돌렸다. 그때는 이미, 기왕 내친 김에 철저히 하자, 라는 마음이 솟구쳤는지도 모른다.

집에 돌아온 뒤에도 생각해봤지만 결국 그때 그녀의 말과 표정의 의미는 알 수 없었다.

아마도 죽을 때까지 그걸 알아내는 일은 없을 것 같다.

| 4 |

〈공병문고〉란 결국 그녀의 유서, 라고 나는 해석했다. 그녀는 완전히 새것인 그 노트에 매일매일 일어난 일이며 느낌을 글로 남기고 있었다. 기록하는 방법에는 아무래도 그녀 나름의 규칙이 있는 것 같았다.

어떤 규칙인가 하면, 내가 본 한에서는 우선 기록은 날마다 하는 것은 아니다. 특별한 일이 있었던 날, 특별한 것을 느꼈던 날, 자신이 죽은 뒤에 궤적으로서 남길 가치가 있는 것만을 그녀는 〈공병문고〉에 정리해두고 있었다.

다음으로, 그녀는 문자 이외의 정보를 〈공병문고〉에 남기지 않도록 하고 있었다. 이를테면 그림이나 그래프 같은 것은 그 노트에 어울리지 않는다고 생각했는지 오로지 검은 볼펜 글씨만 줄줄 써내려갔다.

그리고 그녀는 죽기 전까지 〈공병문고〉를 어느 누구에게도 공개하지 않기로 결정했다. 그녀의 맹한 실수에 의해 내가 불가항력으로 목격해버린 첫 한 페이지를 예외로 하고, 그 생의 기록은 아직 어느 누구도 본 적이 없었다. 아무래도 죽은 뒤에 모든 친한 이들에게 공개해달라고 부모님에게 미리 말한 모양이어서, 현재의 사용법이 어떻든 주위 사람들이 받게 되는 것은 사후의 메시지라는 점에서 역시 그녀의 유서, 라는 얘기가 된다.

그래서 그녀가 죽기 전까지는 아무도 그 기록에 영향을 끼칠 수도 영향을 받을 수도 없을 테지만 나는 딱 한 번 〈공병문고〉에 대해 내 의견을 밝힌 적이 있었다.

그것은 내 이름을 〈공병문고〉에 쓰지 말아달라는 것이었다. 이유는 단순히 그녀가 죽은 뒤에 그녀의 부모님이나 친구들에게서 쓸데없는 추측이나 비난의 시선을 받고 싶지 않았기 때문이었다. 도서위원으로 일하던 중에 그녀가 〈공병문고〉에 관해 '다양한 사람을 등장시켰다'라고 말해서 그때 그녀에게 정식으로 부탁했다. 그녀의 대답은 "내가 쓰는 글이니까 내 마음대로 할 거야"라는 것이었다. 지당한 말씀이어서 나는 더 이상 물고 늘어지지는 않았다. 그녀는 "싫다고 하면 더 하고 싶어지더라"라고도 덧붙였다. 나는 클래스메이트의 사망 후에 일어날 귀찮은 일에 대해서는 그냥 포기하기로 했다.

따라서 숯불고기나 스위트 뷔페 건에 대해서는 다소나마 〈공병문고〉에 자기 마음대로 내 이름을 써넣었는지도 모르지만, 디저트 파라다이스에 갔던 그다음 날부터의 이틀 동안, 나에 대한 얘기는 그녀의 〈공병문고〉에는 등장하지 않았을 것이다.

이유는 그 이틀 동안 학교에서 그녀와 한 마디도 대화를 나누지 않았기 때문이다. 딱히 이상한 일도 뭣도 아니고, 나와 그녀는 원래 교실에서의 행동 양식이 전혀 달라서 오히려 숯불고기와 스위트로 채색된 날들이 변칙이었다고 할 수 있다.

나는 학교에 가서 시험을 보고 말없이 집에 돌아왔다. 그녀의 절친 교코나 그쪽 그룹에서의 시선을 이따금 느끼긴 했지만 굳이 내 쪽에서 신경써줄 필요는 없다고 마음먹었다.

그 이틀 동안, 특별한 일은 정말로 없었다. 만일 굳이 딱 두 가지만 소소한 일을 들자면, 첫째로 내가 복도를 묵묵히 청소하고 있을 때 평소 같으면 내게 눈길도 주지 않던 우리 반 남학생이 말을 걸어왔다는 것이다.

"어이, *따분한 클래스메이트*, 너 야마우치 사쿠라하고 사귀냐?"

너무도 노골적인 말에 나는 모종의 후련함까지 느꼈다. 혹시 그가 그녀에게 호의를 갖고 있고, 나에 대해 엉뚱한 분노를 품은 건 아닌가 하고 혼자 지레짐작을 했지만, 그의 눈치를 보니 그건 아니라는 추측이 가능했다. 그의 얼굴은 한 점의 흐림도 없이 환했다. 분명 덜렁대는 호기심 덩어리일 것이다.

"아니, 절대로 아냐."

"그래? 근데 데이트했잖아."

"어쩌다 보니 함께 밥을 먹었던 것뿐이야."

"에이, 난 또."

"왜 그런 게 궁금하지?"

"응? 아, 설마 내가 야마우치 사쿠라를 좋아해서 그런다고 생각하냐? 야, 아냐! 나는 좀 더 얌전한 여학생을 좋아한단 말이야."

딱히 물어보지도 않았는데 그는 스스럼없이 털어놓았다. 그녀가 얌전한 편은 아니라는 것 하나만은 그와 마음이 딱 맞는 것 같았다.

"그래, 아무튼 아닌 모양이네. 우리 반 남학생들, 지금 떠들썩해."

"그런 거 아니니까 나는 별로 신경 안 써."

"그건 그렇고 너, 껌 씹을래?"

"아니, 됐어. 쓰레받기 좀 들어줄래?"

"좋아, 이리 줘."

항상 청소를 땡땡이치고 휘적휘적 돌아다니는 친구라서 틀림없이 거절할 줄 알았는데 그는 의외로 순순히 쓰레받기를 들어주었다. 어쩌면 그는 청소시간이라는 개념을 이해하지 못했을 뿐 알려주면 제대로 해내는 친구인지도 모른다.

그는 그뿐, 더 이상 추궁하지 않았다. 그 이틀 동안에 일어난 내 일상의 첫 번째 변칙이 그것이다.

그 친구와의 대화는 좋을 것도 나쁠 것도 없는 일이었지만, 또 하나의 변칙은 사소한 일이라고는 해도 나를 적잖이 우울하게 만들었다. 문고본에 끼워뒀던 책갈피가 사라진 것이다.

다행히 나는 읽던 부분을 기억하고 있었지만 그 책갈피는 서점 등지에서 무료로 나눠주는 것이 아니라 예전에 박물관에 갔을 때

일부러 구입해온 얇은 플라스틱 제품이었다. 언제 사라졌는지도 알지 못했고 어쨌거나 내 부주의가 원인이라서 달리 누구를 원망할 수도 없었지만 나는 오랜만에 우울해졌다.

그런 식으로 약간은 아무려나 좋을 일이나 우울한 일은 있었지만, 그 이틀 동안은 나에게는 평상시 그대로였다. 나의 평상시는 조용함과 함께하는 것이었으니까 말하자면 죽음을 앞둔 여학생에게 전혀 휘둘리지 않았다는 얘기다.

평상의 붕괴, 그 서막이 드리운 것은 수요일 밤이었다. 마지막 '평상'을 만끽하던 나에게로 한 통의 메시지가 도착했다.

그때 이상이 시작되는 징조를 미처 깨닫지 못했던 것은 원하든 원하지 않았든 내가 주요 등장인물이었기 때문일 것이다. 소설에서도 제1장이 어떤 장면인지 아는 게 가능한 것은 독자뿐이다. 등장인물은 아무것도 알지 못한다.

메시지 내용은 이러했다.

「시험 보느라 수고했어! 내일부터 시험 끝 휴일이지?(웃는 얼굴) 단도직입적으로 말하겠는데, 시간 있어? 아, 어차피 시간은 남아돌지? 기차 타고 좀 멀리 나가볼 생각이야!(브이) 어디 가고 싶은 데 있어?」

타인이 내 시간 여유에 대해 단정적으로 말하는 것은 약간 기분이 나빴지만, 시간이 남아돈다는 것은 딱 맞는 얘기였고 굳이 거절할 이유도 없었기 때문에 나는 '네가 죽기 전에 가고 싶은 곳에 가면 돼'라고 답장을 보냈다.

물론 이것이 나중에 내 목을 조르는 일이 되었다. 그녀에게 결정권을 내준다는 게 어떤 의미인지 나는 미리감치 짐작했어야 했다.

뒤를 이어 그녀에게서 장소와 시간을 알려주는 메시지가 왔다. 장소는 우리 지역에서 가장 큰 역이고 시간은 묘하게 이른 아침 시각이었지만 아마 그녀의 변덕에 따른 결정일 거라고 생각하고 그다지 신경도 쓰지 않았다.

내가 단 두 글자, '좋아'라고 답장을 보냈더니 곧바로 그녀에게서 그날의 마지막 메시지가 도착했다.

「약속, 절대로 어기면 안 돼!」

아무리 그녀가 상대라도 나는 약속을 어길 일은 없었기 때문에 마지막으로 '당연하지'라는 메시지를 보내고 휴대폰을 책상 위에 던져두었다.

스포일러를 무릅쓰고 말하자면, 이 '약속'이라는 말이 그녀의 트릭이었다. 아니, 단순히 나 혼자 트릭으로 해석하는 것일 뿐이지만. 나는 그녀가 말하는 '약속'이라는 것이 그다음 날 약속 장소에 나가는 것을 가리킨다고 생각했다. 하지만 아니었다. 그녀가 말하는 '약속'이란 '네가 죽기 전에 가고 싶은 곳에 가면 돼'라는 내 실언을 가리킨 것이었다.

다음날, 이른 아침에 약속 장소에 도착하자 그녀는 이미 나와 있었다. 평소에는 메지 않던 하늘색 배낭을 메고 평소에는 쓰지 않던 밀짚모자를 쓰고 있어서 마치 여행이라도 떠나는 차림새구나, 라고 생각했다.

인사도 나누기 전에 그녀는 내 모습을 보고 화들짝 놀랐다.

"너무 가벼운 차림이잖아! 짐이 그것뿐이야? 갈아입을 옷은?"

"……갈아입을 옷?"

"하긴 그쪽에 가서 사면 되겠다. 유니클로는 어디에나 있으니까."

"……그쪽이라니? 유니클로는 또 뭐야?"

처음으로 내 마음속에 뭔가 불온한 술렁거림이 싹텄다.

내 의심도 질문도 아랑곳하지 않고 그녀는 손목시계를 들여다보며 "아침은 먹었어?"라고 되물었다.

"일단 빵만."

"난 아직 안 먹었어. 잠깐 사러 가도 되지?"

딱히 별문제는 없다고 생각해서 고개를 끄덕였다. 그녀는 씨익 웃더니 성큼성큼 목적지를 향해 걸음을 옮겼다. 편의점에라도 가는가 했더니 도착한 곳은 도시락 가게였다.

"도시락 사려고?"

"응, 신칸센에서 먹을 거야. 네 것도 살까?"

"아, 잠깐, 잠깐, 잠깐."

나는 진열장에 늘어선 도시락을 즐거운 듯 바라보는 그녀의 두 팔을 잡아 계산대 앞에서 떼어냈다. 계산대 아주머니에게서 뭔가 흐뭇한 듯한 시선을 받으며 다시 그녀와 마주했더니만 무려 깜짝 놀란 얼굴을 하고 있는 바람에 더욱 깜짝 놀라버렸다.

"그건 내가 지어야 할 표정이지!"

"왜 그러는데?"

"신칸센이라니? 도시락이라니? 분명하게 설명해봐, 오늘 대체 뭘 할 생각이야?"

"기차 타고 멀리 나간다니까?"

"기차라는 게 신칸센이었어? 멀리 나가다니, 대체 어디까지 갈 건데?"

그녀는 그제야 생각났다는 듯한 얼굴로 호주머니에 손을 넣어 두 장의 네모난 것을 꺼냈다. 기차표라는 건 금세 알았다.

그녀가 건네주는 한 장을 받아 들여다보고 나는 눈을 휘둥그렇게 떴다.

"헉, 이거 농담이지?"

우와하핫 하고 그녀가 웃었다. 진심인 모양이었다.

"당일치기로 갈 만한 곳이 아니잖아. 야야, 지금부터라도 다시 생각해보자."

"아이, 아냐. *사이좋은 클래스메이트*, 그게 아니라니까."

"다행이다. 역시 농담이었구나."

"그게 아냐. 당일치기가 아니란 거야."

"……뭐?"

거기서부터 우리의 대화는 너무도 부질없는 것이었던 데다 마지막에는 내가 떠밀리는 흐름이었기 때문에 아쉽지만 생략한다.

그녀는 주장하고 나는 설득하고, 어제의 메시지라는 카드를 내밀면서 약속은 기본적으로 깨지 않는다는 내 의지를 물고 늘어지고……

문득 깨닫고 보니 나는 신칸센 좌석에 앉아 있었다.

"아아."

흘러가는 경치를 창가 좌석에서 바라보며 그때에 이르러서도 나는 여전히 현재 상황을 받아들여야 할지 말지 망설였다. 옆에서는 그녀가 맛있다는 듯 명물 영양밥 도시락을 먹었다.

"난 처음 가보는 곳이야. *사이좋은 클래스메이트*는 가본 적 있어?"

"없어."

"하지만 걱정할 거 하나도 없어. 오늘을 위해 여행안내 잡지를 샀거든."

"아, 그러셔?"

아무리 풀잎 배라도 정도라는 게 있는 거 아닌가. 나는 나 자신을 질책했다.

참고로, 신칸센 차표 값은 숯불구이 때와 마찬가지로 그녀의 지갑에서 나왔다. 신경쓰지 말라고는 했지만 나라는 인간의 위신을 걸고 반드시 갚지 않으면 안 된다.

아르바이트라도 해야 하나, 생각하고 있는데 눈앞에 귤 하나가 쓱 나타났다.

"먹을래?"

"……고마워."

귤을 받아들고 말없이 껍질을 깠다.

"기운이 없어 보이네? 혹시나 해서 물어보겠는데, 별로 내키지 않는다든가?"

"아니, 그렇진 않아. 너의 계획도, 신칸센도. 그냥 그런 나 자신을 응시해보던 참이야."

"어째 이리 음울하실까. 여행이란 좀 더 들썩들썩해야 하는 거지!"

"여행이라기보다 납치라고 생각되는데?"

"너 자신을 응시할 거라면 차라리 나를 응시해줘."

"그러니까 대체 무슨 생각으로 하는 말이야, 그거?"

못 들은 척하면서 그녀는 다 먹은 도시락에 뚜껑을 덮고 고무줄로 묶었다. 재빠른 손놀림에는 살아있는 인간의 생활감이 있었다.

그녀가 빚어내는 현실감과 실제 현실의 차이에 불만을 토로할 마음도 나지 않아서 나는 말없이 귤을 한 조각씩 입에 넣었다. 그녀가 매점에서 사온 것이지만 의외로 달고 맛있었다. 바깥을 내다보니 평소에는 볼 수 없는 전원풍경이 일대에 펼쳐졌다. 밭에 우두커니 선 허수아비를 보면서 나는 왠지 더 이상 저항해도 아무 소용없겠구나, 하고 각오가 다져졌다.

"그러고 보니 *사이좋은 클래스메이트*, 네 이름이 뭐였지?"

옆에서 차내 광고책자를 펼쳐놓고 특산품을 비교해보던 그녀에게서 돌연한 질문이 날아왔다. 나는 푸르른 산 풍경을 보며 점점 기분이 온화해졌기 때문에 순순히 답해주었다. 그다지 드문 이름도 아닌데 그녀는 흥미롭게 몇 번이나 고개를 끄덕였다. 그리고 내 풀네임을 조심스럽게 읊조렸다.

"똑같은 이름의 소설가가 있지?"

"그래, 어느 쪽이 머릿속에 떠오르는지는 모르겠지만."

나는 내 성씨와 이름, 각각에서 연상할 수 있는 두 명의 작가를 떠올렸다.

"혹시 그래서 소설을 좋아하는 거야?"

"얼추 맞는 얘기라고나 할까. 처음에 소설을 읽게 된 계기는 내 이름 때문이지만, 좋아하는 건 소설이 재미있기 때문이야."

"가장 좋아하는 소설가도 네 이름하고 같아?"

"아니, 가장 좋아하는 건 다자이 오사무."

문호의 이름을 듣고 그녀는 약간 의외라는 듯 눈이 둥그레졌다.

"다자이 오사무라면, 〈인간실격〉을 쓴?"

"응."

"그런 음울한 소설을 좋아하는구나."

"소설의 분위기는 전체적으로 막다른 곳에 몰린 다자이 오사무의 정신이 그대로 전해오는 것 같지만, 단순히 음울하다는 말로 정리될 만한 내용은 아니야."

내가 드물게도 의욕을 보이며 말해주자 그녀는 별로 흥미가 없다는 듯 입술을 툭 내밀었다.

"나는 애초에 읽을 생각도 안 나는데."

"문학에는 별로 흥미가 없는 모양이지?"

"응, 별로. 만화는 꽤 읽지만."

그럴 거라고 생각했다. 그게 좋고 나쁘고의 문제가 아니라, 그녀가 지그시 소설책을 읽고 있는 모습은 일단 상상이 잘 안 된다. 만화를 읽을 때라도 집에서라면 분명 방 안을 오락가락하며 읽거나 일일이 소리를 내가며 읽을 것이다.

상대가 관심을 갖지 못하는 이야기를 해봤자 별로 좋을 것도 없어서 나는 그녀에게 궁금한 것을 물어보기로 했다.

"이번 여행, 너희 부모님이 어떻게 허락해주셨어? 무슨 방법을 쓴 거야?"

"교코와 여행 다녀오겠다고 말했지. 우리 부모님, 내가 마지막으로 하고 싶은 게 있다고 하면 대부분 눈물을 글썽이며 허락해주시는데, 역시나 남학생하고 여행을 간다고 하면 뜯어말리실 수도 있잖아."

"너 진짜 못됐다, 부모님의 안타까운 심정을 짓밟다니."

"그렇게 말하는 너는? 부모님께 뭐라고 변명할 생각이야?"

"나는 부모님께 걱정 끼치지 않으려고 친한 친구가 있다고 항상 거짓말을 해왔어. 그 친구네 집에서 자고 왔다고 할 거야."

"못된 데다 쓸쓸한 변명이네."

"아무도 상처 입히지 않는 변명이라고 말해줄래?"

그녀는 어이없다는 듯 고개를 절레절레 흔들더니 발치에 놓인 배낭에서 여행 잡지를 꺼냈다. 사랑하는 부모님에게 거짓말을 하지 않으면 안 될 이유를 만들어낸 장본인 주제에 이건 대체 무슨 태도인가. 그녀가 잡지를 펼쳤기 때문에 이건 마침 좋은 기회다 하고 나도 가방에서 문고본을 꺼내 그쪽에 집중했다. 아침부터 요란한 비일상을 상대하느라 피곤한 참이었기 때문에 소설 속 세계에 뛰어들어 마음을 치유하고 싶었다.

……라고 좋아하는 시점에 그녀가 내 평온을 마구 방해한다는 식의 복선이 어딘가에 깔려있는 건 아닐까 하고, 누구 때문에 완전히 의심암귀가 되어버린 나는 생각했다. 하지만 내 소중한 시간은 잠시 어느 누구에게도 방해받는 일 없이 흘러갔다. 한 시간쯤 집중해서 소설을 읽다가 적당한 곳에서 문득 예상조차 못한 평온을 손에 넣었다는 것을 깨달았다. 옆을 보니 그녀는 잡지를 배 위에 올려놓고 기분 좋게 쿨쿨 자고 있었다.

그녀의 잠든 얼굴을 보며, 도저히 중한 병이 똬리를 튼 것 같지 않은 그 건강한 피부에 낙서라도 해줄까 하고 생각했지만 그냥 용서해주기로 했다.

신칸센이 목적지 역에 도착하기까지 그녀가 눈을 뜨는 일은 없었다. 그리고 도착하고 나서도.

이렇게 말하면 마치 그녀가 신칸센 안에서 짧은 생애를 마친 것 같지만, 그냥 단순히 잠에서 깨어나지 않았다는 것뿐이다. 재수 없는 착각은 바람직하지 않다. 내가 착실하게도 뺨을 꼬집고 코를 비틀어줬지만 그녀는 버둥거리기만 할 뿐 영 일어나지 않았다. 마지막 수단으로 고무밴드를 꺼내 무방비 상태의 손등을 따악 공격했더니 그녀는 오버 리액션으로 펄쩍 뛰어 일어나 "큰소리로 이름을 불러주는 방법도 있잖아!"라면서 내 어깨를 콱콱 쥐어박았다. 힘들여 깨워줬더니, 진짜 말도 안 된다.

다행히 신칸센은 그곳이 종점이어서 우리는 짐을 들고 느릿느릿 하차하는 게 허락되었다.

"첫 상륙이다! 우와, 본고장 라면 냄새!"

"냄새라니, 선입견이 너무 심한 거 아니야?"

"진짜 냄새나잖아! 너, 코 망가졌지?"

"너처럼 뇌가 망가진 게 아니라서 다행이지."

"망가진 건 췌장인데?"

"그 필살기, 비겁하니까 앞으로는 금지하기로 하자. 불공평해."

그녀가 웃으면서 "그럼 *사이좋은 클래스메이트*도 필살기를 만들어보시든지"라고 했지만 나는 가까운 시일 내에 큰 병에 걸릴 예정이 없어서 정중히 거절했다.

플랫폼에서부터 길게 이어진 에스컬레이터를 내려서자 선물가게며 휴게실이 늘어선 층이 나타났다. 새로 개장했는지 매우 청결해서 큰 호감을 가질 수 있었다.

지상으로 내려가기 위한 에스컬레이터를 타고 우리는 겨우 개표구를 나섰다. 그 순간, 설마 하는 충격을 느꼈다. 내 감각을 의심했다. 아까 그녀가 말한 대로라면 라면 냄새가 솔솔 나는 것이었다. 이건 대체 무슨 일인가, 이게 사실이라면 무슨무슨 부(府)에서는 소스 냄새가 나고 무슨무슨 현(縣)에서는 우동 냄새가 나는 것인가. 아직 가본 적이 없어서 가능성은 부정할 수 없지만, 요리 하나가 이토록 인간의 일상을 침식하다니, 과연 이게 있을 수 있는 일인가.

옆에 선 그녀의 얼굴은 굳이 볼 것도 없이 분명 느물느물 웃을 게 분명해서 결단코 쳐다보지 않았다.

"그래서, 어디로 갈 거야?"

"누후후후훗, 어때, 내 말이 맞았지?"

분하다.

"아, 어디로 갈 거냐고? '학문의 신'을 뵈러 갈 거야. 근데 그전에 점심부터 먹어야겠지?"

그러고 보니 배가 고픈 듯한 느낌도 들었다.

"역시 라면을 먹어야 한다고 생각하는데, 어때?"

"이의 없음."

사람들이 오고가는 역 안을 성큼성큼 걸어가는 그녀를 뒤따라갔다. 아무래도 신칸센 안에서 봤던 여행 잡지의 식당으로 가는지 그 걸음걸이에는 망설임이 없었다. 지하로 잠겨들었다가 지상으로 나왔다가 하면서 잠시 걸어갔더니 의외로 금세 지하상가의 라면집 앞에 도착했다. 가게가 가까워지는 참에 벌써 독특한 향이 풍겨 와서 좀 두렵기도 했지만, 가게 외벽에 유명한 맛집 탐방가가 다녀간 만화의 복사본이 붙어 있었다. 아무래도 이상한 가게는 아닌 모양이라고 내심 안도했다.

라면은 맛있었다. 주문 후 음식이 나오는 속도도 빨라서 우리는 허겁지겁 몰아넣었다. 둘 다 면을 추가 주문했는데, 점원이 쫄깃함의 정도를 물었을 때 그녀가 '철사'라고 말하는 것을 듣고 나는 착실하게도 잘못되었음을 지적해주었다. 설마 쫄깃함에 실제로 그런 종류의 분류가 있을 줄이야. 결국 나만 창피했다는 것은 아무도 알지 못해도 괜찮을 것이다. 참고로, '철사' 면은 밀가루를 가늘게 뽑아 끓는 물만 얼른 끼얹은 게 아닌가 싶을 만큼 살짝만 삶아낸 것이었다.

배를 채운 뒤 우리는 곧바로 전차를 탔다. 그녀가 뵙고 싶다는 '학문의 신'께서 거하시는 사찰은 전차로 약 삼십 분 거리였기 때문에 굳이 서두를 필요는 없었지만 이번 여행의 호스트께서 굳이 서두르고 싶다고 하셔서 나는 고분고분 그 뜻에 따랐다.

전차 안에서 나는 어딘가에서 봤던 정보가 생각나 다물고 있던 입을 열었다.

"여기, 상당히 험악한 동네니까 조심하는 게 좋아. 총격 사건이 자주 일어난다고 했어."

"그래? 근데 그건 어느 동네나 똑같아. 지난번에 우리 이웃 현에서도 살인사건이 났었잖아."

"그 뉴스는 이제 더 이상 나오지도 않더라."

"텔레비전에서 경찰이 얘기하던데, 묻지 마 살인자가 가장 잡기 힘들대. 안에서 미움 받는 놈이 세상에 나가서는 오히려 행세한다, 라는 말도 있잖아."

"그런 차원의 얘기가 아닌데?"

"그러니 너는 살아남고 나는 죽는 거겠지?"

"방금 깨달았는데, 그 격언은 전혀 맞지 않아. 똑똑히 알아둬."

전차는 정말로 삼십여 분만에 우리를 목적지까지 데려다주었다. 하늘은 지겨울 만큼 쾌청해서 서있기만 해도 축축하게 땀이 났다. 갈아입을 옷은 없어도 되겠다고 생각했는데 아무래도 나중에 잠깐 유니클로에 들르는 게 나을 것 같았다.

"날씨 진짜 좋다!"

태양과 겨루기라도 하는 듯한 웃음을 짓더니 그녀는 가벼운 스텝을 밟아가며 사찰까지의 언덕길을 올라갔다. 평일 한낮에도 사람들로 붐비는 경내 참배길은 좌우에 선물가게며 잡화점, 식당, 수상쩍은 티셔츠를 파는 가게들이 줄줄이 이어져서 구경하기에 싫증이 나지 않았다. 특히 눈길을 끄는 것은 몇 군데나 되는 명물 떡 가게여서 고소한 냄새가 콧구멍을 간질였다.

이따금 그녀는 흐느적흐느적 가게 안으로 빨려 들어갔다. 구경만 하고 사지는 않지만 그건 가게 쪽에서도 이미 뻔히 아는 일이라는 눈치여서 우리는 마음 놓고 보고 싶은 만큼 실컷 돌아볼 수 있었다.

땀을 흘리며 드디어 참배길을 올라서자마자 우선 자동판매기에서 음료수부터 샀다. 구매욕을 부채질하는 절묘한 자리에 설치된 자동판매기에 홀딱 넘어가는 건 분했지만 갈증이라는 생명과 직결된 따끔거림이 이성을 날려버렸다.

그녀는 땀이 뚝뚝 흐르는 머리칼을 툭 쳐내면서 역시나 또 웃었다.

"청춘, 이라는 느낌이다, 그렇지?"

"하늘은 푸르지만 봄도 아니고, 그냥 덥기만 한데?"

"운동부에서 활동해본 적 있어?"

"없어. 내가 원래 태생이 고귀해서 굳이 몸을 굴리지 않아도 돼."

"고귀한 분들을 모욕하지 마셔. 운동 좀 해라, 응? 환자인 나하고 거의 똑같이 땀을 흘리잖아."

"그건 운동부족과는 아마 관계없을걸?"

주위에도 체력의 한계를 맞이했는지 나무 그늘에 창피해할 것도 없이 털썩 주저앉은 사람들이 많았다. 유난히 무더운 날이다.

젊음과 수분으로 겨우겨우 탈수증을 달래고 우리는 다시 걸음을 옮겼다. 정갈하게 손을 씻고 뜨겁게 달궈진 소 우상(偶像)을 매만지고 물에 뜬 거북을 바라보며 다리를 건너 마침내 '학문의 신' 앞에 도착했다. 왜 중간에 소를 만났는지는 설명문을 읽어보기는 했지만 무더위 탓에 잊어버렸다. 그녀는 처음부터 읽어볼 생각도 없는 기색이었다.

신의 지갑 노릇을 하는 나무상자 앞에 서서 약간 소극적인 새전을 넣어드리고 정식으로 2례 2박수 1례의 예의를 갖췄다.

사찰 기원은 신께 소원을 비는 자리가 아니라고 나는 어떤 책에선가 읽었다. 기원의 본래 의미는 신 앞에서 자신의 결의를 표명하는 것이다. 하지만 나는 현재로서는 어떤 결의도 없었다. 어쩔 수 없이 함께 온 그녀를 도와주기로 했다. 아닌 척하면서 신께 소원을 빌었다.

그녀의 췌장을 낫게 해주세요.

문득 깨닫고 보니 그녀보다 더 오래오래 나는 빌고 있었다. 이루어질 수 없다는 것을 잘 알고 있는 소원이 오히려 더 기원을 올리기 쉬운 것이리라. 어쩌면 그녀는 다른 소원을 빌었는지도 모른다. 나는 굳이 물어보지 않았다. 기원이란 아무도 모르게 혼자서 조용히 올리는 것이다.

"나, 죽을 때까지 부디 건강하게 지내게 해달라고 빌었어. *사이좋은 클래스메이트는?*"

"……너는 항상 내 깊은 배려를 짓밟더라."

"엇, 설마 내가 점점 더 쇠약해지기를 빌었어? 최악! 내가 사람을 잘못 봤네!"

"내가 왜 남의 불행을 빌겠냐, 엉?"

실제로는 그녀의 예측과 완전히 반대되는 소원을 빌었지만, 말하지 않았다. 그러고 보니 여기는 '학문의 신' 아니었던가? 하긴 뭐, 신이니까 자잘한 것에 신경쓰지 않고 뭐든 다 받아주실 것이다.

"우리, 점괘지 뽑아보자!"

그녀의 제안에 나는 미간을 좁혔다. 그녀의 운명과 점괘지는 상관이 전혀 없다고 생각했다. 점괘지에는 미래에 대한 것이 적혀 있는데 그녀에게는 미래가 없다.

하지만 그녀는 점괘지 파는 곳으로 달려가 망설임 없이 백 엔 동전을 상자에 넣고 쪽지를 뽑았다. 어쩔 수 없이 나도 따라했다.

"더 좋은 운이 나오는 쪽이 이기는 거다?"

"이런 걸로 내기를 하다니, 점괘지를 대체 뭘로 보는 거야?"

"앗, 대길(大吉)이다!"

기쁜 얼굴을 하는 그녀. 내심 아연했다. 신은 그녀를 대체 뭘로 보는 건가. 이걸로 점괘지는 아무 효험도 없다는 게 증명되었다. 아니면 이미 엄청난 대흉(大凶)을 뽑아버린 그녀에게 보내주시는 신의 선량함인가?

그녀는 큰소리를 올렸다.

"와하하하핫! 이거 봐, 이거 봐! '병, 이윽고 낫는다'라네? 낫는대, 낫는대!"

"……네가 즐거워해서, 음, 다행이다."

"넌?"

"길(吉)."

"소길(小吉)보다 더 아래?"

"대길 바로 아래라는 설도 있어."

"어쨌거나 내가 이겼어, 에헴."

"네가 즐거워해서, 음, 다행이다."

"너, 좋은 인연이 나타난다고 나왔잖아? 흥, 좋겠다."

"정말 좋겠다고 생각한다면 왜 툴툴거리면서 코웃음을 치지?"

그녀는 고개를 갸우뚱하더니 내 쪽에 얼굴을 쓰윽 들이대고 지근거리에서 씨익 웃었다. 입만 다물면 귀여운 얼굴인데, 라고 언뜻 생각하다가 내가 너무 방심했다는 것을 깨달았다.

시선을 홱 돌려버렸더니 크크크큭 하는 웃음소리가 들려왔다. 웃기만 할 뿐 그녀는 아무 말도 하지 않았다.

본전(本殿)에서 나와 우리는 왔던 길을 되돌아갔다. 올 때 건넜던 다리를 거치지 않고 왼쪽으로 꺾어들자 보물전(寶物殿)과 창포 연못이라고 이름 붙인 물웅덩이가 나왔다. 연못에는 거북이가 우글우글 떠있어서 우리는 매점에서 거북이 먹이를 사다가 뿌려주었다. 거북이의 느릿느릿 한가한 동작을 보고 있으려니 더위도 조금쯤 가시는 것 같았다. 내가 한창 먹이를 주는 데 집중하는 참에 그녀는 조그마한 여자애와 얘기를 나누었다. 상냥하게 대응하는 모습을 보고 역시나 나와는 정반대의 인간이라는 생각이 들었다. 여자애에게 "언니하고 오빠, 사귀는 거야?"라는 질문을 받은 그녀는 "아냐, 그냥 사이좋은 친구"라고 말해서 어린아이를 난감하게 만들고 있었다.

거북이에게 먹이를 다 뿌려주고 연못 옆으로 난 길을 걸어가자 식당 앞이었다. 그녀의 제안에 따라 잠시 들르기로 했다. 가게 안은 에어컨 바람이 시원해서 무심결에 둘이 동시에 후우 안도의 한숨을 내쉬었다. 널찍한 가게 안에 손님은 우리 외에 세 팀이었다. 가족 한 팀과 기품 있는 노부부, 그리고 약간 소란스러운 네 명의 아줌마들. 우리는 창가의 방석이 놓인 자리에 앉았다.

잠시 뒤에 선한 인상의 할머니가 두 명 분의 물을 들고 와 주문을 받았다.

"우메가에 떡* 두 개, 그리고 나는 녹차. 너도 녹차 괜찮아?"

고개를 끄덕이자 할머니는 싱글벙글 웃으며 가게 안으로 들어갔다.

시원한 물을 마시자 몸의 열기가 쭉 내려가는 게 느껴졌다. 손가락 끝까지 시원함이 퍼져나가서 상쾌했다.

"저 화과자를 우메가에 떡이라고 하는구나."

"응, 여기 명물이야. 여행 잡지에 실려 있었어."

오래 기다리셨습니다, 하고 전혀 기다리지 않았다고 단언할 수 있는 빠른 속도로 빨간 접시에 담긴 우메가에 떡과 녹차 두 잔이 나왔다. 가격은 선불이라고 해서 둘이 반반씩 점원에게 동전을 냈다.

가게 안에서 직접 구워주는 둥글고 하얀 화과자는 손에 들어보니 바삭바삭하고 한 입 베어 물자 달콤하고 은은한 소금맛 팥앙금이 듬뿍 흘러나와 그야말로 최고의 맛이었다. 녹차와도 아주 잘 어울렸다.

"우와, 맛있다! 어때, 나 따라오길 잘했지?"

"뭐, 약간은."

"얘가 도통 솔직하지를 못하다니까. 그런 식이면 내가 없어지고 난 뒤에 또 다시 외톨이 된다?"

---

* 얇은 쌀가루반죽에 팥 앙금을 넣어 매화무늬 철판에 구워내는 전통 떡. 후쿠오카 다자이후 덴만구天滿宮의 명물이다.

"……."

아무려나 상관없다. 그렇게 생각하며 여태까지 살아왔다. 나로서는 지금의 이 상황이 오히려 이상한 것이다.

그녀가 없어진다면 다시 원래의 생활로 돌아가는 것뿐이다. 어느 누구와도 관계를 맺지 않고 소설의 세계에 파묻혀 살아간다. 그런 나날로 돌아간다. 결코 나쁘지 않다. 하지만 그녀가 그걸 이해해줄 거라고는 생각되지 않았다.

우메가에 떡을 다 먹고 차를 마시면서 그녀는 여행 잡지를 테이블 위에 펼쳤다.

"이제 어디로 갈 예정이야?"

"오, 꽤 의욕적이신데?"

"기왕 시작한 나쁜 짓, 끝까지 가보자고 신칸센에서 허수아비를 보며 결심했었어."

"뭐야, 대체 뭔 말인지 모르겠네. 그나저나 나, 죽기 전에 꼭 하고 싶은 일의 목록을 만들었어."

그건 좋은 일이다. 나와 보내는 시간의 쓸모없음을 곧 깨닫게 될 것이다.

"남자친구와 여행하기, 돈코츠 라면을 본고장에 찾아가서 먹기……. 그래서 이번 여행을 감행했는데 우선 오늘 내 최종 목표는 저녁으로 내장탕을 먹는 거야. 그것만 이뤄지면 오케이. *사이좋은 클래스메이트*, 어딘가 따로 가고 싶은 곳은 없어?"

"아니, 나는 관광지라는 것에 기본적으로 아무 관심이 없어서 어디에 뭐가 있는지도 몰라. 어제 메시지에서도 말했지만 네가 가고 싶은 곳에 가면 돼."

"흠, 그래. 어떻게 할까⋯⋯, 흐흑!"

그녀가 돌연 괴상한 소리를 질렀다. 가게 안에 뭔가 깨지는 소리와 천박한 괴성이 울려 퍼졌기 때문이다. 소리 나는 쪽을 돌아보니, 내내 떠들썩하게 수다를 떨던 아줌마들 중에 풍뚱한 한 사람이 신경질적인 비명을 지르고 있었다. 그 옆에는 고개 숙인 할머니. 아무래도 할머니가 다리를 접질려 찻잔을 엎은 모양이었다. 바닥에 도자기 찻잔이 떨어지면서 산산이 깨지는 소리가 다음 행선지를 고민하던 그녀를 놀라게 한 것이다.

나는 상황을 관찰했다. 할머니는 납작 엎드려 계속 사과했지만, 자신의 옷에 녹차가 묻은 아줌마는 점점 더 신경질에 박차가 가해져 거의 발광이라고 해도 무방한 모습이었다. 맞은편을 보니 그녀도 차를 마시며 조용히 지켜보고 있었다.

어떻게든 사태가 평화롭게 진정되기를 기대했는데 그런 기대는 곧잘 어그러지는 법이라서 분노가 정점에 달한 아줌마가 난폭하게 할머니를 떠밀어버렸다. 할머니는 뒤로 휘청하다가 테이블 모서리에 부딪혔고 테이블과 함께 바닥에 나동그라졌다. 간장 병과 나무젓가락 다발이 바닥에 흩어졌다.

사태를 지켜보며 여전히 방관의 자세를 유지하려고 한 것은 나뿐이었다.

"이봐요!"

지금까지 들어본 적이 없을 만큼 큰소리를 내지르며 나와 동석하고 있었을 터인 그녀가 방석에서 벌떡 일어나 할머니에게로 달려갔다.

역시나, 라고 나는 생각했다. 언제까지고 방관자로 남고 싶은 나, 항상 당사자가 되려고 하는 그녀, 결국 그런 얘기다. 나는 나 자신을 거울삼아 그녀는 분명 떨쳐 일어날 것, 이라고 확신했었다.

그녀는 할머니를 부축해 일으키고, 적으로 간주한 아줌마들을 향해 분연히 소리쳤다. 당연히 상대도 대항했지만, 바로 이 부분이 그녀의 진가가 드러나는 대목이다. 가게 안에 있던 다른 손님들, 즉 가족팀의 아빠와 노부부가 무거운 엉덩이를 일으켜 기꺼이 그녀 편을 들어준 것이다.

여러 방향에서 비난 세례를 받은 아줌마들은 소리를 내지른 장본인 외에도 하나같이 얼굴을 붉히고 불평을 주절거리며 도망치듯이 가게를 나갔다. 적들이 사라진 뒤, 그녀는 할머니에게서 고맙다는 인사와 함께 칭찬을 받았다. 나는 그때도 여전히 차만 마시고 있었다.

넘어진 테이블을 정리하고 그녀가 자리로 돌아왔다. "어서 와"라고 인사를 건네자 그녀는 아직도 씩씩거리는 기색이었다. 내가 참여하지 않은 것을 나무라는가 했더니 그게 아니었다.

"그 아줌마가 갑자기 발을 쑥 내미는 바람에 할머니가 접질린 거래. 진짜 너무 못됐어!"

"그러게."

세상에는 가해자와 방관자의 죄는 동급이라는 사고방식이 있다. 그렇다면 내 죄는 그 아줌마와 똑같은 셈이라서 나는 강한 비난은 자제했다.

정의를 위해 분노하는 시한부 인생의 그녀를 바라보며 '안에서 미움 받는 놈이 세상에 나가서는 오히려 행세한다'라는 속담은 딱 맞는 말이라고 생각했다.

"너보다 먼저 죽는 게 세상에 도움이 될 인간이 너무 많다."

"누가 아니래!"

그녀의 동의에 나는 쓴웃음을 지었다. 역시 나는 그녀가 없어지면 외톨이가 되자고 생각했다.

가게를 나설 때, 그녀는 할머니의 감사인사와 함께 우메가에 떡 선물을 여섯 개나 받았다. 그녀는 처음에는 완강히 사양했지만 할머니의 밀어붙이기에 결국 흔쾌히 받아들었다. 구운 지 조금 시간이 지난 우메가에 떡을 덩달아 얻어먹어보니 착 감기는 또 다른 식감을 즐길 수 있어서 이것 역시 맛있었다.

"우선 시내 쪽으로 나가자. 유니클로도 찾아봐야 하니까."

"그래, 생각보다 땀이 많이 났어. 아, 미안하지만, 너 죽기 전에 꼭 갚을 테니까 돈 좀 빌려줄래?"

"어, 싫은데?"

"……이런 바보 도깨비, 그래, 지옥에서 만나서 사이좋게 지내자."

"우와하핫, 농담, 농담. 일부러 갚지 않아도 괜찮다는 뜻이야."

"아니, 지금까지 네가 대신 내준 거, 다 갚을 거야."

"이런 고집쟁이 같으니."

전차를 타고 우리는 원래 내렸던 역으로 향했다. 전차 안은 조용했다. 노인들이 앉아 졸거나 어린아이들이 모여 수군수군 작전회의를 하고 있었다. 그녀가 옆에서 잡지를 들여다보고 있어서 나는 멍하니 바깥을 내다보았다. 시각은 이미 저녁에 접어들었지만 여름 하늘은 아직도 환했다. 이대로 계속 환하면 좋겠다. 그 즈음에 이르자 나는 변덕스럽게도 그런 생각을 하고 있었다.

신에게 비는 소원을 그걸로 했더라면 좋았을 걸, 하고 나 혼자 투덜거리는데 옆자리에서 그녀가 잡지를 접어놓고 눈을 감았다. 그녀는 그대로 우리가 향하는 역에 도착하기까지 푹 잠들었다.

역에 도착하자 낮 시간보다 사람들이 부쩍 붙어났다. 성급한 걸음으로 귀가하는 학생과 샐러리맨의 인파 속에서 우리는 느긋하게 걸음을 옮겼다. 이곳 주민들은 다른 지역 사람들보다 걸음이 빠른 것처럼 느껴졌다. 사건이 많은 지역이라 최대한 트러블을 피하기 위해서일까.

그녀와 상의해 우리는 시내의 가장 큰 번화가로 나가기로 했다. 휴대폰으로 검색해보니 그쪽에 유니클로도 있었다. 나중에 알게 된 것이지만, 우리가 다녀온 절에서 시내 번화가 역까지는 전차를 타지 않고도 갈 수 있었는데, 어쨌거나 납치되다시피 끌려온 나는 그런 사전조사는 불가능했고 그녀는 그런 것에 신경쓸 만큼 세심한 성격이 아니었다.

우리는 전차를 타고 시내로 향했다.

번화가로 나서자마자 즉시 유니클로에 들렀고, 그러고는 빈둥
빈둥 한참을 돌아다녔다. 그녀가 선글라스를 사고 싶다고 해서
안경집에도 들르고 내가 서점을 발견해 들어가 보기도 하고. 낯
선 도시의 거리 풍경은 구경만으로도 재미있어서 갑작스레 만난
공원에서 비둘기를 쫓아다니고 이 지역을 대표하는 명과 가게에
서 시식도 하다 보니 시간이 금세 지나갔다.

날이 어두워지자 다른 지역 사람들의 눈에는 진기하게 보이는
포장마차가 줄줄이 나와서 우리는 그곳을 둘러보다가 그녀가 일
찌감치 점찍어둔 내장탕 식당으로 갔다. 평일이라 그런지 아니면
운이 좋았는지, 손님들로 붐비는 가운데서도 우리는 곧장 좌석으
로 안내를 받았다. 그녀가 "내 덕분인 줄 알아"라고 큰소리를 쳤
지만, 예약한 것도 아니니까 결코 그녀 덕분은 아니다.

시각은 저녁 여덟 시 정각. 우리는 바닥 파인 식탁에 다리를 넣
고 앉아 김이 오르는 냄비요리를 먹었다. 건더기는 내장고기와
양배추와 부추 정도밖에 없는 그 명물 내장탕 요리는 내장 고기
보다 보통 고기가 좋다고 단언하는 내 입을 딱 다물게 할 만큼 맛
있었다. 물론 그녀는 내내 희희낙락 떠들어댔다.

"살아있어서 정말 다행이다!"

"진실이 담긴 말씀이네."

나는 내 앞접시의 국물을 들이켰다. 은은하게 스미는 깊은 맛
이다.

식사 중에는 거의 내용 있는 대화는 오고가지 않았다. 그녀는

줄곧 내장구이를 칭찬했고 나는 조용히 입맛을 다셔가며 와구와구 먹었다. 시답잖은 대화 없이 충분히 식사를 즐길 수 있었다. 맛있는 것을 마주할 때는 무조건 이게 정답이다.

그녀가 다시 시답잖은 얘기를 시작한 것은 맛이 응축된 국물에 직원이 면을 넣어주었을 때였다.

"우리 이제 '한 냄비 사이'가 됐다, 그치?"

"혹시 한솥밥 먹는 사이라는 느낌으로 말한 거야?"

"에이, 그 이상이지. 나는 남자친구와도 한 냄비로 같이 떠먹어 본 적이 없어."

우캬캬캬 하고 그녀는 웃었다. 웃는 방식이 평소와 다른 것은 술이 들어갔기 때문이다. 그녀는 고등학생 주제에 당당히 와인을 주문했다. 전혀 주춤하지 않는 주문에 직원은 의심 없이 받아들이고 잔으로 화이트와인을 내왔다. 냉큼 경찰에 연락해주실 것이지.

평소보다 더 신바람이 난 그녀는 평소보다 더 자신에 대해 이야기하고 싶어 했다. 나는 남의 얘기를 듣는 게 내가 말하는 것보다 더 좋았기 때문에 마침 맞는 상황이었다.

어쩌다 그런 쪽으로 얘기가 흘러갔는지, 그녀는 우리의 클래스메이트인 전 남자친구에 대해 말하기 시작했다.

"정말 훌륭한 남학생이야. 응, 진짜로. 그쪽이 먼저 고백해서, 착한 편이고 친한 사이였으니까 사귀어도 괜찮겠다고 생각했었는데 실제로 만나보니까 뭔가 좀 다른 점이 많아서 힘들었어. 왜냐면 내가 항상 툭 터놓고 말하는 편이잖아. 근데 그러면 금세 부루퉁하게 화를 내고, 어쩌다 다투기라도 하면 엄청 끈덕지게 물고 늘어지는 거야. 친구였을 때는 괜찮았는데 좀 더 오래 함께 지내보니까 그런 면이 점점 눈에 띄는 게 싫었어."

그녀는 와인을 한 모금 마셨다. 나로서는 공감할 수 없었지만 그녀의 이야기를 말없이 들어주었다.

"교코도 내 전 남자친구를 좋게 평가했어. 겉으로는 상큼한 남학생이니까."

"나하고는 인연이 없을 친구네."

"응, 아마 그럴 거야. 넌 교코에게서도 평가가 별로 좋지 않으니까."

"너는 내가 그런 말을 듣고 상처 입을 거라든가, 그런 생각은 안 해?"

"상처 입었어?"

"상처 안 입어. 나 역시 그리 좋은 평가는 내리지 않았으니까 서로 쌤쌤이지."

"내가 죽으면 교코하고 사이좋게 지내줬으면 좋겠는데."

그때까지와는 다른 기색으로 그녀의 눈이 곧장 이쪽을 지그시 바라보았다. 아무래도 진심으로 하는 말인 모양이었다. 어쩔 수 없이 나는 "생각해볼게"라고 대답했다. 그녀는 "부탁이야"라는 한 마디를 덧붙였다. 의미 있는 한 마디였다. 어차피 사이좋아질 일은 없다고 미리 정해버리려던 내 마음이 흔들렸다, 아주 조금.

내장탕 요리를 마음껏 즐기고 식당을 나서자 상쾌한 밤바람이 뺨을 쓰다듬었다. 식당에 에어컨이 있었지만 곳곳에서 냄비요리가 부글부글 끓는 통에 거의 효과를 내지 못했다. 내 뒤를 따라 계산을 마친 그녀가 나왔다. 이번 여행비용은 나중에 꼭 갚겠다는 조건을 달아 그녀에게 모두 다 맡기기로 협정을 맺었다.

"아, 기분 좋아."

"아직 밤에는 시원하네."

"그렇지? 자아, 그러면 호텔로 가볼까?"

오늘 숙박할 호텔에 대한 얘기는 낮에 그녀에게서 들었다. 우리가 타고 온 신칸센 역과 직접 연결되는 꽤 등급이 높은 호텔이고 지역 내에서도 유명한 곳이라고 했다. 원래 그녀는 간단한 비즈니스호텔에서 묵을 생각이었는데 여행 일정을 부모님에게 말했더니 어차피 갈 거면 좋은 곳에서 자라고 지원금을 내주셨다. 기왕 받았으니 그 후의에 보답하기로 했다, 라는 얘기였다. 물론 그녀의 부모님이 주신 돈의 반절은 절친 교코를 위한 돈이었지만, 그건 그녀 책임이니까 나는 모르겠다.

역에 도착하자 진짜로 호텔까지 바로 코앞이었다. 아니, 공식적인 여행 정보에 진짜고 거짓이고 있을 리 없지만, 예상보다 더 코앞이었다는 뜻이다.

내가 호텔 내부의 호화로움과 우아함에 압도되지 않은 것은 그녀가 들고 온 잡지로 사전에 충분히 확인했기 때문이었다. 만일 마음의 준비가 없었다면 화들짝 놀랐을 것이다. 그리고 그녀에게 납작 엎드렸을 터였다. 그런 사태는 나에게도 존재하는 한 줌의

자존심이 허락하지 않기 때문에 잡지 지면을 통해 미리 실컷 놀라둔 것이 참으로 다행이었다.

납작 엎드려 절하는 건 면했지만, 역시 내 주제에 맞지 않는 분위기에 내심 불안했던 나는 프런트 수속은 전적으로 그녀에게 맡기고 세련된 로비의 소파에 앉아 얌전히 기다리기로 했다. 소파는 편안하고 속 깊고 다정했다.

그녀는 익숙한 듯 당당히 프런트로 향해 오만하게 호텔 직원들의 인사를 받고 있었다. 겸손한 어른은 못 되겠네, 라고 무심코 생각하다가 아, 그러고 보니 어른이 되기 전에 죽는구나, 라는 게 퍼뜩 생각났다.

명백히 자리에 어울리지 않는 페트병 차를 마시며 나는 그녀가 체크인하는 모습을 멀찌감치 옆 방향에서 지켜보았다.

프런트에서 응대에 나선 직원은 호리호리하고 머리를 올백으로 넘긴, 그야말로 호텔 직원 같은 분위기의 젊은 남자였다.

호텔에서 일하는 사람들도 이래저래 마음고생이 많겠다고 생각하고 있으려니, 그녀는 서류에 뭔가 기입하고 있었다. 이쪽에서는 무슨 말을 나누는지 들리지 않았지만 그녀가 그 서류를 다시 건네주자 프런트 직원은 상냥하게 웃으며 꼿꼿한 자세로 손맡의 컴퓨터에 뭔가 입력하기 시작했다. 예약내용이 무사히 확인되었는지 그가 그녀에게 다시 돌아서서 공손히 입을 움직였다.

그러자 그녀가 돌연 놀란 얼굴로 고개를 가로저었다. 그 반응에 프런트 직원도 표정이 굳어지면서 다시 컴퓨터를 두드려보고 그녀를 향해 입을 움직였다. 그녀는 다시 고개를 가로젓고 어깨의 배낭에서 종이 한 장을 꺼내 그에게 건넸다.

프런트 직원은 그 종이와 컴퓨터 화면을 비교해보더니 얼굴이 일그러지면서 일단 안쪽으로 들어갔다. 그녀와 마찬가지로 나도 하릴없이 기다리고 있으려니 그는 나이 지긋한 남성을 데리고 다시 돌아왔다. 그러고는 곧바로 두 사람은 그녀에게 몇 번이나 머리를 숙였다.

젊은 프런트 직원이 아니라 나이든 남성 직원이 온몸으로 사죄를 표현하며 그녀에게 뭔가 설명하기 시작했다. 그녀는 난감한 듯 웃고 있었다.

무슨 일인가 하고 일부시종을 주시하며 내 나름대로 머리를 굴렸다. 일반적으로 생각해보면 예약이 정확히 입력되지 않은 건 호텔 측의 실수라는 게 타당하지만, 그렇다면 그녀의 난감해하는 웃음이 설명이 안 된다. 어쨌거나 그런 경우에는 호텔 측이 그에 걸맞게 적절히 대처해줄 터라서 나는 느긋하게 마음먹고 기다리기로 했다. 여차하면 이 근처 피시방 같은 곳에서 밤을 새우는 것도 나쁘지 않다.

난감한 웃음을 지은 채 이쪽을 흘끗 살펴보는 그녀에게 나는 무심코 고개를 끄덕였다. 딱히 별 의미가 있는 행동은 아니었지만, 그녀는 내 동작을 보고 프런트에서 눈꼬리를 늘어뜨린 채 대기하던 직원에게 뭔가 말을 했다.

그 순간 두 호텔 직원의 얼굴이 환해졌고, 여전히 연신 고개를 숙였지만 이번에는 그녀에게 감사하다고 말하는 것 같았다. 얘기가 마무리된 것 같아 다행이다, 라고 생각했던 나 자신을 몇 분 뒤의 나는 찰싹 때려주고 싶었다. 거듭 말했던 대로 나는 위기 관리능력이 부족한 것이다.

카드키 등등을 받아든 그녀는 다시 호텔 직원들의 사과 인사를 받아가며 내게로 돌아왔다. 나는 그녀를 올려다보며 "뭔가 문제가 있었던 모양이지?"라고 말을 건넸다. 내 나름의 위로에 그녀는 표정으로 응했다. 우선 입술을 뾰로통하게 내밀었고 부끄러움과 곤혹스러움의 표정을 떠올린 다음에 내 얼굴빛을 살피듯이 눈을 깜빡거리더니 마지막으로 모든 것을 떨쳐내듯이 환하게 웃었다.

"약간 착오가 있었던 거 같아."

"그래?"

"원래 예약했던 방이 만실이 됐대."

"아."

"그래서 호텔 쪽 책임이니까 내가 예약했던 것보다 훨씬 더 좋은 방을 준비해준다네?"

"거, 괜찮네."

"근데……."

그녀는 손에 든 카드키를 얼굴 옆으로 치켜들었다.

"방을 함께 써야 하는데, 괜찮겠지?"

"……뭐?"

그녀의 웃는 얼굴을 향해 나는 센스 있는 말 한 마디조차 하지 못했다.

이런 식의 스토리에 이미 나 자신부터가 식상했고, 만일 내 마음속을 읽어내는 사람이 있다면 앞으로의 전개는 너무 뻔하다고 생각하겠지만, 어떻든 나는 그녀에게 떠밀려 결국 한 방에서 밤을 보내게 되었다.

다만 나를 의지가 취약한, 이성과 한 방을 쓰는 것을 널름 허락하는 그런 연파적(軟派的)인 인간이라고 생각하지 말아줬으면 한다. 나와 그녀 사이에는 말하자면 약간의 금전적인 문제가 있었다. 그 점을 지적하고 나섰을 때, 나는 그녀에게 나만 따로 다른 곳에 가서 자겠다는 주장도 했었다.

아, 내가 지금 누구에게 이런 구구한 변명을 하는 건가.

그렇다, 변명. 강경한 자세로 그녀와 별도의 행동을 취한다, 라는 것도 얼마든지 가능했다. 그녀도 억지로 붙잡지는 않았을 것이다. 하지만 나는 내 의지에 따라 그렇게 하지 않았다. 이유는? 글쎄, 나도 잘 모르겠다.

어쨌거나 나는 결국 그녀와 한 방을 쓰게 되었다. 하지만 양심에 거리낄 일이라고는 단 한 가지도 없었다. 이건 내 평생을 걸고 단언할 수 있다. 우리는 결백했다.

"한 침대에서 자다니, 가슴이 두근두근한다, 그치?"

아, 그렇다, 나 혼자만 결백했다.

"너 바보 아니냐?"

널찍한 호텔 방, 부드러운 샹들리에 불빛 아래 춤추듯 핑그르르 돌아본 다음에 괴이한 말을 내뱉는 그녀를 나는 잔뜩 흘겨보았다. 큼직한 침대가 놓인 서양식 공간 안쪽의 고급 소파에 앉아 나는 그녀에게 지극히 당연한 사항을 미리 알려주었다.

"나는 이쪽이야."

"에이, 모처럼 좋은 방에서 자게 됐는데 침대도 마음껏 즐겨야지."

"나중에 한 번 뒹굴어볼게."

"여학생과 함께 잘 수 있다는 게 기쁘지도 않아?"

"나의 품위를 떨어뜨리는 그런 발언은 하지 말아줘. 나는 어디까지나 신사니까. 그런 건 연인하고 하도록 해."

"연인이 아니니까 뭔가 나쁜 짓 같고 재미있잖아?"

말을 하고 나서 그녀는 뭔가 생각났는지 배낭에서 〈공병문고〉를 꺼내 메모를 했다. 그 행동은 그녀를 관찰하다 보면 빈번하게 볼 수 있었다.

"우와, 대박! 거품 욕조야!"

욕실을 구경하던 그녀가 신이 나서 떠드는 소리를 들으며 나는 창문을 열고 베란다로 나왔다. 우리가 묵게 된 방은 15층에 자리 잡고 있고, 스위트룸까지는 아니어도 어떻든 고교생이 숙박하기에는 지나치게 사치스러웠다. 화장실과 욕실이 별도, 그리고 베란다에서 보이는 야경은 장관이었다.

"아, 멋있다."

어느 새 그녀도 베란다에 나와 야경을 보고 있었다. 솔솔 부는 바람에 그녀의 긴 머리가 흔들렸다.

"둘이서 야경이라니, 로맨틱하다, 그치?"

나는 대답 없이 방으로 돌아왔다. 소파에 앉아 눈앞의 둥근 테이블에 놓인 리모컨으로 방과 마찬가지로 큼직한 대형 텔레비전의 전원을 켜고 채널을 이리저리 돌렸다. 평소에는 보기 힘든 이 지역 방송이 많이 방영되고 사투리를 전면에 내세우는 연예인들의 프로는 그녀의 농담보다 훨씬 더 흥미로웠다.

베란다에서 돌아온 그녀는 창문을 닫고 내 앞을 가로질러 침대에 올라앉았다. "우와아"하는 탄성을 올리는 그녀의 모습으로 짐작컨대 탄력이 매우 뛰어난 침대인 모양이다. 좋아, 나도 나중에 딱 한 번, 그 푹신한 탱탱함을 즐겨도 손해날 건 없다.

그녀도 나와 마찬가지로 큼직한 텔레비전을 보았다.

"사투리, 너무 재미있다. 먹고 싶지 않소이까, 라니 어쩐지 옛날 사무라이 같잖아. 주위는 온통 최첨단의 도시인데 오래된 사투리를 쓰니까 엄청 신기하네."

그녀치고는 제법 그럴싸한 소리를 했다.

"방언을 직업적으로 연구하면 재미있을 거 같아."

"웬일이냐, 나도 동감인데? 대학에서 그런 쪽으로 공부하려고 했을 정도야."

"와아, 좋겠다, 나도 대학에 가고 싶었는데."

"……이런 때 나는 뭐라고 해야 하지?"

농담처럼, 이 아니라 감상(感傷)을 휘감고 그런 말을 하는 것만은 제발 하지 말아줬으면 한다. 어떤 기분이 되어야 좋을지 모르겠다.

"방언에 관한 토막지식 같은 거 없어?"

"글쎄다. 자, 그러면, 우리는 간사이(關西) 사투리가 다 똑같이 들리지만 사실은 그것도 여러 종류로 나눠져 있어. 몇 종류나 될 거 같아?"

"만 개!"

"……야, 그렇게 많을 리가 있냐. 분위기 파악 못하는 그런 대답을 하면 미움 받아. 여러 설이 있지만 실제로는 30여 개라고 알려져 있어."

"에개, 겨우 그 정도야?"

"……지금까지 얼마나 많은 사람이 너로 인해 상처를 입었을까나."

교우관계가 넓은 그녀니까 그 숫자는 헤아릴 수 없이 많을 것이다. 참으로 죄 깊은 인간이다. 그런 점에서 교우관계가 없는 나는 남을 상처 입힐 말은 하지 않는다. 어느 쪽이 인간으로서 올바른지는 저마다 판단이 다를 것이라고 생각한다.

잠시 조용하게 텔레비전을 보던 그녀였지만, 이윽고 가만히 있는 게 견딜 수 없었는지 넓은 침대에서 데굴데굴 굴러 시트를 마구 어질러놓고는 "목욕이나 해야겠다!"라고 높직이 선언하고 욕실로 들어가 욕조에 뜨거운 물을 받기 시작했다. 벽을 사이에 두고 들려오는 힘찬 물소리를 배경음악 삼아 그녀는 배낭에서 자잘한 물건을 이것저것 꺼내들고 욕실 옆에 별도로 마련된 세면실에서도 수돗물을 틀었다. 아마 화장을 지우는 것이리라. 별로 관심은 없지만.

욕조에 물이 차자 그녀는 좋아라 욕실로 사라졌다. "훔쳐보면 안 돼"라는 말도 안 되는 충고를 던졌지만 나는 그녀가 욕실에 들어가는 것조차 쳐다보지 않았다. 무엇보다 나는 신사니까.

어딘가에서 들은, 아마도 뭔가의 시엠송이 콧노래가 되어 욕실에서 들려왔다. 클래스메이트가 근접거리에서 욕조에 들어앉은 현 상황까지 대체 어쩌다가 오게 되었는지, 나 자신의 의지와 행동에 대한 반성까지 포함하여 되짚어보았다. 천장을 올려다보니 시선 끝에 샹들리에가 어른거렸다.

기억을 다시 더듬는 작업이 신칸센에서 그녀에게 두들겨 맞은 대목쯤까지 왔을 때, 그녀가 내 이름을 불렀다.

"*사이좋은 클래스메이트, 내 배낭에서 세안크림 좀 갖다 줄래?*"

욕실 구조상 왕왕 울리는 그녀의 목소리에 나는 별 생각 없이 복종해서 침대에 놓인 하늘색 배낭을 집어들고 안을 들여다보았다.

아무 생각도 없었다.

그래서 눈에 뛰어든 것에 내 마음은 어딘가의 지진처럼 뒤흔들렸다.

그녀처럼 밝고 환한 색깔의 배낭.

내용물을 목격하고 딱히 동요할 필요도 이유도 없을 텐데 심장이 저절로 두근두근 울렸다.

　나도 이미 알고 있었고 이해하고 있었다. 그녀라는 존재의 전제이기도 했는데, 그런데도 그것을 목격해버린 나는 숨을 헉 삼켰다.

　침착해야 돼…….

　나 자신을 타일렀다.

　배낭 안에는 여러 개의 주사기, 처음 보는 많은 양의 알약, 사용법을 알 수 없는 검사기기 등이 들어 있었다.

　사고력이 딱 멈춰버리려는 것을 겨우겨우 버텼다.

　알고 있었다, 이게 현실이다. 그녀가 의학의 힘으로 가까스로 존재를 유지하고 있다는 사실. 막상 눈앞에 마주하고 보니 마음속에 말할 수 없는 공포감이 쏟아졌다. 억눌러둔 두려움이 그 즉시 얼굴을 내밀었다.

　"왜 안 줘?"

　욕실 쪽을 돌아보니 내 심정 따위는 이슬만큼도 알지 못하는 그녀의 젖은 팔이 팔랑팔랑 흔들리고 있었다. 나는 내 안에 생겨난 감정을 들키는 일이 없도록 서둘러 세안크림 튜브를 찾아 그녀의 손에 쥐어주었다.

　"고마워. 아, 나 지금 홀딱 벗고 있어!"

　미처 대답하지 못하자 그녀 쪽에서 먼저 "대답 좀 해! 나만 창피하잖아!"라고 말도 안 되는 시비를 날리더니 욕실 문이 탁 닫혔다.

나는 그녀가 점유한 침대로 다가가 몸을 던졌다. 예상대로 뛰어난 탄성이 내 몸을 빨아들였다. 하얀 천장에 의식까지 빨려 들어갈 것 같았다.

혼란스러웠다.

어떻게 된 것인가.

다 알았던 일, 이미 깨달았던 일, 벌써 이해했던 일.

그런데도 나는 여전히 눈을 돌려 외면하고 있었다.

그녀, 라는 현실.

실제 물질을 눈앞에 들이댄 것만으로 나는 잘못된 감정에 사로잡히려 하고 있었다. 괴물에게 마음을 물어 뜯기려 하고 있었다.

왜?

답이 나오지 않는 생각을 빙글빙글 돌리는 사이에 눈까지 돌아갔는지 나는 침대에서 깜빡 잠이 들어버렸다.

눈을 뜨자 머리칼이 젖은 그녀가 내 어깨를 흔들고 있었다. 괴물은 이미 어디론가 사라지고 없었다.

"역시 침대에서 자고 싶었구나?"

"……말했잖아, 딱 한 번만 즐기겠다고. 이제 됐어."

몸을 일으켜 나는 소파로 옮겨갔다. 그녀에게 괴물의 손톱 흔적을 들키지 않도록 가능한 한 무표정하게 텔레비전으로 시선을 던졌다. 그렇게 할 수 있을 만큼 평정을 되찾은 나 자신에게 안도했다.

그녀는 호텔에 구비된 드라이어를 사용해 긴 머리를 말리고 있었다.

"사이좋은 클래스메이트도 목욕해야지? 거품 욕조, 진짜 좋아."

"그럴까? 행여 들여다볼 생각은 하지도 마. 나, 욕실에서는 인간 가죽을 벗어놓기로 했으니까."

"햇볕에 새까맣게 탔나?"

"응, 그렇다고 해두자."

그녀가 빌려준 돈으로 구입한 유니클로 옷을 봉투째 들고 나는 욕실로 갔다. 물기 자욱한 그곳에는 달콤한 향기가 가득해서, 현명한 나는 단순한 선입견 탓이라고 굳게 믿기로 했다.

혹시나 해서 문의 걸쇠를 단단히 잠근 뒤에 옷을 벗고 샤워를 했다. 머리를 감고 몸을 씻고 욕조에 담긴 뜨거운 물에 뛰어들었다. 그녀의 말대로 거품 기능을 켜자 이루 말할 수 없는 행복감이 몰려왔다. 마음속에 남아있던 괴물의 손톱자국이 싹싹 덧칠되는 듯한 느낌이었다. 목욕은 위대하다. 나는 앞으로 최소한 십 년 동안은 맛볼 일이 없을 것으로 생각되는 고급 호텔의 욕실을 아주 오래오래 만끽했다.

욕실에서 나오자 샹들리에 불빛은 꺼지고 방은 어둑어둑해져 있었다. 그녀는 내 잠자리가 될 터인 소파에 앉아 있고, 둥근 테이블에는 아까까지 없었던 편의점 봉투가 놓여 있었다.

"일층 편의점에 내려가 과자니 뭐니 사왔어. 저기 선반에서 컵 좀 가져올래? 두 개."

나는 그녀가 소망하는 대로 컵 두 개를 가져다 테이블 위에 놓앉다. 소파는 그녀가 차지했기 때문에 테이블을 끼고 맞은편의 멋들어진 일인용 의자에 앉았다. 이쪽도 소파와 마찬가지로 사람의 마음을 침착하게 가라앉혀주는 탄력을 갖고 있었다.

훈훈한 기분으로 앉아 있으려니 그녀는 편의점 봉투를 바닥에 내려놓고 그 안에서 병을 꺼내 두 개의 컵에 따랐다. 컵이 반절쯤까지 호박색 액체로 채워지자 다시 다른 병에서 투명한 탄산계 음료를 넘치기 직전까지 더 채웠다. 두 가지 액체가 섞여 컵 안에서 수수께끼의 음료가 만들어졌다.

"이건 뭐야?"

"매실주와 소다수 칵테일. 이 정도 비율이면 되겠지?"

"내장탕 식당에서부터 생각했었는데, 너는 고등학생 신분에 자꾸만 술을……."

"괜히 폼 재려는 거 아니야. 순수하게 술을 좋아하는 거지. 안 마셔?"

"……별 수 없네, 함께해드려야지."

컵에 남실남실 넘치려는 매실주를 흘리지 않게 입가로 가져왔다. 오랜만에 마시는 술은 상쾌한 향기와는 달리 꽤 달달했다.

선언했던 대로 그녀는 그야말로 맛있다는 듯 매실주를 마시며 과자봉지 몇 개를 테이블 위에 펼쳤다.

"포테이토칩은 어떤 맛을 좋아해? 나는 콩소메."

"소금맛이 정석이지."

"어휴, 우린 진짜 방향성이 안 맞는다! 콩소메밖에 안 사왔는데 어쩌냐, 메롱."

상당히 즐거운 듯한 그녀를 바라보며 마시는 술은 역시 달달했다. 내장탕 요리로 배가 그득했었는데도 스낵 과자란 묘하게 식욕을 유발한다. 나는 정석에서 벗어난 콩소메맛 포테이토칩을 와삭와삭 깨물며 잔을 기울였다.

둘 다 첫 잔을 비우자 그녀가 이어서 두 잔째 칵테일을 만들면서 새로운 제안을 했다.

"게임이나 하자."

"게임? 장기라도 두려고?"

"난 장기는 규칙을 아는 정도지만, 너는 꽤 잘할 거 같은데?"

"외통 장기는 좋아해, 혼자서도 할 수 있으니까."

"으이그, 궁상맞아. 트럼프 카드라면 내가 챙겨왔어."

그녀는 침대 옆 자신의 배낭에서 상자에 든 트럼프 한 세트를 가져왔다.

"둘이 트럼프 카드 하는 게 더 궁상맞지. 그나저나 뭐할 거야?"

"대부호?"

"거듭되는 혁명으로 국민이 다 없어져버릴걸?"

우캬캬캬 하고 기분 좋은 듯 그녀는 웃었다.

"흠."

플라스틱 상자에서 꺼낸 트럼프 카드를 섞으면서 그녀는 몸을 흔들어가며 뭔가 궁리하는 것 같았다. 나는 굳이 입을 열지 않고 그녀가 사온 포키 과자를 입에 물었다.

트럼프 카드가 손 안에서 다섯 바퀴쯤 돌았을 때, 그녀의 움직임이 멈췄다. 아무래도 묘안이 떠올랐는지 자신의 생각을 자화자찬하듯이 멋대로 거듭 고개를 끄덕이며 반짝이는 눈빛을 내게로 향했다.

"모처럼 술도 마셨겠다, 이 참에 '진실이냐 도전이냐' 게임이나 하자."

귀에 익숙치 않은 게임 이름에 나는 미간을 좁혔다.

"뭐야, 그 철학적인 이름의 게임은?"

"몰라? 그러면 일단 하면서 규칙을 설명해줄게. 우선 딱 한 가지, 가장 중요한 규칙부터 알려줄게. 절대로 게임을 중단해서는 안 된다! 알았지?"

"장기판을 뒤엎어서는 안 된다는 얘기지? 좋아, 그런 어설픈 짓은 안 하지."

"약속했다?"

짓궂게 사악한 웃음을 보이며 그녀는 테이블 위의 과자를 바닥으로 치워놓고, 뒷면을 내보인 트럼프 카드를 능숙하게 원형으로 펼쳤다. 그녀의 표정에서 경험의 차이로 나를 때려눕히려는 의도가 뻔히 보였기 때문에 콧등을 납작하게 눌러주자고 나는 기합을 넣었다. 괜찮다, 트럼프 카드를 사용하는 게임은 대부분의 경우, 사고력과 운의 승부다. 규칙만 잘 이해하면 경험 따위는 그리 큰 힘을 발휘할 수 없다.

"참고로, 트럼프 카드가 있어서 지금은 이걸 이용하지만, 원래

가위바위보로 해도 되는 게임이야."

"……내 의욕, 다시 돌려줘."

"이미 꿀꺽 받아먹어버렸지롱. 자, 그럼 이 중에서 한 장을 골라 여기 둥근 원 한가운데서 뒤집으면 돼. 숫자가 큰 쪽이 이기는 거야. 이긴 쪽이 권리를 얻을 수 있어. 알았지?"

"무슨 권리?"

"진실이냐 도전이냐, 라고 물어볼 권리. 아참, 횟수는 어떻게 하지? 좋아, 열 번으로 해볼까. 우선 카드부터 선택해봐."

지시한 대로 나는 한 장을 골라 뒤집었다. 스페이드 8.

"마크는 다르지만 숫자가 같을 경우에는?"

"귀찮으니까 그냥 다시 뽑는 걸로 하자. 아까도 말했지만 이건 적당히 만든 규칙이니까 본질과는 별 관계가 없어."

이번에는 그녀가 매실주를 마시며 트럼프 카드를 뒤집었다. 하트 11. 뭔지는 모르겠지만 분명 내가 불리한 상황이다 싶어서 나는 잔뜩 긴장한 채 기다렸다.

"야호, 그럼 나한테 권리가 있지? 지금부터 내가 '진실이냐 도전이냐'라고 말할 테니까 너는 우선 '진실'이라고 말해. 자아, 진실이냐 도전이냐?"

"진실……."

"그러면 일단 시험 삼아, 우리 반에서 누가 가장 예쁘다고 생각해?"

"……느닷없이 뭔 소리야?"

"이게 '진실이냐 도전이냐' 게임이야. 만일 네가 대답하고 싶지 않다면 다시 '도전'을 선택하면 돼. 네가 도전을 선택하면, 나는 뭔가 지시를 내리고 너는 그것에 도전해야 돼. 진실이냐 도전이냐, 둘 중의 하나는 반드시 선택해야 하고."

"뭐야, 이 악마의 게임은?"

"그래서 아까도 말했지만 중간에 그만두면 절대 안 돼. 이건 너도 합의한 사항이지? 어설픈 짓은 안 한다고 했잖아."

얄미운 웃음을 지으며 술을 꿀꺽 들이켜는 그녀를 마주하고 나는 싫다는 몸짓을 보이면 그녀의 노림수에 넘어가는 것이라는 판단으로 계속 무표정으로 일관했다.

아니, 포기하는 건 너무 이르다. 아직 돌파구가 있을 터였다.

"그런 게임이 진짜 있어? 네가 방금 생각해낸 엉터리 게임이지? 만일 그렇다면 나는 게임을 그만두지 않겠다고 말했었으니까 정식 게임이 아닌 이건 무효야."

"에구, 유감이네요. 내가 그렇게 허술한 사람일 거 같아?"

"응, 허술할 거 같은데."

"후훗, 이 게임은 수많은 영화에 등장하는 유서 깊은 정식 게임이랍니다. 전에 영화 보면서 분명하게 알아뒀으니까 확실해. 게임을 그만두지 않겠다고 굳이 두 번씩이나 말해줘서 고마워."

크크크큭 하고 마계(魔界)의 것으로밖에는 생각되지 않는 웃음을 짓는 그녀의 눈빛에는 명백히 삿된 기운이 깃들어 있었다.

결국 또 다시 나는 함정에 빠진 꼴이었다. 도대체 이게 몇 번째인가.

"지나치게 미풍양속을 해치는 진실이나 도전은 하지 말아줘. 특히 야한 것은 절대 안 돼. *사이좋은* 클래스메이트 님, 적당히 해주세요, 적당히."

"입 닥쳐, 이 쓰레기바보!"

"너무 심한 욕이잖아!"

그녀는 컵에 남은 술을 비우고 세 잔째를 만들기 시작했다. 계속해서 반쯤 웃는 얼굴인 것을 보면 술기운이 약간 올랐는지도 모른다. 참고로, 나는 아까부터 얼굴이 화끈화끈 달아올랐다.

"아무튼 내 첫 질문은 네가 우리 반에서 가장 예쁘다고 생각하는 건 누구냐, 라는 거야."

"나는 사람을 겉모습으로 판단하지 않아."

"딱히 인격은 관계없어. 누구 얼굴을 가장 예쁘다고 생각하느냐는 거지."

"……"

"참고로 말하겠는데, 도전했을 경우에 나는 가차 없이 몰아붙일 생각이야."

그쪽은 더욱더 불길한 예감밖에 들지 않았다.

가장 데미지가 적은 상태로 이 자리를 회피할 방법을 궁리하다가 나는 어쩔 수 없이 진실 쪽을 선택했다.

"……그 여학생이 예쁜 거 같아, 그 수학 잘하는 애."

"아, 히나? 걔가 8분의 1이 독일인이야. 오호, 그런 느낌의 여자를 좋아하는구나, 너? 히나는 예쁜 얼굴인데 남자 사귀는 일도 거의 없고, 맞아, 나도 남자라면 히나를 선택할 것 같긴 하다. 오, 제법 눈이 높으신데?"

"너와 똑같은 의견일 때만 눈이 높다고 하는 건 오만한 주장이야."

술을 꿀꺽 마셨다. 별로 술맛이 느껴지지 않기 시작했다.

다시 그녀의 지시에 따라 카드를 선택했다. 앞으로 아홉 번. 중간에 빠진다는 건 도저히 통할 것 같지도 않아서 남은 모든 질문이 나한테 돌아오기만을 빌었다. 하지만 이런 때 나는 별로 운이 따르지 않는 인간인 모양이다.

나는 하트 2, 그녀는 다이아몬드 6.

"성공! 역시 하늘은 마음 착한 여학생 편이라니까."

"당장 하느님에 대한 믿음이 떨어져버린다."

"진실이냐 도전이냐?"

"……진실."

"우리 반에서 히나가 가장 예쁘다고 치고, 겉모습에서 나는 몇 번째야?"

"……어디까지나 내가 얼굴을 기억하는 사람에 한해서만 말하겠는데, 세 번째."

알코올의 힘을 주입시키려고 내가 잔을 들어 한 모금 꿀꺽 마셨더니 그녀도 동시에 잔을 입으로 가져가 나보다 더 격하게 들이켰다.

"내가 물어봤으면서 이런 말을 하는 것도 좀 그렇지만, 이거 엄청 창피하다! 아니, 그보다 *사이좋은 클래스메이트*가 이렇게 순순히 대답해줄 줄은 생각도 못해서 더 그런 거 같아."

"얼른 끝내고 싶을 뿐이야, 이 게임. 그래서 체념했어."

술 탓이리라, 그녀의 얼굴이 빨개졌다.

"*사이좋은 클래스메이트*, 천천히 하자, 밤은 길고 길어."

"그래, 지겨운 시간은 길게 느껴진다는 말도 있지."

"나는 엄청 즐거운데?"

말을 하면서 그녀는 매실주를 두 개의 컵에 따랐다. 이제 소다수는 다 떨어져서 진한 매실주가 그대로 컵을 채웠다. 맛이고 뭐고, 풍기는 향기까지 달달해졌다.

"그렇구나, 내가 세 번째로 예쁘구나, 에헤헤헤헤."

"됐으니까 다음 카드 뽑는다? 자, 다이아몬드 12."

"게임을 좀 재미있게 해볼 생각은 없어? 어디 보자, 윽, 하트 2."

안타까워하는 표정의 그녀를 보며 나는 진심으로 안도했다. 이 게임으로 내가 할 수 있는 최대한의 저항은 열 번 중 한 번이라도 더 많이 그녀의 차례를 가로막는 것이다. 열 번만 끝나면 이제 두 번 다시 그녀가 게임이라고 지칭하는 정체불명의 놀이에는 참여하지 않겠다, 라는 맹세는 가슴속에 단단히 새겼다.

"좋아, *사이좋은 클래스메이트*, 말해봐."

"진실이냐 도전이냐?"

"진실!"

"그래, 그렇다면……."

그녀의 무엇을 알고 싶은가, 라고 생각하자 금세 머릿속에 떠올랐다.

그녀에 대해 알고 싶은 것이라고는 이것 말고는 없다.

"좋아, 정했어."

"이거 꽤 두근두근한데?"

"너는 어떤 어린애였어?"

"……엇, 그런 걸로 진짜 괜찮아? 난 쓰리사이즈 정도라면 대답해줄 각오였는데."

"입 닥쳐, 이 쓰레기바보!"

"너무 심한 욕이잖아!"

그녀는 즐거운 듯 몸을 젖히며 웃었다. 물론 내 질문의 목적은 그녀의 훈훈한 추억 얘기를 듣자는 게 아니었다. 내가 알고 싶은 것은 그녀라는 인간이 어떤 과정을 거쳐 만들어졌는가 하는 것이었다. 주변 사람들에게 큰 영향을 끼치고 또한 영향을 받기도 하는, 그야말로 나와는 정반대의 그녀가 만들어진 과정을 나는 알고 싶었다.

이유는, 단순히 신기했기 때문이다. 나와 그녀라는 두 가지 인간성의 성립, 이 두 가지 사이에는 대체 어떤 차이가 있었을까. 어디선가 한 걸음 달랐다면 나도 그녀처럼 되었을까. 그것이 궁금했다.

"어렸을 때라면, 나는 아무튼 덜렁거리는 애라고들 했어."

"응, 그랬을 거 같다. 쉽게 상상이 되네."

"그치? 초등학생 때는 여학생이 더 키가 크잖아. 반에서 내가 제일 키가 커서 남자애들과 싸움도 많이 했어. 뭘 때려 부수기도 하고, 아무튼 문제아였어."

그런가, 역시 몸의 크기라는 것은 본인의 성격과 관계가 있는지도 모른다. 나는 옛날부터 몸이 작고 약했다. 그래서 내향적인 인간이 된 건가.

"이 정도면 답이 됐어?"

"그래, 됐어. 얼른 다음 판으로 가자."

그다음부터는 아무래도 신께서 정말로 착한 남학생 편이었는지 내가 다섯 번을 연달아 이겼다. 처음 게임을 시작했을 때의 의기양양한 그녀는 어디로 갔는지, 신께서 췌장과 함께 내팽개치실 때마다 그녀는 술을 벌컥벌컥 들이켜면서 부루퉁해져갔다. 아니, 정확하게는 내 질문이 나올 때마다 부루퉁해져갔다. 두 세트만을 남긴 시점에 그녀는 얼굴이 새빨개져서 입을 툭 내밀고 소파에서 금세라도 떨어질 듯한 모습이었다. 마치 토라진 어린애 같았다.

참고로, 그녀가 "이거, 면접이야?"라고 불퉁거렸던 나의 다섯 번의 질문과 대답이다.

"가장 오래 유지해온 취미는?"

"굳이 말하자면 영화는 계속 좋아했던 것 같아."

"유명한 사람 중에서 가장 존경하는 사람과 그 이유는?"

"스기하라 치우네*! 나치 독일에 박해를 받던 유태인에게 비자를 내준 사람이야. 자신이 옳다고 생각한 것을 관철하는 모습이 엄청 멋있어."

"네가 스스로 생각하는 장점과 단점은?"

"장점은 누구와도 친하게 지낼 수 있다는 점, 그리고 단점은 너무 많아서 잘 모르겠지만, 주의력이 산만한 점?"

"지금까지 가장 즐거웠던 일은?"

"우훗, 너를 만났다는 거?"

"췌장에 대한 것은 빼고, 지금까지 가장 괴로웠던 일은?"

"중학생 때, 항상 함께 지내던 강아지가 죽은 것인가……, 아니, 근데 이거 면접이야?"

나는 스스로 느끼기에도 완벽하게 시치미를 뚝 떼는 얼굴로 "아니, 게임이지"라고 대꾸해주었다. 그녀는 촉촉해진 눈빛으로 "재미있는 것 좀 물어봐라!"라고 부르짖었다. 그리고 다시 한 잔, 괜히 술을 더 마셨다.

"너도 마셔!"

험상궂은 눈빛을 던지는 술주정뱅이의 신경을 거스르지 않도록 나도 순순히 컵을 들었다. 그 바람에 꽤 술기운이 올랐지만, 그래도 내가 그녀보다 카드 뽑기에는 선수였다.

"두 번 남았어. 내가 먼저 뽑는다? 자아, 클로버 11."

---

* 일본의 외교관(1900~1986)

"엇, 왜 이렇게 잘 뽑는 거야, 진짜?"

진심으로 슬프고 약 오르고 화난다는 듯 한탄하면서 그녀도 카드를 뒤집었다. 그녀가 낸 숫자를 보고 승리를 확신했던 내 등에 주르륵 땀이 흘렀다.

스페이드 13, 킹이었다.

"우와아아! ……어라라?"

환성과 동시에 벌떡 일어서던 그녀는 술기운에 다리까지 풀렸는지 비틀거리다가 소파 위에 털썩 자빠졌다. 조금 전에 한탄하던 모습이 확 바뀌어 그녀는 자신의 몸이 이상해진 것에 다시 깔깔거리며 웃었다.

"*사이좋은 클래스메이트*, 정말 미안한데, 이번에는 질문과 명령을 다 말할 테니까 두 가지 중 하나를 골라주시는 건 어때?"

"드디어 본성을 드러내는구나. 질문은 그렇다 치고, 하필 말을 해도 '명령'이라니, 그게 뭐야?"

"아, 맞다, 진실과 도전이었지?"

"하긴 규칙상 별 문제는 없겠다."

"좋아, 진실이냐 도전이냐? 진실이라면 나의 예쁘다고 생각되는 점 세 가지를 말해봐. 도전이라면 나를 저기 침대로 옮겨줘."

그녀가 말을 끝내자마자 나는 생각보다 먼저 몸을 움직였다. 이 경우, 어차피 이제 곧 그녀를 이동시켜줘야 할 터라서 이참에 도전을 빙자해 그 일을 처리해버리는 쪽을 선택하는 것에 망설임의 여지는 없었다. 게다가 진실 쪽의 질문이 너무도 극악했다.

자리에서 일어서자 몸무게가 평소보다 가벼워진 것 같은 착각이 몰려왔다. 그녀가 앉은 소파로 다가갔다. 그녀는 즐거운 듯 우캬캬캬 하고 웃었다. 술이 뇌 속까지 올라간 모양이다. 어떻든 자리에서 일으켜주려고 나는 그녀의 눈앞에 손을 내밀었다. 그러자 그녀의 높직한 웃음이 뚝 멈췄다.

"뭐야, 이 손은?"

"손 잡아줄 테니까 어서 일어나."

"아뇨, 아뇨, 일어날 수가 없어요. 나, 다리가 완전히 풀려버렸단 말이야."

그녀는 입 끝을 쓰윽 치켜들었다.

"내가 말했잖아, 옮. 겨. 줘, 라고."

"……."

"업히는 게 좋을까 아니면 공주처럼 안기는 게 좋을까, 꺄아아!"

낯부끄러운 그런 말이 더 길어지기 전에 나는 그녀의 어깨와 무릎 뒤를 번쩍 안아 올렸다. 허약한 인간인 나도 그녀를 몇 미터쯤 들어 옮길 정도의 힘은 있었다. 망설여서는 안 된다, 라고 생각했다. 괜찮다, 우리는 지금 술에 취했으니까 약간의 부끄러움은 자고 나면 말끔히 사라진다.

그녀가 뭔가 반응을 보이기 전에 팔 안의 그녀를 침대에 휙 던졌다. 동시에 두 팔에서 열기도 빠져나갔다. 그녀는 놀란 표정 그대로 딱 정지했다. 술기운과 운동 탓에 숨을 헐떡이며 바라보고 있었더니 잠시 뒤에 그녀는 표정을 조용히 풀어헤치며 케케케

켁 하고 박쥐처럼 웃었다.

"우와, 깜짝 놀랐네. 고마워."

말을 하면서 그녀는 느릿느릿 완만한 동작으로 큼직한 침대의 왼편으로 옮겨가 천장을 보고 누웠다. 이대로 잠들어주면 좋을 텐데, 라고 생각했지만 그녀는 양팔로 침대를 탁탁 치면서 우와 하핫 웃고 있었다. 유감스럽게도 마지막 게임을 포기할 생각은 없는 모양이었다.

나는 각오를 다졌다.

"자아, 마지막 판이야. 네 카드는 특별히 내가 뒤집어줄게. 어떤 카드가 좋은지 말해봐."

"흠, 그러면 거기 내 컵 옆의 카드."

그녀는 얌전해져서 성급하게 움직이던 팔은 아무렇게나 침대에 내던져졌다.

선 채로 나는 매실주가 아직 조금 남은 컵에 모서리가 깔려 있던 카드를 뒤집었다.

클로버 7이다.

"7."

"우와, 미묭."

"미묘하다는 뜻이지?"

"응, 미묭, 미묭."

어감이 마음에 들었는지 "미묭, 미묭"을 연호하는 그녀를 무시하고 나는 마지막 한 장을 고르기 위해 둥그렇게 놓인 카드를 내려다보았다. 이런 때, 찬찬히 고민해서 패를 집는 사람도 있지만, 그건 잘못이다. 조건이 완전히 똑같은 가운데서 고르는 것이라 운 이외의 요소라고는 하나도 없다. 이런 경우는 제꺽 정해버리는 게 오히려 예상에 어긋나지 않는 법이다.

나는 냉큼 그중 한 장을 뽑아 최대한 잡념을 털어내고 카드를 뒤집었다.

중요한 건 운이다.

힘차게 뽑든 힘없이 뽑든 숫자가 변하는 일은 없다.

내가 뽑은 카드는…….

"몇이야?"

"……6."

이런 때 거짓말을 못할 만큼 나는 착실하고 서툴다. 장기판을 뒤엎을 수 있는 인간이라면 이래저래 편할 텐데 나는 그렇게 되고 싶지도 않고 될 수도 없었다.

"오호호, 자, 어떻게 해줄까나?"

말을 해놓고 그녀는 침묵했다. 나는 형 집행을 기다리는 사형수의 심정으로 멀뚱히 선 채 그녀의 질문을 기다렸다.

어둑어둑한 실내에 오랜만의 정적이 내려앉았다. 비싼 방이라서 그런지 외부에서의 소리도 전혀 들리지 않고 양 옆방에서의 소음도 없었다. 나 자신의 호흡과 심장소리가 슬기운 때문에 유난히 또렷하게 들렸다. 그녀의 숨결도 규칙적으로 들려왔다. 혹시 잠이 들었나 하고 돌아봤지만 눈을 또릿또릿하게 뜨고 어두운 천장을 보고 있었다.

나는 시간을 주체하지 못해 커튼 틈새로 바깥을 내다보았다. 번화가는 아직 인공적인 빛으로 채색되어 잠이 들 생각 따위 털 끝만큼도 없어보였다.

"진실이냐 도전이냐."

돌연 등 뒤에서 날아온 말, 이제야 그녀 안에서 결론이 내려진 모양이었다. 그것이 가능하면 내 마음을 위협하는 것이 아니기를 기도하면서 나는 그녀에게 등을 돌린 채 대답했다.

"진실."

한 호흡, 큼직한 공기의 흐름이 들려온 뒤에 그녀가 오늘 밤의 마지막 질문을 했다.

"내가……."

"……."

"내가, 죽는 게 정말 너무 무섭다고 말하면, 어떻게 할 거야?"

나는 대답하지 않고 뒤돌아보았다.

그녀의 목소리가 너무도 조용해서 심장이 얼어붙는 것 같았다. 그 냉기에서 도망치기 위해, 그리고 그녀가 살아있는지 확인해볼 필요가 있어서, 나는 뒤돌아보았다.

내 시선을 느꼈으리라. 하지만 그녀는 변함없이 천장을 올려다보며 더 이상 어떤 말도 할 마음이 없는 듯 입을 꾹 다물고 있었다.

본심, 일까. 그녀의 진의를 나는 미처 파악하지 못했다. 본심이라도 이상할 것은 없는 말이었다. 농담이라도 이상할 게 없었다. 본심이었다고 치고, 뭐라고 대답해야 할까. 농담이었다고 치고, 어떻게 대답해야 할까.

모르겠다.

내 빈약한 상상력을 비웃듯이 다시금 내 마음속에서 괴물이 숨 쉬기 시작했다.

겁이 난 나는 나 자신의 의지와는 거의 관계없이 입을 열었다.

"도전……."

"……."

내 선택을 그녀는 좋다고도 나쁘다고도 말하지 않았다. 단지 천장을 바라보며 내게 이렇게 명령했다.

"너도 침대에서 자. 이건 반론도 반항도 인정 못해."

그녀는 다시 "미몽, 미몽"이라고 이번에는 멜로디를 붙여 흥얼 거리기 시작했다.

내가 취해야 할 행동을 고민했지만, 역시 나는 장기판을 뒤엎 는 짓은 할 수 없었다.

전기 불을 끄고 그녀에게 등을 돌린 채 침대에 누워 수마가 어 서 나를 데려가주기만을 기다렸다. 나 혼자만의 것이 아닌 잠자 리가 때때로 그녀의 뒤척임에 따라 흔들렸다. 마치 공유할 수 없 는 마음인 것만 같았다.

대형 사이즈의 침대는 두 사람이 천장을 보고 반듯이 누워서 자도 충분한 틈새를 누릴 수 있었다.

우리는 결백했다.

결백하고, 순수했다.

어느 누구도 나를 용서해주지 않았기 때문에.

나와 그녀는 똑같은 이유로 동시에 잠에서 깨어났다. 아침 여
덟 시, 휴대폰 전자음이 요란하게 울렸다. 침대에서 몸을 일으켜
내 가방에서 전화를 꺼냈지만 아무 착신도 없었다. 그렇다면 그
녀의 것일 터라서 소파 위에 놓인 휴대폰을 집어다 침대에 앉은
그녀에게 건네주었다. 아직 잠이 덜 깬 눈으로 그녀는 개폐식 휴
대폰을 달칵 열어 귀에 댔다.

그 즉시, 조금 떨어진 자리에 있던 내 귀에까지 휴대폰에서의
포효 소리가 들려왔다.

"사쿠라아아아! 너 지금 어디 있어!"

그녀는 얼굴을 찡그리며 휴대폰을 멀리 떼었다가 상대가 좀 잠
잠해진 뒤에 다시 귀에 댔다.

"굿모닝! 근데 왜 그래?"

"왜 그러냐니! 너 지금 어디 있느냐고 물었잖아!"

잠시 망설이는 눈치였지만 그녀는 우리가 현재 머물고 있는 지
역을 상대에게 알렸다. 상대가 파르르 분노하는 게 전해져왔다.

"네가 왜 그런 곳에 가있어? 나하고 여행 간다고 너희 부모님
께 거짓말까지 하면서!"

그걸로 전화 상대가 절친 교코라는 것을 알았다. 왁왁거리는

145

교코와는 달리 그녀는 태연히 하품을 하고 있었다.

"어머, 어떻게 알았어?"

"아침에 학부모 모임 연락망이 돌았어! 너희 집 다음이 우리잖아! 너희 엄마가 전화하셨는데 내가 덜컥 받는 바람에 그거 꿰맞춰서 대답하느라고 죽을 뻔했단 말이야!"

"아, 무사히 넘겨줬구나, 역시나 나의 교코. 고마워. 근데 어떻게 했어?"

"순간적으로 우리 언니인 척했지. 아니, 근데 지금 그게 문제가 아니야! 왜 부모님을 속여가면서 그런 곳에 갔느냐고!"

"……흠."

"게다가 정말 가고 싶으면 거짓말할 거 없이 정식으로 갔으면 좋았잖아. 나도 함께 갔을 텐데."

"와아, 그거 좋다. 우리, 여름방학에 어딘가 가자. 교코, 운동부 쉬는 날 언제야?"

"나중에 달력 확인해보고 다시 연락할게…가 아니라 지금 그 얘기가 아니잖아!"

두 사람이 주고받는 선명한 개그 멘트가 내 귀에도 여유롭게 들려왔다. 조용한 실내에서는 보통 목소리로 통화를 해도 어느 정도 그 내용이 귀에 들어온다. 나는 이를 닦고 세수를 하면서 전화하는 모습을 지켜보았다. 치약은 평소에 쓰던 것보다 매웠다.

"너 혼자 말도 없이 그렇게 멀리까지 가다니, 죽기 전의 고양이도 아니고 대체 뭐야?"

웃을 수 없는 농담이다, 라고 생각하며 듣고 있는데 그녀가 한 대답은 좀 더 웃을 수 없는 얘기였다. 단 사실이기는 했다.

"나 혼자 아니야."

그녀는 간밤의 술기운에 충혈된 눈으로 재미있다는 듯 내게 시선을 던졌다. 머리통을 부여잡고 말하면 안 된다고 호소할까 했지만, 안타깝게도 내 두 손은 칫솔과 컵을 드는 일에 이미 사용 중이었다.

"혼자가 아니야? 그럼 누구하고? 앗, 혹시 남자친구?"

"아냐, 지난번에 헤어진 거, 교코도 알잖아."

"그럼 누군데?"

"사이좋은 클래스메이트."

휴대폰 너머에서 교코의 말문이 턱 막히는 기척이 느껴졌다. 나는 그만 될 대로 되라는 심정으로 이를 북북 닦았다.

"야, 너, 너……!"

"내 얘기 들어봐, 교코."

"……."

"물론 너무 이상하고, 무슨 이유인지 모르는 짓이겠지만, 그래도 이 일에 관해서는 언젠가 꼭 너한테 설명할게. 그러니까 이해까지는 아니더라도, 잠시만 용서해줄래? 지금은 그냥 네 마음속에만 담아두면 좋겠다."

"……."

여느 때 없이 진지한 그녀의 목소리에 절친 교코는 곤혹스러워하는 눈치였다. 그야 당연히 그럴 것이다. 절친인 자신을 제쳐두고 정체 모를 클래스메이트와 여행을 떠났으니.

한참이나 전화기 너머의 교코는 침묵에 잠겼다. 그녀는 인내심 있게 귀에 휴대폰을 대고 기다렸다. 이윽고 그 전자 기기에서 목소리가 들려왔다.

"……알았어."

"고마워, 교코."

"근데 조건이 있어."

"좋아, 좋아, 말씀만 하시어요."

"무사히 돌아올 것, 선물은 꼭 사올 것. 그리고 여름방학에는 나하고 여행할 것. 그리고 *내 절친과 수수께끼의 관계인 클래스메이트*에게 전해줘. 사쿠라에게 뭔가 이상한 짓을 했다가는 나한테 죽을 줄 알라고 해."

"우와하핫, 알았어."

몇 마디 인사를 나누고 그녀는 전화를 끊었다. 나는 입을 헹구고 어제 그녀에게 도둑맞았던 소파에 가서 앉았다. 테이블 위에 트럼프가 어질러져서 그걸 정리하며 바라보니 그녀는 까치집이 된 긴 머리를 손빗으로 쓸어내리고 있었다.

"너를 진심으로 걱정해주는 친구가 있어서 다행이다."

"정말 그렇지? 아, 다 들었겠지만 너 자칫하면 교코 손에 죽을 거 같아."

"이상한 짓을 한다면 그렇겠지. 나중에 설명할 때, 나는 어디까지나 결백했다는 얘기도 덧붙여줘."

"공주처럼 안아준 건?"

"공주처럼 안았다니? 나는 그냥 짐을 나르는 이삿짐센터 직원이었는데?"

"공주였는지 이삿짐센터 직원이었는지 밝혀지기 전에 벌써 교코 손에 살해될걸?"

까치집을 가라앉히려고 아침 샤워를 하는 그녀를 기다린 끝에 우리는 아침식사를 위해 호텔 일층으로 내려갔다.

조식은 호화판 뷔페식이어서 역시나 높은 등급의 호텔이라는 것을 실감했다. 나는 주로 생선류와 두부 등을 접시에 담아와 일본 정식(定食) 풍으로 먹었다. 창가에 먼저 자리를 잡고 앉자 그녀가 어이없을 만큼 많은 양의 음식을 쟁반 가득 들고 왔다. "아침은 든든히 먹어야지"라고 말했지만, 결국 삼분의 일쯤을 남기는 바람에 그걸 내가 다 먹었다. 먹는 동안 나는 계획성에 대해 그녀에게 구구절절 타일러주었다.

방으로 올라와 물을 끓여 나는 커피를, 그녀는 홍차를 마셨다. 어제와 똑같은 자리에 앉아 아침 방송을 보면서 잠시 쉬었다. 눈부신 햇빛이 비쳐드는 온화한 공간에서 둘 다 어제의 마지막 질문에 대해서는 싸악 잊어버린 것 같았다.

"오늘 일정은 어떻게 되지?"

내 물음에 그녀는 힘차게 일어나 자신의 하늘색 배낭에서 수첩을 꺼내왔다. 신칸센 티켓을 거기에 끼워둔 모양이었다.

"오후 두 시 반에 신칸센 탈 거니까 점심 먹고 선물 살 시간도 넉넉하겠다. 오전에는 어디로 갈까?"

"나는 잘 모르니까 네가 알아서 결정해."

느긋하게 체크아웃을 하고 호텔 직원들의 인사를 받은 뒤, 우리는 그녀의 판단에 따라 버스를 이용해 유명한 쇼핑몰로 향했다. 강을 에워싸듯이 들어선 그 빌딩은 일용품 매장에서 극장까지 뭐든 다 있는 복합 상업시설이고, 관광지라서 외국인들도 많이 찾는다고 했다. 도착해보니 빨갛고 거대한 빌딩이 너무도 인상적이어서 랜드마크로서의 존재감이 넘실거렸다.

거대하고 복잡하게 짜인 공간의 어디로 가야 할지 몰라 여기저기 헤매다 보니 타이밍도 좋게 피에로 차림의 마술사가 분수 가의 넓은 공간에서 퍼포먼스를 하고 있었다. 우리도 그를 지켜보는 관객 속에 섞였다.

이십여 분의 무대는 아주 재미있었다. 종연 후 피에로가 유머러스하게 돈을 요구해서 나는 고등학생답게 백 엔을 그의 모자에 넣었다. 그녀는 신이 나서 오백 엔을 넣고 있었다.

"너무 재미있었어. *사이좋은 클래스메이트*도 저런 마술사 해보는 게 어때?"

"지금 누구한테 하는 소리? 생판 모르는 사람들을 끌어들이는 저런 계통의 일은 나한테는 무리야. 그래서 저 사람이 진짜 대단하다고 생각해."

"그래? 아쉽다. 그냥 내가 해버릴까? 아차, 깜빡했네. 머지않아 죽을 건데."

"그 말 하려고 꺼낸 얘기였어? 뭐, 일 년은 남았잖아. 열심히 연습하면 저렇게까지는 아니어도 나름대로 능숙해질 수 있어."

내 조언에 그녀는 반색을 하며 흐뭇하게 웃었다. 세상 사람들을 즐겁게 하기 위해 존재하는 듯한 웃음이었다.

"그래, 맞아! 진짜 해볼까?"

미래에 대한 핑크빛 전망에 흥분한 그녀는 빌딩 안의 마술용 상품 전문점에 찾아가 몇 가지 연습용 물건들을 사들였다. 구입할 때 나는 가게 안에 들어오지 못하게 했다. 언젠가 나한테 갈고 닦은 솜씨를 보여줄 건데 마술용품을 함께 골라서는 아무 의미가 없다는 이유에서였다. 별수 없이 나는 가게 앞에 틀어둔 마술용 상품 광고방송을 초등학생 어린애들과 함께 관람하고 있었다.

"아, 이제 나도 혜성처럼 나타났다가 한순간에 사라진 전설의 마술사로 길이길이 사람들의 입에 오르내리게 되는 건가."

"네가 깜짝 놀랄 천재라면 응, 혹시 그럴지도 모르지."

"내 일 년은 다른 사람들의 오 년 정도의 가치가 있으니까 분명 잘 될 거야. 기대해."

"인간의 하루의 가치는 다 똑같다고 하지 않았나?"

그녀는 정말로 도전해볼 생각인지, 평소보다 더 표정에 힘이 넘쳤다. 짧은 기간이라고 해도 목표가 생긴다는 것은 인간을 반짝반짝 빛나게 한다. 나와 비교하면 그녀의 반짝임은 훨씬 더 두드러져 보일 것이다.

반짝반짝 빛나는 그녀와 상가를 기웃거리다 보니 시간이 금세 지나갔다. 그녀는 몇 가지 옷을 샀다. 귀여운 티셔츠와 스커트를 들고 시종 나한테 평가를 청했지만, 내가 여학생의 패션에 대해 좋고 나쁨을 알 리가 없어서 매번 잘 어울린다는, 칭찬도 폄훼도 아닌 말을 골라 들려주었다. 신기하게도 그녀가 그 말에 진심으로 기뻐해줘서 다행이었다. 잘 어울린다는 게 거짓말은 아니었으니까 나도 그리 양심에 찔리지는 않았다.

도중에 울트라맨 상품을 파는 가게에 들렀을 때, 그녀는 내게 뼈로 만든 공룡 비슷한 소프트비닐 인형을 선물로 사줬다. 하지만 왜 하필 그것인지 이유를 알 수 없었다. 그녀에게 물어보니 잘 어울린다는 이유에서였다. 나는 그걸 흔쾌히 받아들일 수는 없었다. 앙갚음으로 그녀에게는 울트라맨 소프트비닐 인형을 사줬다. 잘 어울린다고 말했더니 그녀는 여전히 기뻐해줬다.

백 엔짜리 그 인형들을 손가락에 끼우고 소프트 아이스크림을 핥아먹은 뒤 우리는 역으로 돌아가기로 했다.

역에 도착하자 마침 열두 시 정각이어서 방금 전에 소프트 아이스크림을 먹은 우리는 점심식사 전에 선물부터 둘러보기로 했다. 역 구내에 선물만으로 특화한 대형매장이 있어서, 주로 그녀의 눈동자를 핑핑 돌게 만들었다.

시식을 거듭한 끝에 그녀는 가족에게 줄 과자와 이 지역 명물인 명란젓, 그리고 절친 교코에게 줄 과자를 샀다. 나도 '몽드 셀

렉션*'에서 몇 년 연속으로 금상을 수상했다는 과자를 내 몫으로 샀다. 부모님에게 친구네 집에서 자고 오겠다고 말했기 때문에 선물을 사들고 갈 수는 없었다. 참으로 안타깝지만 이번에는 어쩔 수 없다.

어제와는 달리 라면집에서 느긋하게 라면을 먹고 카페에서 차까지 마신 뒤 우리는 신칸센에 올랐다. 나는 이 여행의 끝을 나름대로 감상적으로 생각했다.

그녀는 과거에 사로잡히는 나보다는 조금 더 미래지향적이었다.

"다시 또 여행하자. 다음은 겨울이 될까?"

창가 좌석에서 바깥경치를 바라보며 그녀가 말했다. 나는 어떻게 반응해야 할지 망설이다가 마지막쯤은 고분고분 답해주기로 했다.

"그래, 그것도 좋겠다."

"웬일로 순순하게 나오시네? 진짜 즐거웠던 모양이지?"

"응, 즐거웠어."

즐거웠다. 진심이다. 부모님이 항상 바빠서 방임하듯 하는 집안에서 자랐고, 물론 함께 여행 다닐 친구도 없었던 나에게 오랜만의 먼 여행은 예상했던 것보다 훨씬 더 즐거웠다.

그녀는 왜 그런지 놀란 얼굴로 나를 바라보다가 금세 평소의 웃는 얼굴로 되돌아와 내 팔을 꽉 움켜잡았다. 또 무슨 짓을 하려

---

* 벨기에의 식품 평가 기관으로 음식, 음료, 건강 식품 등의 품질을 평가하고 상을 수여한다.

나 하고 나는 더럭 겁부터 났다. 내 심경을 눈치챘는지 그녀는 창 피한 듯 손을 빼며 "미안"이라고 중얼거렸다.

"혹시 내 췌장을 힘으로 떼어가려고?"

"아냐, 네가 웬일로 순순하게 대답해주는 바람에 잠깐 감정이 복받쳤어. 응, 나도 정말 즐거웠어. 고마워, 함께 와줘서. 다음에 는 어디로 갈까? 나는 다음은 북쪽 지방이 좋은데. 추위를 마음 껏 느껴보고 싶어."

"왜 자신을 학대하지? 나는 추운 건 싫으니까 이번보다 더 남 쪽으로 도피하고 싶은데?"

"어휴, 방향성이 진짜 안 맞는다니까!"

즐거운 듯 볼이 부루퉁해진 그녀를 보며 나는 내 몫으로 사온 선물 상자를 뜯었다. 그녀에게도 하나 나눠주고 만주 타입의 과 자를 덥석 베어 먹었다. 버터 맛이 그야말로 달콤했다.

우리 동네에 도착할 무렵에는 여름 하늘도 조금씩 군청색을 받 아들이기 시작하고 있었다. 가장 가까운 역까지는 전차로, 그리 고 거기서부터는 둘 다 자전거로 학교 근처까지 달려가 평소의 장소에서 길이 갈렸다. 나도 그녀도 어차피 월요일에는 다시 만 날 거라서 이별의 말도 대충대충 하고 각자 귀로에 들었다.

집에 도착하자 어머니도 아버지도 아직 돌아오지 않아서 집안 은 텅 비어 있었다. 나는 착실히 세수를 하고 이를 닦고 내 방으 로 올라갔다. 침대에 벌렁 누웠더니 갑작스럽게 졸음이 덮쳤다. 피곤한 것인지 아니면 수면 부족인지, 아마 그 둘 다일 거라고 생각하며 스르륵 잠에 빠졌다.

저녁식사 때 어머니가 깨워줘서 야키소바를 먹으며 텔레비전을 봤다. 곧잘 '집에 돌아올 때까지가 소풍'이라고 말하지만, 집에 돌아와 '평소의 식사를 할 때까지가 소풍'이라는 것을 깨달았다. 나는 일상으로 되돌아왔다.

주말 이틀 동안 그녀에게서는 아무 연락도 없었다. 나는 늘 하던 대로 내 방에 틀어박혀 책을 읽고 점심때는 혼자 슈퍼에 나가 아이스바를 사오기도 했다. 별다를 것 없는 이틀을 보내고서야 일요일 밤에 나는 깨달았다.

그녀에게서의 연락을, 나는 기다리고 있었다.

월요일, 학교에 도착하자 내가 그녀와 장거리 여행을 했다는 이야기가 우리 반에 쫙 퍼져 있었다.

그것과 관계가 있는지 어떤지는 모르겠지만 내 실내화가 쓰레기통 속에서 발견되었다.

아무리 생각해도 내가 깜빡해서 거기에 빠뜨린 건 아닌 것 같았다.

| 5 |

아침부터 심상치 않은 일의 연속이었다.

우선 실내화가 없어졌다는 것은 이미 말했지만, 단지 그것만으로 끝나지 않았다.

여느 때처럼 등교해서 신발장에서 실내화를 꺼내려다가 어라, 어디로 갔지, 라고 마음속으로 중얼거린 것과 동시였다.

"안녕⋯⋯?"

누군가 말을 걸어왔다. 우리 반에서 내게 인사할 사람이라고는 그녀 정도밖에 없었지만, 그녀라고 하기에는 텐션이 낮아서 혹시 췌장이 더 망가져버렸나 하고 뒤를 돌아보다가 나는 깜짝 놀랐다.

그녀의 절친 교코가 내게 노골적으로 적의를 드러내는 시선으로 바라보며 서 있었다.

흠칫 몸이 떨렸지만 인사에 답하지 않으면 실례라는 건 아무리 인간관계에 서툰 나도 알고 있었기 때문에 조심스럽게 "안녕?"이라고 대꾸했다. 교코는 지그시 내 눈을 들여다보더니 흥하고 콧방귀를 뀌고 운동화를 갈아 신기 시작했다. 나는 실내화도 사라졌고, 어떻게 해야 좋을지 몰라 멀뚱히 서 있었다.

실내화로 갈아 신은 교코는 그대로 들어가는가 했더니만 다시 한 번 내 눈을 쏘아보며 역시 마찬가지로 흥 콧방귀를 뀌었다. 하지만 그리 불쾌하지는 않았다. 나에게 피학취미가 있는 것은 결코 아니다. 그녀의 눈빛이 뭔가 망설이는 것처럼 보였기 때문이다. 분명 어떻게 대해야 할지 미처 마음을 정하지 못한 것이리라.

그런 가운데, 적의를 갖고 있었다고는 해도 나에게 예의바르게 인사를 건네준 교코에게 경의를 표하고 싶었다. 나라면 분명 교코가 신발장을 떠날 때까지 어딘가에 숨어버렸을 것이다.

신발장 주위를 둘러봤지만 내 실내화는 눈에 띄지 않았다. 만일 누군가 잘못 신고 간 것이라면 내가 알지 못하는 사이에 꼭 돌려줄 거라고 기대하며 양말 신은 발 그대로 교실로 향했다.

교실에 들어선 순간, 여러 방향에서 날아오는 무례한 시선들을 느꼈지만 무시했다. 관찰당하는 것에 대해서는 그녀와 행동을 함께하기 시작한 뒤부터 이미 포기했다. 그녀는 아직 학교에 오지 않았다.

맨 뒤의 내 자리에 앉아 학교 지정 가방에서 책상 안으로 필요한 것들을 옮겨 넣었다. 오늘은 시험 답안지를 나눠주는 날이라서 필요한 것은 시험 문제뿐이었다. 거기에 필통과 문고본 책을 책상 안에 넣었다.

며칠 전에 치른 시험 문제를 다시 들여다보며 실내화의 행방을 추리하고 있는데 문득 교실 안이 술렁거렸다. 무슨 일인가 하고 시선을 들어보니 그녀가 힘차게 교실 앞문으로 들어오고 있었다. 클래스메이트 몇몇이 떠들썩하게 그녀를 맞이하며 그들만의 울타리로 에워쌌다. 그 울타리 안에 교코는 없었다. 교코는 멀리서 심각한 얼굴로 울타리 안의 그녀를 지켜보고 있었다. 그러더니 흘끔 내 쪽으로 시선을 던졌다. 나도 교코 쪽을 바라보던 참이라 덜컥 눈이 마주치는 바람에 얼른 시선을 돌렸다.

그녀는 둘러싼 클래스메이트들이 소곤소곤 숙덕숙덕하는 가운데, 나는 일찌감치 그들에게 주의를 기울이는 것을 중단했다. 나와 관계없는 일이라면 뭐라고 떠들건 상관없었고, 나와 관계가 있는 일이라면 분명 시답잖은 얘기일 거라고 생각했기 때문이다.

문고본 책을 펼치고 문학의 세계로 뛰어들었다. 책을 좋아하는 자의 집중력은 잡음 따위에 무너지지 않는다.

······라고 생각했으나 아무리 책을 좋아해도 누군가 말을 걸어오는 데는 역시나 책의 세계에서 질질 끌려나올 수밖에 없다는 것을 깨달았다.

평소에는 아침 댓바람부터 두 사람이나 내게 말을 걸어주는 일 따위는 없었기 때문에 내심 깜짝 놀랐다. 고개를 들어보니 지난번에 공동 청소 활동의 가능성을 보여준 친구가 서 있었다. 그는 여전히, 나쁘게 말하자면 아무 생각도 없는 듯한 표정으로 웃고 있었다.

"어이, *소문난 클래스메이트*, 너 왜 실내화를 내버렸냐?"

"……응?"

"화장실 쓰레기통에 버려져 있던데? 아직 쓸 만한 물건인데 왜 버렸어? 개똥이라도 밟았냐?"

"교내에 개똥이 있다면 그게 더 문제겠지. 근데 응, 그렇구나, 고맙다. 없어져서 난처했어."

"그래? 야, 정신 차려. 실내화를 잃어버리다니. 그나저나 껌 씹을래?"

"아니, 됐어. 잠깐 실내화 좀 찾아와야겠다."

"아, 그리고 너, 야마우치 사쿠라하고 어딘가 갔었냐? 또 소문이 쫙 퍼졌어."

그의 소박한 의문은 교실 안이 소란스러웠던 덕분에, 그리고 근처 자리에 애들이 없었던 덕분에 내 귀에만 와닿았다.

"역시 늬들, 사귀냐?"

"아냐, 역에서 우연히 만났어. 그걸 누군가 본 모양이지."

"어, 그래? 뭔가 재미있는 일 있으면 나한테도 알려줘라."

그는 껌을 씹으며 자신의 자리로 돌아갔다. 그를 단순한 인간이라고 단언할 수는 있겠으나 나에게는 그의 그런 성품이 지극히 선량하게 느껴졌다.

자리에서 일어나 교실에서 가장 가까운 화장실로 가보니 아닌 게 아니라 쓰레기통에 내 실내화가 버려져 있었다. 다행스럽게도 쓰레기통에 실내화를 더럽힐 만한 다른 쓰레기는 없었기 때문에 나는 실내화를 꺼내 신고 점잖게 교실로 돌아왔다. 내가 들어서 자 일순 고요하게 가라앉았던 공기가 또 다시 술렁술렁 진동하기 시작했다.

수업은 별 문제 없이 끝났다. 담임선생님이 나눠준 시험 결과는 그럭저럭 괜찮은 편이었다. 앞쪽에서 교코와 결과에 대해 이러쿵저러쿵 얘기하던 그녀와 일순 눈이 마주쳤다. 그녀는 그야말로 스스럼없이 나를 향해 답안지 앞면을 쓱 내보였다. 거리가 있어서 확실하게는 알 수 없었지만 동그라미가 많았다. 그녀의 행동을 눈치 챈 교코가 곤혹스러운 표정을 보였기 때문에 나는 그녀에게서 급히 시선을 돌렸다. 그날은 그녀와 더 이상의 접촉은 취하지 않았다.

다음날도 나는 그녀와 대화를 나누지 않았다. 다른 클래스메이트와의 사이에서 있었던 일을 이야기하자면, 또 다시 교코의 날카롭게 흘겨보는 시선을 받은 것, 그리고 그 친구가 껌을 씹겠느냐고 말해준 것 정도다. 그다음은 개인적인 문제인데, 백엔샵에서 산 필통이 없어졌다.

며칠 만에 그녀와 대화할 기회가 찾아온 것은 여름방학 전의 마지막 등교일이었다. 여름방학 전이라고 해도 우리는 그다음 날부터 2주일의 보충수업이 있었기 때문에 별 의미는 없는 구획의 날이었다. 종업식과 사무적인 연락만으로 끝날 터였던 그날, 도서실 선생님이 나에게 방과 후의 도서실 정리 일을 부탁했다. 물론 도서위원인 그녀도 함께, 라는 얘기였다.

비가 내리는 수요일, 아마도 난생 처음으로 교실 안에서 내가 먼저 그녀에게 말을 걸었다. 그녀가 당번이어서 칠판을 지우고 있을 때, 나는 그녀에게 도서실 선생님의 말을 전달했다. 교실 앞에 서 있는 우리를 향해 상당한 수의 시선이 날아온다는 것을 알고 있었지만 역시 무시했다. 그녀는 처음부터 전혀 신경쓰지 않는 기색이었다.

방과 후, 그녀는 교실 문단속을 해야 한다고 해서 나 혼자 식당에서 먼저 점심을 먹고 도서실로 향했다. 일단 종업식 날이라서 도서실을 찾는 학생은 거의 없었다.

우리가 할 일은 도서실 선생님이 교무회의에 참석하는 동안 카운터를 봐달라는 것이었다. 선생님이 도서실을 나간 뒤, 책을 읽으며 카운터에 앉아 있으려니 클래스메이트 두 명이 책을 빌리러 왔다. 한 명은 얌전한 여학생으로, "사쿠라는?"이라고 마치 나에게는 전혀 관심이 없다는 듯 물었다. 또 한 명은 우리 반 학급위원을 맡은 남학생으로, "야마우치 사쿠라는?"이라고 항상 교실에서 보는 온화한 표정과 목소리로 물었다. 두 사람 모두에게, 아마 교실에 있을 거라고 대답해주었다.

당사자인 그녀는 잠시 뒤에 나타났다. 변함없이 오늘 날씨와는 어울리지 않는 웃음을 휴대하고 있었다.

"야호, 내가 없어서 적적했지?"

"산꼭대기도 아닌데 야호, 라고 하는 사람이 다 있네. 메아리가 될 거라고 생각하는 모양이지? 아참, 너 찾아온 클래스메이트가 있었어."

"누구?"

"이름이 뭐였나……. 아무튼 얌전한 여학생 한 명, 그리고 학급위원 남학생이야."

"아하, 오케이, 오케이."

말을 하면서 그녀는 힘차게 카운터 안의 회전의자에 앉았다. 조용한 도서실에 삐거덕거리는 의자의 비명소리가 울렸다.

"의자가 불쌍하다."

"여린 소녀에게 그런 실례의 말씀을!"

"전혀 여린 소녀 같지 않은데?"

"우후후훗, 그런 말씀을 하실 때가 아니야. 어제, 한 남학생의 사랑 고백을 받은 몸인데."

"뭐? 무슨 소리야, 그게?"

뜻하지 않게 나는 순순히 깜짝 놀라버렸다.

그런 나를 보고 매우 만족했는지 그녀는 입 끝을 한계까지 치켜들며 미간에 주름을 잡았다. 얼마나 분통 터지는 표정인지.

"어제 방과 후에 나를 살짝 불러내서 고백을 하더라고."

"그게 사실이라고 쳐도 그런 얘기를 나한테 술술 말해도 돼?"

"누가 고백했는지는 유감스럽지만 비밀이라서, 미피."

그녀는 입 앞에 양손의 둘째손가락을 교차시켰다.

"혹시 미피의 ×를 입이라고 생각하는 쪽이야? 그건 가운데에서 위아래로 나눠지는 거야. 위가 코고 아래가 입."

"에이, 설마!"

그림으로 그려가며 설명해주자 그녀는 도서실에 큰 민폐를 끼치는 괴성을 내질렀다. 눈꺼풀과 입이 떠억 벌어진 그녀를 보고 나는 크게 만족스러웠다. 사투리 토막지식의 패자 부활전이 이루어졌다.

"세상에 이런 일이! 와아, 나 진짜 놀랐어. 내 지난 17년 인생을 송두리째 부정당한 느낌이랄까? 미피의 ×가 입과 코라니! 아, 그건 그렇고 오늘 나 사랑 고백 받았다아."

"화제를 되돌리시겠다? 응, 그래서 뭐?"

"미안해, 라고 대답했어. 왜 그랬는지 알아?"

"글쎄."

"안 알랴줌."

"그럼 내가 대신 알려줄게. 누군가가 '글쎄'나 '흠'으로 대답했다면 그건 그 사람이 너의 질문에 별로 관심이 없다는 뜻이야. 방금 어딘가에서 '글쎄'라는 말, 들리지 않았어?"

그녀는 뭔가 말대꾸를 하려고 했지만 마침 책을 대출하러 온 학생이 있어서 그 말이 입 밖으로 튀어나오는 일은 없었다.

착실히 카운터 업무를 마친 뒤에 그녀는 다시 엉뚱한 얘기를 꺼냈다.

"그나저나 이렇게 비가 내리니 나가 놀 수도 없고 오늘은 네가 우리 집에 오는 걸로 정했는데, 괜찮지?"

"너희 집, 우리 집하고 방향이 반대라서 싫은데."

"좀 더 평범한 이유로 평범하게 거절할 수 없어? 초대받은 게 몹시 싫다는 것 같잖아!"

"어이가 없네. 내가 당연히 싫어하지 않을 거라고 생각한 모양이지?"

"뭐야? 아, 됐어, 됐어. 말은 그렇게 해도 결국 나하고 놀아줄 거면서 뭘."

하긴 뭐, 그럴 거라고는 생각한다. 정당한 이유를 대거나 위협을 하거나 대의명분을 제공해주기만 하면 나는 그녀의 요청 쪽으로 기울어버린다. 길이 주어지면 거스르지 않는다는 것은 내가 풀잎 배이기 때문이고, 그 이외의 딱히 이렇다 할 이유는 없다.

"일단 내 얘기를 들어봐. 이걸 들으면 너도 순순히 우리 집에 따라올 테니까."

"네가 나의 후르체*보다 더 단단한 의지를 깨부술 수 있을까?"

"그건 말랑말랑하잖아! 아, 후르체라니, 그립다. 요즘 한참 못 먹어봤네. 좋아, 다음에 꼭 사다가 해먹어야지. 초등학생 때 엄마가 자주 해줬는데. 딸기맛이 좋았어."

"너의 이야기 전개도 요구르트 같다. 내 의지와 잘 섞일 것 같아."

"그럼 섞어볼래?"

하복 리본을 느슨하게 풀고 블라우스 단추를 여는 그녀는 분명

---

* 1976년부터 시판된 일본 하우스식품회사의 푸딩 재료. 탱글탱글한 식감으로 오랜 세월 인기를 누리는 상품이다.

더위를 심하게 타는 모양이다. 아니면 그냥 바보거나. 흠, 아무래도 후자인가.

"그렇게 어처구니없다는 눈빛으로 쳐다보지 말아줘. 아, 그러면 얘기를 다시 되돌리겠는데, 내가 지난번에 책은 전혀 읽지 않는다고 말했었잖아."

"말했었지, 만화책만 읽는다고."

"응, 근데 거기서 생각난 게 있어. 나는 기본적으로 책은 읽지 않지만 어렸을 때부터 딱 한 권, 좋아한 책이 있어. 아빠가 사다 준 건데 어때, 관심 있어?"

"그건 나로서는 드물게도 관심이 많지. 좋아하는 책이라는 건 그 인간성을 드러낸다고 생각하니까. 너 같은 사람이 어떤 책을 좋아할지 궁금하다. 어떤 책이야?"

그녀는 잘난 척 잠시 뜸을 들인 다음에야 대답했다.

"혹시 〈어린 왕자〉라고, 알아?"

"생텍쥐페리?"

"오, 아네? 외국 번역서라서 대단하신 *나의 클래스메이트*도 이건 모를 거라고 나 혼자 좋아했는데, 에이, 헛물 켰네."

입을 툭 내밀고 그녀는 힘이 빠진다는 듯 등받이에 몸을 맡겼다. 다시 삐거덕거리는 소리가 울렸다.

"〈어린 왕자〉가 유명한 책이 아니라고 생각하다니, 네가 얼마나 책에 관심이 없는지 실감이 난다."

"어머, 그래? 얼굴 보니까 이미 읽었겠네. 에이, 참."

"아니, 실은 부끄럽게도 아직 못 읽었어."

"와아, 그렇구나!"

그녀는 돌연 기운을 되찾은 듯 몸을 일으켜 의자와 함께 우르르 다가왔다. 나는 의자와 함께 주춤 물러섰다. 그녀의 얼굴에는 물론 터질 듯한 웃음이 달라붙어 있었다. 아무래도 그녀를 기쁘게 해버린 모양이다.

"거봐, 안 읽었을 거라고 내가 딱 맞혔지."

"거짓말 하면 지옥에 떨어진다는 말, 모르냐?"

"안 읽었다면 내가 〈어린 왕자〉 빌려줄 테니까 꼭 읽어봐! 오늘 우리 집에 와서 책 가져가!"

"네가 갖다 주면 되잖아."

"여자에게 무거운 짐을 들고 다니게 할 셈이야?"

"읽은 적은 없지만, 작은 문고본이지?"

"아, 내가 너희 집으로 갖다 주는 것도 괜찮아."

"무겁다면서? 아, 됐어, 너와 쓸데없는 말씨름도 피곤하고, 우리 집으로 오느니 내가 갈게."

이번에는 그것을 대의명분으로 삼았다.

사실을 말하자면 〈어린 왕자〉처럼 유명한 책은 이 도서실에도 있었지만, 책에 대해 무지한 도서위원인 그녀의 기분을 해치지 않기 위해 입을 다물기로 했다. 실은 내가 그토록 유명한 책을 왜 지금껏 읽지 않았는지도 잘 알지 못한다. 분명 타이밍의 문제일 것이다.

"오, 말귀를 척척 알아듣네? 너, 어디 아파?"

"너한테서 배웠어, 풀잎 배는 대형선박에 맞서봤자 의미가 없다는 거."

"여전히 이따금 뭔 말인지 모를 소리를 하는구나, 너는."

비유 표현에 대해 그녀에게 조곤조곤 설명해주고 있으려니 도서실 선생님이 돌아왔다. 우리는 여느 때처럼 선생님과 세상 돌아가는 이야기를 잠시 나누며 차와 과자를 대접받고, 내일부터 2주일 동안 학교에 나와 보충수업을 해야 하는 불우함을 탄식한 다음에 그만 하교하기로 했다.

밖으로 나오자 오늘 중으로는 도저히 걷힐 것 같지 않은 두툼한 구름이 하늘을 가득 채우고 있었다. 비 오는 날이 싫지는 않았다. 비가 가진 폐쇄감이 내 마음에 잘 어울리는 날들이 많아서 비에 대해 부정적인 마음은 없었다.

"난 비 오는 날, 너무 싫어."

"……정말 너하고는 기분의 방향성이 맞지를 않는다."

"비 좋아하는 사람도 있어?"

있어, 그런 사람, 여기.

나는 대답하지 않고 그녀보다 앞서서 걸어갔다. 그녀의 집이 어딘지 정확히는 알지 못했지만 우리 집과 반대 방향이라는 건 알고 있었기 때문에 교문을 나와 평소와는 반대쪽으로 발길을 옮겼다.

"여학생 방에 가본 적 있어?"

내 옆에 나란히 다가와 그녀가 말했다.

"가본 적은 없지만 똑같은 고등학생 방이니까 별다를 것도 없다는 가설을 세워놨어."

"하긴 당연한 얘기다. 내 방은 아주 심플해. 교코는 방에 록밴드 포스터를 붙여둬서 남학생보다 더 남자 같거든. 네가 마음에 든다고 했던 히나의 방은 봉제인형 같은 귀여운 액세서리가 가득해. 아참, 이다음에 히나하고 셋이서 어딘가 놀러갈까?"

"고맙지만 사양할게. 나는 예쁜 애 앞에서는 긴장해서 말도 못하니까."

"그렇게 말해서 나는 예쁘지 않다는 것을 암시하려는 속셈이겠지만, 소용없어. 네가 나는 세 번째로 예쁘다고 털어놓은 그날 밤을 나는 잊지 않았으니까."

"내가 클래스메이트의 얼굴을 세 명밖에 기억하지 못한다는 것도 모른 채 말이지."

뭐, 이건 좀 지나친 말이었지만 나는 클래스메이트의 얼굴을 모두 다 알지는 못한다. 남과 관계를 맺는 일이 없는 나는 남의 얼굴을 외울 능력 따위는 필요가 없었기 때문에 일찌감치 퇴화된 것이리라. 선택지를 모두 다 제시하지 않은 레이스는 무효일 것이다.

그녀의 집은 학교에서 우리 집까지와 정확히 같은 정도의 거리에 있었다. 큼직큼직한 단독주택이 늘어선 주택가 안쪽에 숨어있는 크림색 벽과 빨간 지붕을 가진 그곳이 그녀가 사는 집이었다.

그녀와 함께였기 때문에 물론 당당하게 대문을 통해 들어갔다. 대문에서 현관까지 꽤 거리가 있어서 부지 안에 들어선 뒤부터 우산을 접기까지 잠시 시간차가 있었다.

그녀의 안내에 따라 나는 습기를 꺼리는 고양이처럼 훌쩍 집 안으로 뛰어들었다.

"잘 다녀왔습니다!"

"실례합니다."

힘찬 귀가 인사에 맞춰 나도 공손히 인사를 했다. 동급생의 부모님을 만나는 것은 초등학교 수업 참관 이후로 처음이어서 어쩐지 긴장되었다.

"지금 집에 아무도 없어."

"……아무도 없는 공간에 힘차게 인사하는 사람은 머리가 이상한 사람이지."

"방금 그건 집에 인사한 거야. 나를 키워준 소중한 장소거든."

이따금, 어쩌다가, 그녀가 괜찮은 말을 하면 나는 대답이 궁했다. 다시 한 번, 이번에는 집에게 "실례합니다"라고 인사하고 그녀를 뒤따라 신발을 벗었다.

전기 불을 차례대로 켤 때마다 집에 다시금 생명이 깃드는 것 같았다. 그녀는 나를 욕실로 데려가 손을 씻고 입을 헹구게 한 다음에 이층 자기 방으로 향했다.

처음으로 초대받은 여학생의 방은, 컸다. 어떤 것이? 모든 것이. 방 자체도 그렇고 텔레비전, 침대, 책장, 컴퓨터까지. 부럽다, 라고 한순간 생각했지만 이 모든 것이 그녀 부모님의 슬픔에 비례하는 것이라고 생각하니 동경은 한순간에 안개처럼 흩어졌다. 오히려 공허함이 실내에 가득한 것 같았다.

"적당한 데 앉으셔. 졸리면 침대를 써도 돼. 근데 교코에게 다 고자질할 거야."

말을 마치고 자신은 책상 앞 빨간 회전의자에 앉아 빙글빙글 돌고 있었다. 망설이다가 나는 침대 위에 앉았다. 용수철의 반발로 몸이 튕겨졌다.

새삼 방 안을 둘러보았다. 그녀가 말한 대로 실내는 심플한 구조였다. 내 방과의 차이는 넓이와 자잘한 물건의 귀여움, 책장의 내용물 정도였다. 그녀의 책장에 꽂힌 것은 모두 만화였다. 인기 청소년 만화와 내가 알지 못하는 만화도 잔뜩 있었다.

빙글빙글 도는 것을 멈추자마자 그녀는 속이 울렁거리는 듯 '우엑'하고 구역질을 하며 고개를 툭 떨구었다. 시들한 눈빛으로 그 장난질을 관찰해줬더니 그녀가 돌연 얼굴을 번쩍 들었다.

"뭐하고 놀지? 진실이냐 도전이냐, 그거 할까?"

"책 빌려준다면서? 그러려고 왔잖아."

"성질도 급하시네. 명을 재촉해서 나보다 먼저 죽을라."

재수 없는 소리에 눈을 흘겼더니 그녀는 입을 삐뚜름하게 틀며 우스꽝스러운 얼굴을 만들었다. 화내면 지는 게임이다. 아차하면 질 것 같았다.

홀쩍 일어선 그녀는 책장으로 다가갔다. 〈어린 왕자〉를 꺼내려는가 했더니만 맨 아래 칸에서 접이식 장기판을 꺼내왔다.

"한 번 해보자. 친구가 깜빡하고 놓고 간 장기판인데 찾으러 오질 않더라고."

딱히 거절할 이유도 없어서 나는 그녀의 요청에 따르기로 했다.

그 결과, 장기 대결은 질펀한 진흙탕 싸움 끝에 내가 이겼다. 실은 당연히 압승할 거라고 생각했었다. 하지만 외통 장기와 대인(対人) 시합은 흐름이 완전히 달라서 제대로 리듬을 탈 수 없었다. 장군에 걸리면 그녀는 분해서 장기판을 뒤엎었다. 으이그.

침대 위에 어질러진 장기 말을 주워 모으며 밖을 내다보니 아직도 비가 쏟아지고 있었다.

"빗발이 좀 약해졌을 때 가면 돼. 그때까지 같이 놀자."

그녀는 마치 내 마음속을 들여다본 것처럼 말하면서 장기판을 정리하고 이번에는 비디오 게임을 꺼내왔다.

비디오 게임도 실로 오랜만에 해보는 것이었다.

처음에는 격투게임을 했다. 컨트롤러의 버튼만 누르면 화면 속 인간을 간단히 상처 입히고 또한 상처 입는 모습을 즐길 수 있다, 라는 극악무도한 바로 그 게임이다.

내가 평소에 거의 게임을 해본 적이 없었기 때문에 잠시 연습할 시간이 주어졌다. 화면을 보면서 버튼을 눌러대면 그녀는 이런저런 어드바이스를 해주었다. 친절한 구석도 제법 있구나 했더니만 그건 큰 착각이어서 막상 대전에 들어가자 그녀는 조금 전

장기 시합의 앙갚음이라도 하려는 듯 화면 색깔이 변하고 인간에게서 기묘한 파동이 나오는 다양한 기술을 구사해 내 캐릭터를 너덜너덜하게 깨부쉈다.

하지만 나도 만만하게 당하고 있지만은 않았다. 점점 요령이 붙어 상대의 공격을 받아넘기거나 가드 안의 상대를 내던지며, 저돌적으로 맹렬한 공격을 거듭하는 그녀의 캐릭터를 실컷 놀려 주었다. 마침 나의 승리의 별 숫자가 그녀의 것과 비슷해졌을 때, 즉 내가 조금만 더하면 이길 것 같은 참에 그녀는 전원을 딱 꺼버렸다. 아니, 어떻게 이럴 수가. 으이그.

그녀는 비난의 시선 따위는 아랑곳하지 않고 다시 시작, 이라는 식으로 게임 소프트를 바꿔 게임기를 재가동했다.

그녀는 다양한 게임 소프트를 갖고 있어서 우리는 몇 가지 게임으로 대전을 펼쳤지만, 가장 멋진 승부는 레이스 게임이었다. 상대와 겨루는 것이기는 해도 결국은 시간과의 싸움이자 자기 자신과의 싸움인 레이스 게임은 내 성격에 잘 맞는지도 모른다.

대형 텔레비전으로 쫓고 쫓기기를 거듭하며 레이스 게임에 몰두했다. 평소에도 말수가 적은 나는 집중하면 더욱더 말을 내뱉지 않는다. 하지만 나 대신 그녀가 "아앗!" "에잇!"해가면서 시끄럽게 굴었기 때문에 이 세상에 존재하는 음량의 더하기빼기는 결국 제로였다.

집중하는 나에게 그녀가 방해 이외의 목적으로 말을 건넨 것은 레이스가 최종 단계에 돌입했을 때였다.

그녀는 내게 물었다. 그야말로 무심히, 라는 느낌으로.

"*사이좋은 클래스메이트*는 여친 만들 생각 없어?"

나는 화면 속에서 바나나를 피해가며 반응해주었다.

"만들 생각도 없고 내가 되어줄 생각도 없어. 친구도 없는데."

"여친은 그렇다 쳐도 친구는 만들어야지."

"마음 내키면."

"마음 내키면, 이라고? 아니, 근데⋯⋯."

"응?"

"나를 여친으로 만들 생각은 아예 없는 거야?"

너무도 엉뚱한, 어떤 의미에서는 그녀의 특기라고 할 정공법에 저절로 옆을 돌아봤다가 나는 화면 속에서 엄청난 사고를 당했다.

"우와하핫, 사고 났다, 사고 났어."

"⋯⋯무슨 엉뚱한 소리야?"

"아, 여친 얘기? 그냥 한 번 확인해본 거야. 너는 나를 딱히 좋아하진 않잖아? 무슨 일이 있어도 나를 여친으로 만들 생각은 틀림없이 없는 거지?"

"⋯⋯없어."

"다행이다, 안심했어."

"⋯⋯."

무엇을 안심했다는 것인가. 이상하다고 생각했다.

문맥을 통해 추측해보았다.

설마 내가 그녀와 연인관계가 되기를 원한다고 지레짐작한 것
일까.

그녀와 숙소를 함께하고 방에까지 들어온 내가 혹시 뭔가 착각
해 그녀를 사랑할까봐 염려하고 있는 것인가.

그야말로 당치않은, 사실 무근의 혐의였다.

나는 드물게도 진심으로 불쾌했다. 명확하게 위 속에 뭔가 안
좋은 것이 턱 얹힌 듯한 느낌이었다.

레이스를 끝내고 우리는 컨트롤러를 내던졌다.

"책 빌려줘. 그만 가야겠다."

내장 속에 묵직하게 가라앉은 감정은 좀체 사라지지 않았다.
그것을 그녀가 눈치채지 않게 어서 빨리 이곳에서 도망치기로
했다.

자리에서 일어나 책장으로 다가갔다. 빗발은 전혀 약해지지 않
았다.

"좀 더 놀다 가면 좋을 텐데……. 그럼 잠깐만 기다려."

그녀도 의자에서 일어나 책장으로 다가왔다. 내 등 뒤에 그녀
가 섰다. 그녀의 숨소리가 들렸다. 그리 생각해서 그런지 평소보
다 호흡이 거친 듯한 느낌이었다.

나는 개의치 않고 책장을 위에서부터 차례로 훑어 내려왔다.
그녀도 그렇게 책을 찾고 있는지 모른다. 애초에 정해진 위치에
놓아두면 편리하잖아, 라고 나는 적잖이 답답했다.

잠시 뒤에 그녀가 숨을 크게 토해냈다. 동시에 시야 끝에서 팔

이 뻗어 나왔다. 책을 먼저 찾아낸 모양이라고 생각했다. 그렇지 않다, 라는 것을 이 단계에서 알았어야만 했다. 그녀의 팔은 내 시야의 양쪽에서 보였으니까.

그 순간 나는 내 몸의 위치를 놓쳐버렸다.

누군가의 적극적인 접촉을 거의 받아본 적이 없었기 때문일 것이다. 나는 나 자신에게 일어난 사태를 언뜻 파악하지 못했다.

사태를 파악했을 때, 나는 등을 떠밀려 책장 옆의 벽에 바짝 붙어 있었다. 왼손은 자유로웠지만 오른손은 붙잡혀 어깨 위 높이의 벽에 가있었다. 아까보다 더 가까이에서 나 이외의 날숨과 심장소리가 들리고, 열기와 달콤한 냄새가 느껴졌다. 그녀의 오른 팔이 내 목을 감고 있었다. 얼굴은 보이지 않았다. 그녀의 입이 내 귓가에 와있었다. 뺨과 뺨이 서로 맞닿을 것 같은 거리였고, 때때로 스치기도 했다.

무슨 짓을 하는 건가. 입을 움직였는데 소리가 나오지 않았다.

"……내가 죽기 전에 꼭 해보고 싶은 것을 메모했다는 얘기, 기억해?"

귓가에서 속삭였다. 목소리와 날숨이 귓불에 훅 끼쳤다. 내 대답을 그녀는 기다리지 않았다.

"그걸 실행하려고 나를 여친으로 만들 생각은 없느냐고 물어본 거야."

검은 머리칼이 코끝에서 흔들렸다.

"너를 집에 부른 것도 그래서야."

킥, 하고 그녀가 웃은 것 같았다.

"그럴 생각이 없다고 말해줘서 고마워. 안심했어. 생각이 있다고 말했다면 내 목적은 달성되지 않으니까."

그 말도 상황도 미처 이해할 수 없었다.

"내가 해보고 싶은 건……."

달콤하다.

"연인도 아니고 남친도 아닌 남학생과 나쁜 짓을 하는 거."

나쁜 짓? 나쁜 짓이라고?

나는 그녀의 말을 머릿속에서 곱씹었다. 나쁜 짓, 이란 어떤 짓인가. 지금 이 상황을 말하는 것인가, 아니면 그다음을 말하는 것인가, 혹은 지금까지의 일을 말하는 것인가. 모두 다 정답이라고 생각했다. 모두 다 나쁜 짓이다. 내가 그녀의 병을 알아버린 것도, 죽기 전의 시간을 좋아하지도 않는 나와 보내는 것도, 함께 호텔에 들어간 것도, 그녀의 방에 들어온 것도, 나쁜 짓이라고 한다면 모두 맞는 말이었다.

"이건 허그야. 그러니까 나쁜 짓은 이제부터."

역시 그녀는 내 마음속을 꿰뚫어본 것처럼 말했다. 심장소리의 공유가 내 마음속을 쉽게 읽히게 하고 있었다. 그녀의 마음속은 전혀 읽히지 않았지만.

나는 어떻게 했어야 좋았을까.

"?????? 군이라면 나는 좋아."

"……."

"나쁜 짓을 해도."

어떤 식으로 대응하는 게 정답인지 전혀 알지 못했지만, 나는 비어있던 왼손으로 내 목을 휘감은 팔을 풀었다. 그녀의 몸을 밀쳐내자 호흡소리도 심장소리도 사라졌다. 그 대신 술도 마시지 않았는데 새빨개진 그녀의 얼굴이 눈앞에 나타났다.

그녀는 내 얼굴을 보고 깜짝 놀란 표정을 보였다. 나는 그녀처럼 남에게 내보이는 얼굴을 지어내지 못하는 사람이라서 과연 내가 어떤 얼굴이었는지 나 스스로도 알지 못한다. 단지 조용히 고개를 가로저었다. 무엇을 부정했는지도 알지 못한다.

서로의 눈을 보았다. 침묵이 팽팽해졌다.

그녀의 표정을 관찰했다. 그녀는 두 눈을 데구르르 움직여 어딘가 딴 방향을 보면서 정지한 뒤에 입 끝을 천천히 조심스럽게 치켜들며 나를 보았다.

그리고 그녀는 느닷없이 뿜었다.

"푸훗!"

"……."

"우후후후후후후, 라는 이야기야."

그렇게 말하면서 이번에는 얼굴 가득 미소를 지었다. 내 오른팔은 구속에서 풀려나고, 그녀는 내 손을 뿌리치며 그 길로 우와하하핫 하고 웃었다.

"아우, 창피해라. 농담이야, 농담! 항상 하던 장난! 사람 창피하게 심각한 분위기 만들지 마, 진짜."

그녀의 급격한 태도 변화에 나는 아연했다.

"내가 아주 큰 용기를 냈지. 어떻게든 네 품에 뛰어들어야 하잖아. 하지만 장난에도 리얼리티가 필요해서 나름대로 열심히 했네, 응. 게다가 네가 입을 꾹 다물어버리는 바람에 진짜 같은 분위기가 됐잖아. 가슴이 두근두근했어? 네가 나 좋아하지 않는다는 말을 미리 들어두기를 잘했지 뭐야. 안 그랬으면 정말 진짜 같은 느낌이잖아, 방금 그거. 그래도 장난은 대 성공이었어! 상대가 너라서 가능했지. 와아, 스릴이 넘쳤어."

이유는 알지 못한다. 왜일까.

하지만 그녀를 만나고서 처음이었다.

처음으로 나는 그녀의 나쁜 장난에 진지한 분노를 느꼈다.

자신이 꾸민 짓의 창피함을 털어내려는 듯 줄줄이 늘어놓는 그녀를 표적으로 분노가 내 내장 안에서 조금씩 형체를 갖추면서 더 이상 소화할 수 없는 상태가 되었다.

나를 대체 뭐로 보는 건가. 모욕당했다고 느꼈고, 사실 그랬을 것이다.

이런 게 인간관계라고 그녀가 말한다면 나는 앞으로 어느 누구와도 어울리는 일 없이 살아갈 것이다. 다들 췌장에 병이 들어 죽어버렸으면 좋겠다. 아니, 내가 먹어주자. 유일하게 올바른 내가 모두의 췌장을 먹어주자.

감정과 행동은 의외로 간단히 연결되었다.

그녀의 비명을 들었는데도 내 귀에는 퉁퉁하게 살찐 분노가 가득 차서 아무것도 들리지 않았는지도 모른다.

　나는 눈앞에 있는 그녀의 어깨를 움켜쥐고 그대로 침대에 쓰러뜨렸다.

　그녀의 상반신을 침대에 꽉 누르고, 그녀의 어깨 대신 양팔을 붙잡아 움직임을 봉쇄했다. 나는 아무것도 생각하고 있지 않았다.

　그녀는 자신의 몸이 처한 상황을 깨닫고 잠시 버둥거렸지만 이윽고 포기한 채 자신의 얼굴에 그림자를 짓게 한 내 얼굴을 보았다. 여전히 나는 나 자신이 어떤 얼굴을 하고 있는지 알지 못했다.

　"왜 그래, 너……."

　그녀는 당황하고 있었다.

　"이러지 마. 어서 놔, 아파."

　말없이 나는 그녀의 눈만 보았다.

　"방금 전에는 농담이야. 그냥 늘 하던 장난이었다니까."

　어떻게 하면 만족스러웠을까. 나 스스로 나를 알 수 없었다. 혹은 나는 이미…….

　내가 아무 말도 하지 않자 표정이 풍부한 그녀의 얼굴이, 사람들과 관계를 맺어온 삶에서 습득한 얼굴이, 언젠가처럼 핑글핑글 바뀌었다.

　그녀는 웃었다.

　"아하하, 내 농담에 맞장구치는 거야? 너답지 않게 서비스가 너무 좋은데? 자, 이제 그만 놔줘."

그녀는 난감했다.

"왜 그래? *사이좋은 클래스메이트*답지 않아. 너는 이런 나쁜 장난은 안 하는 사람이잖아? 어서 놔줘."

그녀는 분노했다.

"어지간히 좀 해! 여자에게 이런 짓을 해도 돼? 얼른 놔!"

나는 아마도 최강의 무감정이 담긴 눈빛으로 그녀를 마주보았을 것이다. 그녀도 내 시선에서 도망치지 않았다. 침대 위에서 우리의 눈싸움은 더할 수 없이 로맨틱했다.

이윽고 그녀도 아무 말도 하지 않았다. 거센 빗소리만 창문 너머에서 나를 나무라는 것 같았다. 그녀의 날숨이나 눈 깜빡임 소리가 나를 어떻게 만들어갈지, 알 수 없었다.

지그시 그녀를 바라보았다. 그녀도 지그시 나를 바라보았다.

그래서 알았다.

말을 잃고 표정도 잃은 그녀의 눈에 눈물이 차올랐다.

그것을 본 순간, 애초에 어디서 나왔는지도 알 수 없었던 분노가 처음부터 아예 없었던 것처럼 스르륵 녹아내렸다.

막혔던 뭔가가 내려가는 것과 함께 내장 깊은 곳에서 후회가 치밀었다.

나는 그녀의 두 팔을 그제야 새삼 조심스럽게 풀어주고 몸을 일으켰다. 그녀는 멍해진 얼굴로 나를 보고 있었다. 그것을 확인하자마자 나는 그녀의 얼굴을 차마 마주볼 수 없었다.

"미안……."

대답은 돌아오지 않았다. 그녀는 아직 침대 위에 있었다. 떠밀렸던 자세 그대로.

나는 바닥에 놓인 가방을 들었다. 그리고 도망치듯이 문손잡이를 잡았다.

"……*너무한 클래스메이트*."

등 뒤에서 들리는 목소리에 나는 한순간 망설이다가 뒤돌아보지 않고 대답했다.

"미안. 그만 갈게."

그 말만 하고 두 번 다시 올 일이 없을 방의 문을 열고 **빠른** 걸음으로 도망쳤다. 아무도 뒤쫓아 오지 않았다.

현관문도 닫지 않고 빗속을 향해 몇 걸음 걸어간 뒤에야 나는 머리가 빗물에 젖는 것을 깨달았다. 그러거나 말거나 느릿느릿 우산을 펴고 도로로 나섰다. 아스팔트에서 여름 비 냄새가 피어올랐다.

뒤돌아보려는 나 자신을 질타하며, 학교까지의 길을 머릿속으로 더듬으며, 계속 걸었다. 빗발은 더 강해졌다.

생각했다. 이제야 겨우 냉정을 되찾은 나 자신이 되어서 생각했다.

생각하면 할수록 마음속에서 후회밖에 발견할 수 없었다.

대체 무슨 짓을 한 것인가, 하고 나 자신에 대한 실망만 가득했다.

알지 못했다. 누군가에게 분노를 들이대는 것이 이토록 그 누군가를 상처 입히리라는 것. 이토록 나 자신을 상처 입히리라는 것.

그녀의 얼굴을 봤어? 눈물을 봤어? 감정이 뭉클뭉클 흘러나왔다. 어처구니없다, 라는 생각이 쏟아져 내렸다.

이를 악무는 나 자신을 깨달았다. 의식하자 잇몸이 아팠다. 인간관계로 인해 내 몸을 해치는 날이 오다니, 나는 뭔가 이상해져 있었다. 하지만 이 아픔을 나 자신에 대한 벌이라고 생각할 만큼 제정신을 잃지는 않았다. 겨우 그런 정도로 내 죄는 씻어지지 않는다.

그녀가 말하는 '장난'이 발단이었다. 그것이 내 감정을 자극했다. 그건 사실이지만 사실이었다고 쳐도 내가 그녀에게 행한 폭력에 대한 변명이 될 수는 없었다. 그녀의 의도와는 달리 내가 큰 상처를 받았다고 해도. 상처를 받았다? 상처를 받았다고? 대체 무엇에 상처를 받은 것인가. 그녀의 냄새나 심장소리를 떠올려 봐도 이유를 알 수 없었다. 그냥 단지, 어쩐지, 용서할 수가 없었다. 이론이 통하지 않는 감정으로 내가 그녀를 상처 입혔을 뿐이다.

큼직한 저택 사이를 누비며 걸었다. 평일 오후, 인적은 없었다.

분명 내가 뿅 하고 사라져도 아무도 알아차리지 못하리라.

그런 생각이 들 만큼 고요했기 때문에 등 뒤에서 느닷없이 들려온 목소리에 나는 흠칫 놀랐다.

"어이, *눈에 잘 안 띄는 클래스메이트*."

그것은 침착한 남자 목소리였다. 얼떨결에 뒤돌아보자 그곳에는 우산을 받쳐든 우리 반 남학생이 있었다. 나를 부를 때까지 그 존재를 전혀 깨닫지 못했다. 나는 이상하다고 생각했다. 우선 그가 내게 말을 걸어온 것이. 그리고 항상 온화하게 웃는 이미지였던 그의 얼굴에 붙어있는 게 분노의 감정으로 보인다는 것이.

그와 말을 섞는 것은 오늘 들어 두 번째였다. 희한한 일이다. 내가 하루에 두 번씩이나 같은 사람과 말을 섞다니.

온화하고 깔끔한 분위기의 남학생. 우리 반 학급위원. 그런 그가 나와 교류하려는 그 속마음을 파악해보려고 나는 그와는 무관한 동요를 억누르며 "아, 응"하고 그의 부름에 답했다.

내 반응을 기대하는지 그는 한참이나 나를 보며 지그시 침묵했다. 별수 없이 내가 다시 입을 열었다.

"이 근처에 살아?"

"……아니."

역시 그는 뭔가 기분이 안 좋은 것 같았다. 어쩌면 비를 싫어하는지도 모른다. 비가 오면 손에 들 것이 많아져 귀찮기도 하고. 하긴 지금 그는 사복 차림에 우산 말고는 아무것도 들고 있지 않다.

나는 그의 얼굴을 보았다. 요즘 나는 타인의 감정을 눈을 통해 읽어내는 것을 가까스로 배웠다. 그가 왜 불쾌함을 감수하면서 내게 말을 걸어왔는지 탐색하기 위해 그의 시선을 어떻든 맞받아냈다.

하지만 나는 더 할 말이 없었다. 그래서 내 기분을 다독이며 그의 얼굴을 말없이 보고 있었더니 그쪽에서 결국 조바심이 난 모양이었다. 쓰디쓴 벌레를 씹은 듯한 얼굴로 다시 내 이름을 불렀다.

"*눈에 잘 안 띄는 클래스메이트*, 네 놈이야말로 왜 이런 곳에?"

평소와는 달리 그가 나를 함부로 불러댄 것은 딱히 거슬리지 않았다. 그것보다는 그가 나를 '눈에 잘 안 띄는 클래스메이트'가 아니라 실제로는 뭔가 다른 것으로 지칭한 것처럼 들린 게 마음에 걸렸다. 이를테면 '용서할 수 없는 놈'이라는 호칭으로. 이유가 뭔지는 모르겠지만 일단 그런 것으로 해두었다.

내가 대답하지 않자 그는 쯧쯧 혀를 찼다.

"*용서할 수 없는 놈*이 왜 이런 곳에 와있느냐고 물었어."

"……볼일이 있어서."

"사쿠라였지?"

어디서 들은 듯한 이름에 심장이 오그라드는 느낌이었다. 숨이 막혀서 금세는 대답할 수 없었다. 그는 그것도 용서해주지 않았다.

"사쿠라였냐고!"

"……"

"대답해!"

"……네가 말하는 사쿠라라는 사람과 내가 아는 클래스메이트가 같은 사람이라면, 응, 맞아."

어쩌면 그의 착각인지도 모른다는 희미한 기대는 이를 악무는 그의 표정으로 산산이 깨졌다. 그것으로 그가 나에 대해 그리 바람직하다고 할 수 없는 감정을 품었다는 것을 결정적으로 깨달았다. 단지 아직 그런 감정의 이유는 알 수 없었다.

어떻게 할까.

그런 머릿속 계산은 즉각 의미 없는 것이 되었다. 정확한 이유는 그의 말에 의해 드러났다.

"사쿠라는……."

"……."

"사쿠라는 왜 하필 너 같은 놈하고."

아, 그런 거였어?

말로 튀어나올 뻔한 납득을 의식적으로 다시 밀어 넣었다. 그런 거였어? 그가 내게 들이민 감정의 정체를 알았다. 나도 모르게 머리를 긁적였다. 어휴, 귀찮게시리, 라는 식으로 생각했다.

만일 그의 눈이 상황을 제대로 볼 줄 아는 상태라면 얼마든지 얼버무리기나 변명이 통할 테지만 그는 목표를 잘못 짚은 분노를 내게로 향할 만큼 맹목적이었다.

어쩌면 오늘 이 자리에서 마주친 것도 우연이 아닌지 모른다. 이를테면 둘이 나란히 걸어가는 우리 뒤를 밟았다거나, 아무튼 얼마든지 상상할 수 있었다.

그는 사랑에 빠졌을 것이다. 그래서 나에게 전혀 잘못 짚은 질투심을 노골적으로 드러내고 있다. 맹목적이기 때문에 정확한 관찰의 시선을 잃었고 평소의 자성 능력도 상실했다. 그밖에 또 뭔가 잃어버린 것이 있을까.

나는 우선 가장 좋은 수단으로서 진실을 설명하는 것을 시도해봤다.

"나와 그 애는 네가 상상하는 그런 사이가 아니야."

그의 눈에 핏기가 내달렸다. 별로 좋지 않았나, 라고 생각했을 때는 이미 늦어서 그는 좀 더 공격적인 성량과 말투로 나를 몰아붙였다. 빗소리가 어지럽게 지워졌다.

"그럼 대체 어떤 사이야? 단둘이 식사하러 가고 여행가고 오늘은 그 애 집에 혼자 놀러가고, 우리 반 애들 사이에 소문이 쫙 퍼졌어. 네가 갑자기 사쿠라를 졸졸 따라다닌다고 숙덕거린단 말이야!"

여행에 관한 것은 어디서 새어나갔을까, 하고 조금 마음에 걸렸다.

"졸졸 따라다닌다는 표현은 정확하지 않은 것 같다. 그렇다고 내 쪽에서 만나준다는 것도 좀 오만하게 들리겠지. 하지만 그녀 쪽에서 만나준다는 것은 지나치게 겸손한 것 같고. 근데 만난다는 게 연인으로서, 라는 의미는 아니야."

만난다, 라는 말에 그의 표정이 흔들린 것을 확인하고 나는 한마디 더 덧붙였다.

"아무튼 너나 우리 반 애들이 생각하는 그런 관계가 아니야."

"그래도 사쿠라는 너와 함께 시간을 보내고 있어."

"······그런가."

"너 같이 협력 능력이 완전히 결여된 컴컴한 놈하고!"

미워서 견딜 수 없다는 듯 내뱉은 내 인간성에 관한 평가에 딱히 이견은 없었다. 그렇게 보일 것이고 실제로 그렇기도 할 것이다.

그녀가 왜 나와 함께 시간을 보내는가. 그건 나야말로 알고 싶은 점이었다. 내가 그녀에게 일상과 진실을 동시에 부여해주는 유일한 존재라고 말했고 그건 맞는 말이기도 했지만, 그것을 대답으로 하는 것도 뭔가 빗나간 얘기인 듯한 느낌이 들었다.

그래서 나는 침묵을 지켰다. 그 역시 눈빛은 뜨거웠지만 표정은 잔뜩 굳은 채 빗속에 서 있었다.

침묵은 오래 이어졌다. 너무 오래 이어져서 나는 대화가 끝난 것이라고 생각했다. 그도 정당성 없는 자신의 분노를 깨닫고 방금 전까지의 나처럼 후회에 휩싸였는지도 모른다. 혹은 그렇지 않을지도 모른다. 맹목적인 그는 역시 자신의 감정을 제대로 응시하지 못할 수도 있으리라.

결국 어느 쪽이든 상관없었다. 어느 쪽이건 더 이상 마주하고 있는 것은 서로에게 득이 못 된다고 생각하고 나는 그에게 등을 돌렸다. 그가 그대로 나를 보내줄 것이라고 생각했기 때문에 그렇게 했다. 혹은 단순히 어서 빨리 나 혼자가 되고 싶었던 것뿐인가. 이것도 어느 쪽이건 상관없다. 내 행동은 둘 중 어느 쪽이건 달라질 게 없었다.

가만히 생각해보면 사랑에 빠진 사람이 맹목적이라는 것은 소설 속 얘기로서 알고 있는 것일 뿐, 실제 사람의 마음을 접해보지 못한 내가 살아있는 인간의 행동을 파악한다는 것은 우스운 일이었다. 소설 속 등장인물과 실제 인간은 다르다. 소설과 현실은 다르다. 현실은 소설만큼 아름답지도 않고 정확히 맞아떨어지지도 않는다.

인적 없는 방향으로 걸음을 옮기는 내 등에 얼얼한 시선이 꽂혔다. 돌아보지는 않았다. 돌아다봤자 어느 누구에게도 도움이 되지 않기 때문이다. 인간관계를 수학식처럼 생각해버리는 나를 그녀가 좋아할 리 없다, 라고 등 뒤의 그에게 해명하고 싶었지만 쓸데없는 일이리라.

사람을 맹목으로 만드는 것은 사랑뿐만이 아니다. 사고방식도 사람을 맹목으로 만든다는 것을 알지 못했던 나는 어깨가 왈칵 젖혀지기 전까지 뒤쪽의 그가 쫓아왔다는 것도 깨닫지 못했다.

"야, 잠깐!"

나는 어쩔 수 없이 고개만 돌려 그를 보았다. 잘못된 착각 때문이라고는 해도 역시 그가 보인 태도에는 적잖이 짜증이 났다. 하지만 표정에는 드러내지 않았다.

"아직 얘기 안 끝났어!"

생각해보면 나도 흥분했었는지도 모른다. 인생에서 아마도 맨 처음의 경험이 될, 이른바 싸움. 감정이 서로 맞부딪치는 가운데 이성적으로 생각할 부분을 잃어버렸던 것이라고 생각한다.

명백히 그를 상처 입히고자 하는 말이 내 입에서 튀어나왔다.

"내가 한 가지 알려줄게. 분명 도움이 될 것 같다."

나는 그의 눈을 똑바로 바라보며 내장을 도려낼 듯한 각오로 말했다.

"그 애, 끈덕지게 구는 인간은 싫다고 했어. 전 남자친구가 그랬다면서."

마지막으로 바로 코앞에서 본 그의 얼굴은 그전의 몇 분 사이에도 본 적이 없을 만큼 심하게 일그러졌다. 그것이 어떤 의미의 표정인지 알 수 없었지만, 아무려나 상관없었다. 이해해봤자 결과는 달라지지 않는다.

왼쪽 눈 근처에 강한 충격이 느껴졌고 나는 뒤로 휘청하다가 비에 젖은 아스팔트에 엉덩방아를 찧었다. 비가 잽싸게 교복에 스며들었다. 놓쳐버린 우산이 펼쳐진 채로 얼빠진 소리를 내며 굴렀다. 마찬가지로 내던져진 가방도 땅바닥에 털썩 드러누웠다. 내가 처한 상황에 놀라 졸지에 그에게로 시선을 던졌다. 왼쪽 눈이 흐릿해져서 잘 보이지 않았다.

자세한 것은 모르겠으나 폭력을 당했다는 것만은 알았다. 인간은 공연히 넘어지지는 않으니까.

"끈덕지기는 뭐가! 나는, 나는……."

그가 소리쳤다. 내 쪽을 향하고 있었지만 명백히 그 말은 나를 향한 것이 아니었다. 나는 그의 역린을 건드렸다는 것을 깨달았다. 타인을 상처 입히려다가 내가 상처를 입고, 이게 대체 무슨 꼴인가. 나는 깊이 반성했다.

남에게 얻어맞은 것은 분명 처음이었다. 상당히 아팠다. 맞은 부분이 어딘지는 알고 있었지만 왠지 마음속 심지 부분이 더 아팠다. 이런 게 계속되면 인간의 마음은 꺾이는 것인지도 모른다.

땅바닥에 앉은 채 나는 그를 올려다보았다. 왼쪽 눈의 시력은 아직 돌아오지 않았다.

분명하게 밝힌 건 아니라서 이 시점에 결론을 내릴 수는 없지만, 아마도 그녀의 전 남자친구였을 터인 그는 숨을 씩씩거리며 나를 내려다보았다.

"너 같은 놈이 왜 사쿠라에게 달라붙느냐고!"

그는 호주머니에서 꺼낸 것을 내게 홱 던졌다. 꾸깃꾸깃해진 그것을 펼쳐보니 언젠가 잃어버린 내 책갈피였다. 아하, 얘기의 흐름이 잡혔다.

"너였구나."

그는 대답하지 않았다.

단정한 모습 안에 있는 것은 온화한 인간성이라고 생각했다. 그가 교실 앞에 서서 회의를 주도할 때도, 어쩌다 도서관에 와서 책을 빌려갈 때도, 그는 단정한 웃음을 흩뿌렸다. 하지만 나는 그의 내면을 알지 못했고, 내가 본 것은 그가 바깥세상에 내보이고자 정확히 준비했던 얼굴이었다. 역시 중요한 것은 외면이 아니라 내면이다.

어떻게 해야 하나, 하고 생각했다. 먼저 그를 상처 입힌 건 나였으니까 그의 공격은 정당방위라고 할 수도 있다. 다소 과잉한 구석이 있었지만 그가 얼마나 큰 상처를 입었는지는 나로서는 짐작할 도리가 없었다. 그래서 지금 몸을 일으켜 그에게 반격을 가하는 것은 이상하다고 생각했다.

우뚝 서 있는 그는 아직 혈기가 가시지 않은 것 같았다. 어떻게든 그를 진정시킬 방법이 있으면 좋을 텐데 말을 잘못했다가는, 아니, 잘못하지 않더라도 자칫하면 불에 기름을 붓는 꼴이 될 수 있었다. 그의 감정의 어딘가에 존재하는 선을 뛰어넘게 한 것은 분명 나였으니까.

그를 쳐다보았다. 어쩌면 그가 나보다 훨씬 더 옳은지도 모른다고 생각했다. 분명 그는 진심으로 그녀를 좋아하는 것이다. 방법이 약간 잘못되었을 뿐, 아니, 그 방법이 좀 문제였지만, 그래도 올곧은 사랑을 그녀에게로 향하며 함께 시간을 보내기를 원했다.

그래서 그녀의 시간을 빼앗은 나를 미워한 것이다. 그런데 나는 어떤가. 만일 그녀가 일 년 뒤에 죽는다는 것을 알지 못했다면 나는 그녀와 식사할 일도 여행할 일도, 집에 가서 어색한 상황을 만들 일도 없었다. 그녀의 죽음이 우리를 이어주었다. 하지만 죽음 따위, 누구에게라도 찾아올 운명이다. 그러니까 나와 그녀가 만난 것은 우연일 뿐이다. 우리가 시간을 함께 보낸 것은 우연일 뿐이다. 의지나 감정에 따른 순수성이 나에게는 전혀 없었다.

타인과 관계를 맺지 않는 나도 알고 있다. 잘못한 쪽은 올바른

쪽에 굴복하지 않으면 안 된다.

그렇다면 그의 마음이 풀릴 때까지 실컷 맞아주자. 남의 마음
도 모른 채 누군가와 관계를 가지려고 했던 내가 나빴다.

나를 노려보는 그의 눈을 정면으로 맞받으면서 내 뜻을 전하려
고 했다. 너에게 굴복한다, 라는 뜻을 전하려고 했다. 하지만 그
것은 이루어지지 않았다.

숨을 씩씩거리는 그의 저 뒤쪽에 서 있는 사람그림자가 눈에
들어왔다.

"지, 지금 뭐하는 거야?"

그 목소리에 그는 벼락을 맞은 것처럼 휙 돌아보았다. 우산이
흔들리면서 투두둑 떨어진 빗방울이 그의 어깨에 쌓였다. 타이밍
이 좋은 건가 나쁜 건가, 라고 생각하며 마치 남의 일처럼 나는
멍하니 그 두 사람을 바라보았다.

우산을 손에 든 그녀는 상황을 파악하려는 듯 몇 번이나 나와
그의 얼굴을 번갈아보았다.

그는 뭔가 말하려 하고 있었다. 하지만 그 말이 입 밖에 나오기
전에 그녀가 내 쪽으로 달려와 바닥에 나뒹구는 우산을 주워 내
게 내밀었다.

"감기 걸리겠다, *너무한 클래스메이트*……."

약간은 빗나간 친절을 내가 받아들자 그녀가 숨을 헉 삼키는
게 들려왔다.

"*너무한 클래스메이트*, 피, 피가 났어!"

당황해서 어쩔 줄 모르던 그녀가 호주머니에서 손수건을 꺼내 내 왼쪽 눈 위에 댔다. 피가 난다는 건 알지 못했다. 그렇다면 그의 폭력은 맨손에 의한 것이 아니었는지도 모른다. 새삼스럽게 흉기의 정체 따위는 알고 싶지도 않았지만.

그보다 나는 그녀가 내게로 뛰어온 뒤에 우두커니 서버린 그의 표정을 보고 있었다. 그 변화의 현저함은 필설로 다 표현하기가 어려웠다. 감정이 떨어져나간다는 것은 분명 이런 경우를 두고 하는 말이라고 실감했다.

"어떻게 된 거야? 왜 피가?"라고 말을 잇는 그녀. 나는 그의 감정에 시선을 빼앗겼기 때문에 그녀의 걱정은 무시하고 있었지만, 그래도 별 문제는 없었다. 설명은 그가 해주었다.

"사쿠라, 너는 왜 이런 놈하고……."

그녀는 내 왼쪽 눈썹 옆을 손수건으로 누른 채 그를 돌아보았다. 그의 얼굴이 그녀의 얼굴을 봤기 때문인지 또 다시 일그러졌다.

"이런 놈이라니……? 뭐야, *너무한 클래스메이트 얘기?*"

"그래, 이 녀석이 사쿠라한테 자꾸 달라붙잖아. 더 이상 집적거리지 못하게 내가 한 방 먹여준 거라고."

그는 변명하듯이 말했다. 그녀가 자신을 재평가해주기를 바랐을까. 다시 한 번 자신을 봐줬으면 했을까. 하지만 맹목적인 그에게는 더 이상 그녀의 마음 따위는 눈에 들어오지 않는다.

완전히 방관자가 된 나는 일의 경과를 지켜보는 수밖에 없었다. 그녀는 굳어버린 것처럼 그에게로 얼굴을 향하고 있었다. 팔만 내 얼굴에 댄 손수건에 뻗어와 있었다. 그는 칭찬을 받으려고 고대하는 어린애처럼 반쯤 웃고 있었다. 그리고 반쯤은 두려워하고 있었다.

몇 초 뒤, 그의 얼굴은 후자 쪽으로 기울었다.

경직된 시간 동안 고인 가슴속 감정을 모조리 토해내듯이 그녀는 딱 한 마디를 그에게 선물했다.

"……저질!"

그 말에 그는 어리둥절한 표정이 되었다.

잠시 뒤 그녀가 나를 돌아보았다. 그 얼굴을 보고 나는 흠칫 놀랐다. 그녀의 풍부한 표정은 명랑한 방향으로만 향한다고 잘못 알고 있었다. 화를 내도 울어도 명랑하다. 그렇게 잘못 알고 있었다.

그녀도 이런 표정을 짓는구나.

오로지 누군가를 상처 입히기 위한 것인 듯한 이런 표정.

그녀는 금세 내게로 향한 표정을 바꾸었다. 당황스러움과 웃음이 혼재되어 있었다. 그녀의 부축을 받아 나는 일어섰다. 바지도 셔츠도 이미 흠뻑 젖었지만 여름이라서 다행이었다. 춥지는 않았다. 기온, 그리고 그녀가 잡아준 팔 덕분이었다.

내 팔을 세게 붙잡고 그녀는 그가 서 있는 방향으로 걸음을 옮겼다. 그의 얼굴을 보았다. 그의 어리둥절한 얼굴을 보면서 나는 앞으로 그가 내 물건을 훔쳐가는 일은 없을 거라고 확신했다.

그 옆을 지나쳐 그대로 그녀의 추진력을 따라 끌려간다고 생각했는데 나는 갑작스럽게 멈춰선 그녀의 등에 부딪힐 뻔했다. 두 사람의 우산이 맞부딪혀 큼직한 빗방울이 떨어졌다.

그녀는 돌아보지 않은 채 조용하고도 큼직한 목소리로 이렇게 말했다.

"나 이제 다카히로가 싫어졌거든? 두 번 다시 나와 내 주위 사람들에게 아무 짓도 하지 말아줘."

다카히로라고 불린 그는 아무 말도 하지 않았다. 마지막으로 그의 등을 보니 울고 있는 것처럼 보였다.

나는 그렇게 다시 그녀의 집으로 끌려갔다. 말없이 안으로 맞아들여 수건과 갈아입을 옷을 던져주며 샤워를 하라는 지시를 내렸다. 나는 사양하지 않고 그대로 따르기로 했다. 남자용 티셔츠와 추리닝을 빌려줘서 처음으로 그녀에게 나이 차가 나는 오빠가 있다는 것을 알았다. 그러고 보니 나는 아직 그녀의 가족 구성조차 알지 못했었다.

옷을 갈아입고 이층 그녀의 방으로 불려갔다. 방에 들어서자 그녀가 바닥에 정좌하고 있었다.

그리고 나는 그녀와 인생에서 처음의 경험을 했다. 인간관계가 심히 부족한 나는 그것이 무엇인지 알지 못한다. 그래서 그녀의 말을 빌리고자 한다.

그녀는 그것을 '화해'라고 했다.

그것은 지금까지 체험한 어떤 인간관계보다 오글거리고 낯 뜨거운 것이었다.

그녀는 내게 사과했다. 나도 그녀에게 사과했다. 그녀는 내게 설명했다. 네가 난처한 얼굴로 웃어넘겨줄 거라고 생각했다, 라고. 그래서 나도 설명했다. 왠지는 모르겠는데 나를 바보로 취급하는 것 같아서 화가 났다, 라고. 빗속에 그녀가 나를 쫓아온 것은 이대로 둘 사이의 관계가 험악해지는 것은 너무 싫었기 때문에, 내게 떠밀리고 울었던 것은 단순히 남자의 완력이 무서웠기 때문에, 라고 나는 들었다.

나는 내내 진심으로 사과했다.

중간에 빗속에 버려두고 온 그의 일이 마음에 걸려 그 얘기를 꺼냈다. 우리 반 학급위원은 역시 그녀의 전 남자친구였다. 나는 빗속에서 생각했던 것을 솔직하게 말했다. 나와 시간을 보내는 것보다 이를테면 그 친구처럼 너를 진심으로 사랑하는 사람과 함께하는 게 더 좋을 것이다. 우리는 단지 그날 병원에서 우연히 만난 것뿐이니까.

그 말에 그녀는 나를 꾸짖었다.

"아니, 우연이 아냐. 우리는 모두 스스로 선택해서 여기까지 온 거야. 너와 내가 같은 반인 것도, 그날 병원에 있었던 것도, 우연이 아니야. 그렇다고 운명 같은 것도 아니야. 네가 여태껏 해온 선택과 내가 여태껏 해온 선택이 우리를 만나게 했어. 우리는 각자 자신의 의지에 따라 만난 거야."

나는 입을 다물었다. 아무 말도 할 수 없었다. 정말 그녀에게서는 많은 것을 배웠다. 그녀의 생명이 일 년이 아니라 좀 더 길게 남았다면 나는 내가 여태까지 배운 것보다 더 많은 것을 그녀에게서 배울 수 있을까. 아니, 아무리 긴 시간이 남아 있더라도 분명 부족했을 것이다.

젖은 교복을 넣을 봉투와 옷, 그리고 약속한 책을 빌렸다. 나는 입수한 책은 순서대로 읽기 때문에 현재 책장에 쌓여있는 책이 먼저다, 그래서 오늘 빌려가는 이 책을 읽기까지 한참 시간이 걸릴 것 같다, 라고 말하자 그녀는 일 년 안에 돌려주면 된다고 말했다. 즉 나는 그녀가 죽기 전까지 사이좋게 지내기로 맹세한 것이다.

다음날, 보충수업을 위해 학교에 갔더니 실내화는 사라지지 않고 제자리에 있었다.

오랜만에 실내화를 신고 교실에 들어갔을 때, 그녀는 없었다. 일교시에도 그녀는 학교에 오지 않았다. 그다음 시간도, 그다음 시간도. 방과 후에도 그녀의 모습은 눈에 띄지 않았다.

왜 그녀가 학교에 오지 않았는지 알게 된 것은 그날 밤이었다.

그녀는 병원에 입원했다.

| 6 |

　내가 그녀를 다시 만난 것은 그 주 토요일, 입원한 병실에서였다. 오전 중에는 구름이 껴서 그리 덥지 않은 날씨였다. 나는 그녀에게서 온 메시지를 통해 면회 가능한 시간대를 알아내 이른바 병문안으로 와 있었다. 와 있었다, 라기보다 오라는 호출을 받은 셈이다.

　그녀는 일인용 병실에 있었다. 내가 도착했을 때 다른 병문안 손님은 없이, 그녀는 흔한 환자복을 입고 팔뚝에는 링거를 매달고 창문을 향해 괴상한 춤을 추고 있었다. 등 뒤에서 인사를 건네자 그녀는 화들짝 놀라 꺄아악 소리치며 이불 속으로 뛰어들었다. 침대 옆에 놓인 철제 파이프 의자에 앉아 소란이 멈추기를 지그시 기다리고 있었더니 그녀는 갑자기 조용해져서 아무 일도 없었다는 듯 침대 위에 나와 앉았다. 그녀의 돌발성은 시간과 장소를 가리지 않는다.

"갑자기 나타나면 어떡해! 창피해서 지레 죽을 뻔했잖아."

"그런 듣도 보도 못한 방식으로 죽는다면 내가 두고두고 개그 소재로 전해줄게. 자, 이거, 병문안 선물."

"아유, 뭘 이런 걸⋯앗, 딸기다! 와아, 빨리 먹자. 저기 저 선반에 접시 좀 가져와."

나는 그녀의 지시대로 선반에서 접시와 포크 두 세트와 나이프를 꺼내와 다시 의자에 자리를 잡았다. 참고로, 딸기는 클래스메이트 병문안을 간다고 부모님에게서 말해서 타온 돈으로 샀다.

꼭지를 떼어낸 딸기를 먹으며 나는 그녀에게 건강 상태를 물어보았다.

"전혀, 아주 괜찮아. 수치가 좀 이상하게 나왔다고 아빠 엄마가 걱정해서 입원시켰지만 난 아무렇지도 않아. 2주일쯤 입원해서 특별한 주사약을 맞고, 그러고는 다시 학교에 갈 거야."

"그때쯤이면 이미 여름방학이야."

"아, 그런가? 그러면 너하고도 여름방학 계획을 세워야겠다."

나는 그녀의 팔에 이어진 링거를 확인해보았다. 이동바퀴가 달린 봉에 비닐주머니가 매달렸고 그 안에는 투명한 액체가 들어 있었다. 한 가지 의문이 머릿속에 떠올랐다.

"다른 친구들, 이를테면 절친 님에게는 뭐라고 얘기했어?"

"교코나 다른 친구들에게는 맹장수술이라고 했어. 병원 측에서도 입을 맞춰주기로 했고. 너무 걱정들을 하는 통에 점점 더 사실대로 말하기가 어려워졌지 뭐야. *며칠 전에 나를 침대에 쓰러뜨*

린 클래스메이트는 그 점에 대해 어떻게 생각해?"

"최소한 절친 님에게는 언젠가 정식으로 말해야 하지 않을까? 물론 최종적으로는, 며칠 전에 내 품에 안겼던 너의 의견을 존중하겠지만."

"앗, 그거 다시 생각나게 하지 마, 창피하잖아! 죽기 전에 나 침대에 쓰러뜨린 거, 교코한테 다 불어버릴 거니까 그때는 얌전히 살해될 준비나 하셔."

"절친 님을 범죄자로 만들려고 하다니, 그 죄를 어찌 다 갚으려고."

"아니, 그보다 절친 님, 절친 님 하는데 그게 뭐야?"

"교코를 나는 마음속으로 절친 님이라고 지칭하고 있어. 친애의 뜻을 담아서."

"너무 예의 차리는 거 아니야? 그냥 교코라고 할 것이지."

그녀는 어이없다는 듯 어깨를 으쓱했다. 평소의 그녀와 하나도 다를 것 없는 기색으로.

증상에 대해서는 이미 메시지로 들었지만 실제로 눈앞에서 건강한 그녀를 보니 한결 마음이 놓였다. 실은 갑작스럽게 죽음의 순간이 앞당겨진 건 아닌가 하고 걱정했었다. 직접 본 바로는 그런 일은 없을 것 같았다. 표정도 환하고 동작도 씩씩하다.

안심한 나는 가방에서 새로 산 깨끗한 노트를 꺼냈다.

"자, 그럼 간식도 다 먹었고, 공부할 시간이다."

"에이, 좀 더 놀다가 해도 되잖아."

"네가 부탁한 일이야. 게다가 여태까지 실컷 놀았으면서."

오늘 병원에 온 것은 오랜만에 그녀를 만나기 위한 것 외에도 번듯한 이유가 있었다. 자신이 학교에 결석한 동안의 보충수업을 정리해서 가르쳐달라고 그녀가 부탁한 것이다. 흔쾌히 승낙했더니, 웬일로 이리 말을 잘 듣느냐면서 그녀는 화들짝 놀라는 척했다. 진짜 실례도 이런 실례가 없다.

새 노트를 그녀에게 건네고 냉큼 펜을 잡으라고 한 뒤에 나는 보충수업 내용을 요약해 전해주었다. 내 주관적 판단에 따라 굳이 외울 필요가 없는 것은 잘라내고 단축수업으로 했다. 그녀는 일단 착실히 들어주었다. 휴식시간을 넣어가며 한 시간 반 정도에 나의 수업 흉내 내기는 끝이 났다.

"고마워. *사이좋은 클래스메이트*, 진짜 잘 가르친다. 앞으로 교사를 해보는 건 어때?"

"싫어. 너는 왜 죄다 인간을 상대하는 일만 제안하지?"

"죽지 않는다면 내가 하고 싶었던 일을 대신 해줬으면 하는 건가."

"그렇게 말하면 단칼에 거절한 내가 나쁜 사람이 되잖아. 앞으로는 그런 말, 하지 마라."

그녀는 킥킥킥 웃으면서 노트를 침대 옆 밤색 선반에 올려놓았다. 거기에는 잡지며 만화책 등이 줄줄이 꽂혀 있었다. 그녀처럼 행동적인 인간에게 이 병실은 몹시 무료할 것이다. 그러니 괴상한 춤도 춰보고 싶었을 것이다.

시각은 낮 열두 시가 되어갔다. 점심시간에 절친이 병문안을 온다고 해서 나는 열두 시에는 돌아갈 생각이었다. 그녀에게 말했더니 "여고생 수다에 참여해보는 것도 좋은데"라고 청해서 정중히 거절했다. 한바탕 교사 흉내를 내느라 슬슬 배도 고팠고, 무엇보다 그녀의 무사함을 확인한 것만으로도 만족스러웠다.

"자, 그럼 가기 전에 마술하는 거 보고 가."

"벌써 다 마스터했어?"

"간단한 것만 했지. 아, 다른 것 몇 가지도 연습 중이야."

그녀가 보여준 것은 트럼프를 사용한 마술이었다. 상대가 선택한 카드를 안 보고도 알아맞히는 것으로, 단기간에 연습한 것치고는 꽤 잘한다고 생각했다. 어떤 트릭인지는 마술에 대해 문외한인 나로서는 알 수 없었다.

"다음에는 좀 더 어려운 것을 할 테니까 기대해."

"응, 재밌겠다. 마지막에는 불타오르는 상자에서 탈출하는 마술?"

"화장터 얘기야? 그건 못 하지!"

"글쎄 그런 농담은 제발 하지 말라니까."

"사쿠라, 몸은 좀 어떠…엇, 또 너야?"

쾌활한 목소리에 나는 흠칫 돌아보았다. 씩씩하게 병실에 들어선 교코는 얼굴을 찌푸리며 나를 보고 있었다. 요즘 들어 교코가 나에게 보이는 반감은 한층 더 노골적이 되었다. 이대로라면 그녀의 사후에 사이좋게 지내달라는 부탁은 도저히 실현되기 어려울 것 같다.

자리에서 일어나 그녀에게 가벼운 작별인사를 하고 나는 돌아가기로 했다. 교코가 명백히 나를 노려보고 있었기 때문에 시선을 마주치지 않도록 조심했다. 맹수와 눈을 마주쳐서는 안 된다고 간밤의 동물 생태 프로그램에 나왔었다.

하지만 전혀 별개의 동물로서 공연히 간섭하는 일 없이 헤어질 수 있을 거라고 생각한 나의 희망적 관측을 무너뜨리며 침대 위의 그녀가 엉뚱하기 짝이 없는 말을 내뱉었다.

"아참, *사이좋은 클래스메이트*, 지난번에 빌려간 우리 오빠 티셔츠와 바지는?"

"크흑……."

그때만큼 나의 깜빡하는 증세를 저주한 적도 없다. 가방 속에 지난번에 빌린 그녀의 오빠 옷을 챙겨왔고 꼭 돌려줄 생각이었는데 그만 깜빡 잊고 있었다.

하지만 하필 그걸 지금 말할 건 또 뭔가.

몸을 돌리자 그녀의 빙글거리는 얼굴과 침대 쪽으로 이동하던 교코의 경악하는 얼굴이 동시에 보였다. 나는 당황한 것을 최대한 들키지 않도록 천천히 가방에서 옷이 담긴 비닐봉투를 꺼내 그녀에게 건넸다.

"고마워. 잘 입었다."

그녀는 아직도 빙글거리면서 나와 절친을 번갈아 쳐다보았다. 나도 흘끗, 그야말로 한 순간만 절친 님에게로 시선을 던졌다.

무서운 것일수록 더 보고 싶어하는 어리석은 호기심이 나한테도 있었던 것이리라. 교코는 이미 경악을 넘어 당장 죽일 듯한 눈빛으로 나를 노려보고 있었다. 그렇게 봐서 그런지 사자처럼 목을 으르렁거리는 것 같았다.

즉각 교코의 시선을 피하며 빠른 걸음으로 병실을 나섰다. 그 직전, 교코가 지극히 낮은 음성으로 "옷이라니, 대체 뭐야?"라고 그녀에게 추궁하는 목소리가 들려왔다. 나는 귀찮은 일에 휘말리지 않도록 두 다리를 더더욱 빠르게 회전시켰다.

다음 주 월요일, 착실히 학교에 나갔더니 교실 안에 나로서는 천만뜻밖인 소문이 만연해 있었다.

아무래도 내가 그녀의 스토커라고 소문이 난 모양이었다. 그것을 내게 알려준 사람은 항례행사처럼 매번 껌을 권하는 그 친구였다. 무슨 말도 안 되는 소리를, 이라고 얼굴을 찌푸리자 그는 역시 유쾌한 얼굴로 껌을 씹겠느냐고 권해서 정중히 거절했다.

그런 소문이 퍼진 경위를 대략 상상해보았다. 아마도 어설프게 나와 그녀를 목격한 몇몇 급우들의 증언이 그녀가 있는 곳에는 항상 내가 있었다는 정보로 변환되었고, 나를 그리 좋게 생각하지 않는 자들이 그 정보를 듣고 악의적으로 '스토커'라고 말한 것이 마치 사실처럼 퍼져나갔다……. 내 상상력으로는 그 정도밖에 생각나지 않지만 아마도 맞을 것이다.

설령 그런 스토리가 있었다고 쳐도 너무 지나친 사실무근의 소문에 나는 어이가 없었다. 뭐가 특히 어이가 없었는가 하면, 우리 반 대부분의 아이들이 내 쪽을 쳐다보며 스토커라느니 조심해야 한다느니 숙덕거리면서 그 소문을 굳게 믿고 있다는 점이었다.

다시 한 번 말한다. 나는 진심으로 어이가 없다. 어째서 그들은 다수파의 생각이 옳다고 굳게 믿어버리는가. 아마 그들은 서른 명쯤만 모이면 아무렇지도 않게 누군가를 죽일 수도 있을 것이다. 자기들에게 정당성이 있다고 믿기만 하면 어떤 악한 짓이라도 서슴없이 저지르지 않을까. 그것이 인간성이 아니라 기계적인 시스템이라는 것도 알지 못한 채.

그래서 자칫 얘기가 점점 확대되어 나에 대한 괴롭힘이 발생할지도 모른다고 우려했던 것인데, 그건 내 자의식 과잉이었다. 정확히 말하자면, 그들이 관심을 가진 것은 그녀이지 스토킹을 하는 내가 아니었다. 아, 물론 스토킹을 한 것은 아니다.

그래서 그들은 나에게 뭔가 행동을 취한다는, 아무 이익도 안 되는 귀찮은 짓은 할 필요가 없었다. 단지 매일 등교할 때마다 눈을 흘기는 교코만은 순수하게 관심 혹은 적의를 표하는 것이라서 그건 그야말로 무서웠다.

그런 이야기를 화요일 두 번째 병문안 때 들려줬더니 그녀는 췌장을 끌어안고 크하하핫 하고 웃었다.

"교코도 우리 반 애들도 *사이좋은 클래스메이트*도, 다들 너무 재미있어."

"너는 뒤에서 숙덕거리는 소리를 재미있다고 생각하는 타입이야? 잔인한 인간이네."

"우리 반 애들이 여태껏 교류한 적이 없는 너하고 의미 불명의 형태로나마 관계를 맺은 게 재미있다는 거야. 그나저나 너는 왜 그런 상황에 빠졌는지 알고 있어?"

"너하고 함께 있었기 때문이겠지."

"에이, 내 탓으로 돌리려고? 그런 거 아니야. 네가 우리 반 애들하고 제대로 대화를 하지 않았기 때문이야."

그녀는 침대에서 귤껍질을 까면서 딱 잘라 말했다.

"걔네들이 너의 인간성을 전혀 모르니까 그런 식으로 생각하는 거야. 서로 간에 편견을 없애기 위해서라도 너는 우리 반 애들과 더욱 친하게 지내야 할 거 같은데?"

"아무에게도 득이 되지 않는 일은 안 해."

그녀가 사라지면 외톨이가 될 나에게도, 그녀가 사라지면 나를 싸악 잊어버릴 클래스메이트들에게도, 아무 필요가 없는 일이다.

"걔네들도 너하고 친해지면 분명 네가 재미있는 사람이라는 거, 알아줄 거야. 게다가 지금도 사실은 너에 대해 그리 나쁘게 생각하지 않아, 내가 보기에는."

바보 같은 소리를 한다, 라고 나도 귤껍질을 까면서 생각했다.

"너와 교코 말고는 모두가 나를 *따분한 클래스메이트*나 아니면 그 이하로 생각해."

"그거, 본인들에게 물어본 거야?"

그녀는 내 인간성의 핵심을 꿰뚫어보려는 듯 고개를 갸우뚱했다.

"물어본 건 아니지. 하지만 틀림없이 그래."

"그런 건 본인들에게 물어보지 않고서는 모르는 거야. 그냥 너만의 상상이잖아? 꼭 맞는다고는 할 수 없어."

"맞든 틀리든 상관없어. 어차피 그 애들과 함께할 것도 아니고, 그냥 내 상상이니까. 내가 그렇게 생각한 것뿐이라고. 내 이름을 부를 때 그 사람이 나를 어떻게 생각하는지 상상하는 게 내 취미야."

"뭐야, 그 자기완결은? 자기완결 타입의 사람이었어?"

"응, 자기완결의 나라에서 온 자기완결 왕자야. 받들어 모시도록 해."

그녀는 김빠진 얼굴로 귤을 와구와구 먹었다. 그녀에게 내 가치관을 이해해달라고 할 생각은 없었다. 그녀는 나와는 정반대의 인간이니까.

그녀는 타인과 함께 어울리며 살아온 인간이다. 표정이나 인간성이 그것을 말해준다. 그에 반해 나는 가족 이외의 모든 인간관계를 머릿속의 상상으로만 완결시켜왔다. 사람들이 나를 좋아한다는 것도 나를 싫어한다는 것도 모두 나만의 상상이고, 내게 위해를 끼치지만 않는다면 나를 좋아하든 싫어하든 상관없다고 생각하며 살아왔다. 타인과의 관계는 처음부터 포기한 채 살아왔다. 그녀와는 정반대로, 주위의 어느 누구에게도 꼭 필요하다고 생각되지 않는 사람이다. 그것으로 괜찮으냐고 굳이 묻는다면 좀 난처하긴 하지만.

귤을 다 먹은 그녀는 껍질을 꼭꼭 뭉쳐 쓰레기통에 던졌다. 귤 껍질 공은 정확히 쓰레기통 속에 들어갔고 겨우 그 정도의 일에 그녀는 신이 나서 환희의 주먹을 부르쥐었다.

"참고로, 나는 너를 어떻게 생각할 거라고 생각해?"

"글쎄……. *너랑 사이좋은 클래스메이트, 그거 아냐?*"

나의 타당한 대답에 그녀는 입이 뾰로통해졌다.

"땡, 틀렸네요. 전에는 그렇다고 생각했었지."

그녀의 독특한 말장난에 나는 고개를 갸웃했다. 그렇다고 생각했었다, 라는 것은 즉 이제는 생각이 바뀌었다는 뜻이 아니라 자신의 생각이 틀린 것을 깨달았다는 뜻인가. 아주 조금, 흥미가 생겼다.

"그러면 이제는 어떻게 생각하는데?"

"그걸 말해버리면 인간관계가 재미없어지지. 상대가 자신에게 어떤 사람인지 알지 못하기 때문에 우정도 연애도 재미있는 거야."

"역시 너는 그런 식의 사고방식을 가졌구나."

"어? 전에도 말했던가, 이 얘기?"

진짜로 잊어버렸는지 그녀는 이상하다는 듯 미간을 좁혔다. 그 모습이 우스꽝스러워서 나는 웃어버렸다. 나는 제삼자의 눈으로 타인을 향해 순순히 웃어주는 나 자신을 지켜보고 있었다. 어느 틈에 이런 인간이 되었나 하고 의아했고, 한편으로 감탄했다. 나를 그렇게 만든 것은 틀림없이 눈앞의 그녀였다. 좋은 일인지 나쁜 일인지는 아무도 모르겠지만. 아무튼 나는 꽤 많이 변해버렸다.

웃는 나를 보고 그녀는 눈이 가느스름해졌다.

"????? 군이 진짜 좋은 사람이라는 거, 우리 반 애들에게도 다 알려주고 싶다."

온화한 그녀의 목소리. 자신을 침대에 쓰러뜨린 자에게 잘도 그런 말을 하는구나, 라고 생각했다. 나는 평생 그것을 후회할 텐데.

"다른 애들은 어찌됐든 일단 교코에게는 해명해줘. 너무 무서워."

"벌써 말했지. 근데 걔가 나를 너무 걱정해주는 성격이라 네가 나를 갖고 논다고 생각한다니까."

"너의 정보 전달능력에 문제가 있는 모양이지. 교코는 머리도 좋아 보이던데."

"뭐야, 교코를 엄청 칭찬하네? 혹시 내가 죽은 뒤에는 교코를 갖고 놀 생각? 마음 착한 나도 이건 못 참아."

그녀의 오버 리액션을 나는 귤을 까먹으며 썰렁한 얼굴로 쳐다봤다. 그녀가 별 재미없는 얘기였다는 것을 깨달은 듯 침대에서 앉음새를 바로잡는 바람에 나는 다시 웃음이 터졌다.

"자, 그럼 오늘의 마술은……."

이번에 마스터한 마술은 동전이 손바닥 안에서 없어지거나 다시 나타나는 것이었다.

준비 단계에서 약간의 실수는 있었지만 이것도 지난번과 마찬가지로 초심자로서는 수준 높은 완성도를 보였다. 마술에 문외한인 내 입장에서는 그녀가 어쩌면 이 분야에 특별한 재능이 있는지도 모른다고 생각했을 정도였다.

"내가 진짜 열심히 연습했거든! 시간이 없으니까."

시간이 있으니까 연습이 가능했던 거 아니냐고 맞장구를 칠 뻔했지만, 내가 농담 따먹기에 그렇게까지 서툰 건 아니라는 것을 깨닫게 하기 위해 그냥 패스했다.

"이런 속도라면 일 년 뒤에는 정말 엄청난 마술이 가능할지도 모르겠다."

"응? 아, 뭐, 내가 좀 그렇지?"

기묘하게 말을 머뭇거렸다. 자신의 농담이 무시당한 것이 못마땅했는지도 모른다. 별수 없이 나는 솔직하게 그녀의 노력과 성과를 칭찬해줬고 그녀는 기분 좋게 웃었다.

그걸로 두 번째 병문안은 그녀에게 아무 문제도 없이 끝났다.

하지만 나는 병원에서 돌아오는 길에 개인적으로 문제가 생겼다.

나로 말하자면, 이 세상에 존재하는 장소 중에서 첫 번째라고 해도 좋을 만큼 서점을 좋아한다. 그래서 그날도 병원에서 집으로 가던 중에 서점에 들렀다. 에어컨이 빵빵하게 들어오는 서점 안에서 책들을 실컷 둘러보기로 했다. 다행히 오늘은 나를 하염

없이 기다려야 하는 여학생을 데려오지 않은 덕분에 책 구경에 시간이 아무리 많이 걸려도 문제는 없었다.

나는 자랑할 만한 것이라고는 아무것도 없지만 책을 읽을 때의 집중력만은 자신이 있다. 이를테면 껌을 씹겠느냐고 말을 걸어온다거나 이미 몸에 밴 수업 종이 울리지 않는 한, 주위의 움직임과는 일절 상관없이 언제까지라도 나 혼자만의 세상에서 책을 읽을 수 있다. 만일 내가 초식동물이었다면 아마도 딴 세상에 푹 빠져서, 한 발 한 발 다가오는 육식동물의 기척을 미처 알아차리지 못한 채 금세 잡아먹혔을 것이다.

그래서 문고본 책 속의 단편 하나를 선 채로 다 읽고 한참만에야 여고생이 질병으로 목숨을 빼앗기는 이쪽 세상으로 돌아왔을 때, 비로소 나는 깨달았다.

바로 옆에 사자가 서 있었다.

펄쩍 뛸 만큼 놀라서 온몸이 오그라들었다. 교코는 큼직한 가방을 어깨에 메고 손에는 문고본 책을 펼쳐 들고 있었다. 하지만 의식은 명백히 내 숨통을 물어뜯으려 하고 있었다.

혹시 발소리를 죽여 살금살금 빠져나간다면 이 사자에게서 도망칠 수 있지 않을까. 나의 그런 너무도 희박한 기대감은 즉각 산산조각이 났다.

"너, 사쿠라를 어떻게 생각하는 거야?"

인사도 뭣도 없이 나를 향해 내던져진 교코의 그 한 마디에는 자칫 대답을 잘못했다가는 물어뜯어버리겠다는 박력이 담겨 있었다.

등에 서늘한 땀이 흐르는 것을 감지하면서 나는 망설였다. 어떻게 대답하는 게 정답인가. 하지만 생각하다가 퍼뜩 깨달았다. 교코의 그 질문에는 그녀에 대한 애정 외에는 아무것도 담겨있지 않았다. 그 성실성에 나는 솔직히 답하는 것 말고는 다른 길을 선택할 수 없었다.

"잘 모르겠어."

그다음 몇 초 동안의 침묵이 교코의 망설임의 시간이었는지 아니면 살기를 연마하는 시간이었는지는 알 도리가 없다. 하지만 문득 깨닫고 보니 내 팔은 사자의 손톱에 붙잡혀 있었다. 난폭하게 잡아채는 바람에 내 몸이 휘청했을 때, 교코는 카리스마 넘치는 목소리로 내게 말했다.

"사쿠라가 겉으로는 안 그런 것 같지만 남들보다 두 배는 상처 입기 쉬운 애야. 어설픈 마음으로 사쿠라한테 접근하지 마. 만일 이런 일로 사쿠라에게 상처를 줬다가는 넌 내 손에 죽을 줄 알아."

죽을 줄 알아. 초등학생이나 중학생이 건성건성 입에 올리는 상대에 대한 위협의 말. 하지만 나는 달라, 진짜 죽을 줄 알아, 라고 확실하게 내게 전달한 교코의 선언이었다. 나는 부르르 몸을 떨었다.

그 말만 남긴 채 교코는 떠나고, 한참을 서점 안에서 두근거리는 심장을 가라앉히고 있던 나는 결국 우연히 서점에 들른 같은 반 남학생이 "야, 껌 씹을래?"라고 권할 때까지 그 자리에서 꼼짝도 할 수 없었다.

내가 그녀를 어떻게 생각하는지, 그날 밤 나는 진지하게 생각해보았다.

하지만 역시 답은 찾을 수 없었다.

서점에서 사자에게 잡아먹힐 뻔했던 날의 그다음 날, 그녀에게서 돌연 호출 메시지가 날아왔다. 지난 두 번의 병문안 때는 호출 연락이 전날에 미리 왔기 때문에 이건 드문 일이었다. 무슨 일이 있었나 하고 내심 걱정했으나 그런 건 전혀 없이, 내가 도착하자마자 그녀는 한껏 환하게 웃는 얼굴로 이렇게 말했다.

"우리, 병원에서 탈출할까?"

자신의 머릿속에서 퍼뜩 떠오른 못된 장난을 즉각 내게 알려주려던 것뿐이었다.

"싫다. 나는 아직 살인범이 되고 싶지는 않아."

"아이, 괜찮다니까. 죽어가던 연인이 병원을 탈출해서 길 위에서 죽는 거, 서로 약속한 거니까 다들 너그럽게 용서해줄 거야."

"네 이론대로라면 밀지 말라고 말하는 사람을 뜨거운 물에 빠뜨려도 용서받을 일이 되는데?"

"당연히 용서받을 일 아니야?"

"용서받지 못해. 가볍게 쳐도 상해죄야. 그러니까 병원을 탈출한다느니 하는 짓은 너의 수명이 줄어드는 것을 아쉬워하지 않는 연인하고나 하셔."

쳇, 하고 그녀는 진심으로 유감스러운 듯 머리 고무줄을 손끝으로 빙빙 돌렸다. 나는 어처구니가 없었다. 설마 내가 그녀를 위험에 빠뜨릴 행동에 나설 거라고 생각했단 말인가. 그리고 뜻밖이기도 했다. 아무리 농담이라지만 얼마 남지 않은 자신의 목숨을 위험에 빠뜨릴 어리석은 행동을 제안하다니.

혹시 농담이 아니었나? 나는 평소와 다름없는 그녀의 웃는 얼굴을 보고 금세 녹아 없어질 만큼의 위화감을 품었다.

"그러면 이 병실만이라도 탈출하자"라는 그녀의 제안에 따라 우리는 삼층 매점으로 향했다. 그녀는 오른팔에 꽂힌 링거가 떨어지지 않게 마이크스탠드 같은 봉을 조심조심 끌면서 내 앞을 걸어갔다. 그 모습을 보니 완전히 환자였다. 내 눈에는 그렇게 보였다.

매점과 가까운 소파에 나란히 앉아 아이스바를 먹으면서 그녀는 말했다. 왜 갑작스럽게 그런 얘기를 꺼냈는지는 알 수 없었다.

"벚꽃(桜, 사쿠라)이 왜 봄에 피는지 알아?"

"네가, 라는 얘기? 그런 거라면 무슨 뜻인지 모르겠다."

"아니, 단 한 번이라도 네가 나를 사쿠라라는 이름으로 부른 적이 있어? 앗, 설마 나 말고 또 다른 사쿠라라는 여자가 있는 거야? 너, 바람피우는 남자였어? 죽을래?"

"천국이 한가할 것 같다고 나를 함께 끌고 가지는 말아줘. 아,

네 장례식은 꼭 도모비키 날(友引日)*로 잡으면 좋겠다."

"아니, 내 친구들은 잘 살아야 하니까 그건 안 돼."

"근데 나라면 함께 죽어도 괜찮다고 생각하는 이유를 원고지에 써서 제출해줄래? 아, 그나저나 벚꽃이 봄에 피는 이유라고 했던 가? 원래 그런 종류의 꽃이기 때문인 거 같은데?"

내가 지극히 당연한 말을 하자 그녀는 몹시 한심하다는 듯 코웃음을 쳤다. 나는 손에 들고 있던 레몬맛 아이스바로 그녀의 코를 납작하게 눌러주고 싶은 것을 가까스로 참았다.

내가 부루퉁한 것을 파악했는지 그녀는 배시시 웃으며 말하려고 하는 바를 설명했다.

"좋아, 말해줄게. 실은 벚꽃은 꽃이 떨어지고 그 석 달쯤 뒤에 다음 꽃의 싹이 생겨나. 하지만 그 싹은 일단 잠드는 거야, 날씨가 다시 따뜻해지기를 기다렸다가 한꺼번에 피어나려고. 즉 벚꽃은 자신이 피어나야 할 때를 지그시 기다린다는 거야. 어때, 멋있지?"

그녀의 말을 듣고 나는 꽃의 습성에서 의지를 감지하는 것은 지나치게 억지스러운 것 아닌가 하고 생각했다. 실은 꽃가루를 날라줄 벌레나 새를 기다리는 것뿐인데, 라는 생각도 들었다. 하지만 나는 굳이 그 얘기는 하지 않았다. 왜냐하면 약간 다른 시점에서의 의견이 생각났기 때문이다.

---

* 음양도에서 세상만물의 승패가 없는 날. 장례를 치르면 친구의 죽음을 부른다고 하여 꺼리는 날이기도 하다.

"그렇군. 네 이름으로 딱 어울린다."

"아, 예뻐서? 부끄럽네."

"그게 아니라 봄을 골라 피는 꽃의 이름이, 만남이나 사건을 우연이 아니라 선택이라고 생각하는 너의 이름으로 딱 맞는다는 얘기야."

내 의견에 그녀는 일순 어리둥절한 표정을 보였고, 이어서 흐뭇한 듯 "고마워"라고 말했다. 딱 맞는다는 말도 잘 어울린다는 것과 마찬가지로 칭찬하는 말은 아니었기 때문에 그녀가 그토록 흐뭇해하는 이유를 나는 이해할 수 없었다.

"*?????* 군의 이름도 너한테 딱 맞아."

"……그런가?"

"이거 봐, 죽음이 옆에 있잖아."

그녀는 의기양양하게 웃으면서 나와 자신을 손끝으로 번갈아 가리키고 그렇게 농담을 했다.

그 말을 듣고 나는 그때까지의 대화를 모두 다 뛰어넘어, 역시 오늘 그녀가 어딘가 이상하다고 다시 한 번 생각했다.

그녀는 수박바를 베어 먹으며 평소처럼 언제까지고 살아있을 것 같은 모습이었다. 그건 변함이 없었다. 그런데도 그녀의 농담은 뭐랄까…마치 여름방학이 끝나는 날까지 미처 다하지 못한 방학숙제의 답을 급하게 찾고 있는 것처럼 들렸다.

무슨 일이 있었던 것인가?

나는 마음속 깊은 곳에서 그렇게 염려했다. 하지만 그녀에게 직접 물어보지 않은 것은 그녀에게서 엿보이는 희미한 초조함이 애초에 당연한 것이라고 생각했기 때문이다. 앞으로 일 년밖에 남지 않은 생애. 애초에 그녀처럼 초연한 것이 오히려 이상한 일이다.

그래서 나는 그날 그녀에게서 감지한 위화감을 단순히 나의 주관이 만들어낸 지극히 사소한 것이라고 결론을 내렸다.

그리고 그것이 옳은 일이라고 생각했다.

하지만 그다음 토요일 오전에 다시 병실에 불려갔을 때, 내가 품은 작은 위화감이 구체적인 모습으로 내 눈앞에 나타났다.

정해준 시간에 병실로 찾아가자 그녀는 금세 내 존재를 알아보고 내 이름을 부르며 웃었다. 하지만 그 웃는 얼굴이 아주 조금 어색했다.

그녀의 풍부한 표정은 마치 마음속을 고스란히 드러낸 것처럼 매우 긴장했다는 것을 알려주고 있었다. 나는 조심성 없이 불길한 예감을 품었다.

뒤로 주춤 물러서려는 발을 달래가며 평소의 철제 파이프 의자에 앉았더니 그녀는 뭔가 결심한 듯한 눈빛으로 내 예감에 어긋나지 않는 말을 했다.

"저기, *?????* 군."

"……응, 왜?"

"딱 한 번만이라도 좋으니까……."

말을 하면서 그녀는 선반에 놓인 트럼프 카드를 집어들었다.

"진실이냐 도전이냐, 해줄래?"

"⋯⋯왜?"

악마의 게임의 제안. 즉각적인 판단에 따라 거부해도 괜찮을 듯한 제안이었지만 그녀가 왜 갑작스럽게 그런 말을 꺼냈는지, 무엇보다 그녀의 귀기(鬼氣) 서린 모습이 마음에 걸렸다.

그녀가 얼른 대답하지 못했기 때문에 내가 말을 이었다.

"꼭 물어보고 싶은 것이나 꼭 갖고 싶은 것이 있어? 그것도 그냥 평범하게 부탁하면 내가 거절할 것 같은?"

"그런 거 아니야. 아마 너는 그냥이라도 알려줄 테지만, 질문이 내 안에서 아직 정리가 안 됐어. 그래서 그냥 운에 맡겨볼까 하고."

유난히 정색을 하는데다 뭔가 말을 얼버무리고 있었다. 대체 무슨 일인가. 나는 그녀를 난처하게 할 만한 비밀을 갖고 있다는 자각은 없었다.

그녀는 지그시 내 눈을 보고 있었다. 강한 의지를 밀어붙이려는 것처럼. 그녀의 눈은 묘하게 거스를 힘을 잃게 만든다. 내가 풀잎 배이기 때문일까. 아니면 상대가 그녀이기 때문일까.

고민 끝에 나는 이런 결단을 내렸다.

"책도 빌려줬고, 좋아, 딱 한 번이라면 해줄게."

"고마워."

내 대답은 이미 다 알고 있었다, 라는 식으로 그녀는 딱 한 마디 고맙다는 인사를 건네고 카드를 섞었다. 그녀는 역시 낌새가 이상했다. 평소에 쓸데없는 수다를 마치 생업처럼 해왔으면서 오늘은 쓸데없는 말 따위는 한 마디도 하지 않았다. 대체 그녀에게 무슨 일이 있었던 것인가. 호기심과 걱정이 마음속에서 요구르트처럼 발효되고 있었다.

게임 규칙은 이전과 똑같이 진실이냐 도전이냐, 였다. 단 한 판의 게임으로 둘이 번갈아 카드를 다섯 번씩 섞어 침대 위에 쌓아 놓고 원하는 곳에서 한 장을 빼내기로 했다.

그녀는 어지간히도 고민하다가 한가운데보다 조금 아래쪽의 카드를 빼냈고 나는 맨 위의 카드를 골랐다. 눈에 보이지도 않고 어떤 카드가 어디로 갔는지도 모르는 상황에서는 어디서 빼내건 가치의 차이 따위는 없다. 게다가 나와 그녀는 이 게임에 걸고 있는 감정이 전혀 다르다. 이런 말을 하면 그녀가 화를 낼지도 모르지만 나는 이번에는 이기든 지든 어느 쪽이라도 상관없었다. 만일 집중력이나 의지의 차이로 승부가 결정된다는 설정을 신께서 이 세상에 만들어두었다면 틀림없이 그녀의 승리였다.

아마 그녀는 말할 것이다. 꼭 그렇지만도 않기 때문에 재미있는 거라고.

동시에 카드를 뒤집었고, 그녀는 진심으로 억울한 표정이었다.

"으윽, 이건 실수야."

그녀는 자신의 낙담이 도망쳐가기를 기다리는 것처럼 침대 이불을 꽉 움켜쥐고 있었다. 본의 아니게 이겨버린 나는 지켜보는 수밖에 없었다. 이윽고 그녀는 내 시선을 깨닫고는 낙담을 어딘 가로 휙 던져버리고 만면에 웃음이 번졌다.

"에이, 별수 없지! 세상이 원래 이런 거야! 그래서 재미있는 거라고!"

"……그래? 아무튼 나는 질문을 생각해내야겠네."

"좋아, 좋아, 뭐든 대답해줄게. 첫 키스 얘기라든가, 물어볼래?"

"애써 얻은 권리를 그런 엘리베이터보다 못한 시시한 질문에는 안 써."

"……엘리베이터는 못 타지 않는데?"

"뭐야? 혹시 지금 의미심장한 농담을 했다고 생각하는 거야?"

그녀는 우와하핫 하고 기분 좋게 웃었다. 웃는 모습을 보니 그녀가 평소와 다르다는 것은 괜한 지레짐작이었는지도 모른다. 이번에도, 그리고 지난번에 병실에 왔을 때도, 그녀의 기색이 달랐던 것에 딱히 대단한 계기가 있었던 것은 아닌지도 모른다. 그녀는 아주 작은 이유로도 금세 표정이 바뀌곤 한다. 술이라든가 날씨라든가, 그런 사소한 이유로. 부디 그렇기를 나는 고대했다.

본의는 아니지만 권리를 얻은 나는 생각했다. 그녀에게 무슨 질문을 해야 하는가. 그녀에의 궁금증은 전에 이 게임을 했을 때와 마찬가지로 변함이 없었다. 어떻게 하면 그녀 같은 사람이 만들어지는가. 실은 좀 더 마음에 걸리는 점이 한두 가지 더 있는지도 모른다. 이를테면 그녀는 나를 어떻게 생각하는가, 라든가.

하지만 나는 그 한두 가지를 그녀에게 물어볼 용기가 없었다.

그녀와 함께 있을 때면 나라는 인간은 겁쟁이라는 것을 항상 깨닫는다. 용기 있는 그녀를 거울삼아 그렇게 생각하게 된다.

그녀에게 던질 질문을 생각하면서 그녀를 보았다. 그녀는 지긋이 질문을 기다리며 내 쪽을 보고 있었다. 침대 위에 앉아 침묵하고 있는 그녀는 전보다 아주 조금, 머지않아 죽을 사람처럼 보였다.

그 예감을 떨쳐내고 싶었던 내 질문은 정해지는 것과 동시에 입에서 튀어나왔다.

"너에게, 산다는 것은, 뭐야?"

그녀는 "우와, 진지하게 나오는 거야?"라고 장난스럽게 대꾸한 뒤, 심각한 얼굴로 허공을 응시하며 곰곰이 생각해줬다. "산다는 것…?"이라고 그녀가 중얼거렸다.

그것만으로도, 그녀가 죽음이 아니라 삶을 응시하는 것을 실감할 수 있다는 그것만으로도, 나는 마음이 조금이나마 가벼워지는 것을 느꼈다. 나는 겁쟁이다. 알아버렸다, 나는, 아직 그녀가 죽는다는 것을 어디선가 채 인정하지 못하고 있다는 것.

여행지의 호텔에서 그녀의 가방 속을 보고 크게 당황했던 나 자신과 그날 마지막 질문에서 나를 위협했던 그녀가 머릿속에 떠올랐다.

"응, 그래, 그거야!"

그녀는 둘째손가락을 위로 치켜들어 생각의 결론이 났음을 알려주었다. 나는 그녀의 말을 한 마디도 놓치지 않으려고 귀를 바짝 세웠다.

"산다는 것은……."

"……."

"아마도 나 아닌 누군가와 서로 마음을 통하게 하는 것. 그걸 가리켜 산다는 것이라고 하는 거야."

아, 그런가.

나는 그걸 깨닫고 소름이 돋았다.

그녀의 존재 자체라고 할 수 있는 말이, 시선이며 목소리, 그녀의 의지의 열기, 생명의 진동이 되어 내 영혼을 뒤흔드는 것 같았다.

"누군가를 인정한다, 누군가를 좋아한다, 누군가를 싫어한다, 누군가와 함께 있으면 즐겁다, 누군가와 함께 있으면 짜증난다, 누군가와 손을 잡는다, 누군가를 껴안는다, 누군가와 스쳐 지나간다…. 그게 산다는 거야. 나 혼자서는 내가 존재한다는 것을 알 수 없어. 누군가를 좋아하는데 누군가는 싫어하는 나, 누군가와 함께하면 즐거운데 누군가와 함께하면 짜증난다고 생각하는 나, 그런 사람들과 나의 관계가, 다른 사람이 아닌 내가 산다는 것이라고 생각해. 내 마음이 있는 것은 다른 모두가 있기 때문이고, 내 몸이 있는 것은 다른 모두가 잡아주기 때문이야. 그렇게 해서 만들어진 나는 지금 살아있어. 아직 이곳에 살아있어. 그래서 인간이 살아있다는 것에는 큰 의미가 있어. 나 스스로 선택해서 나도 지금 이곳에 살아있는 것처럼."

"……."

"……아차차, 괜히 열변을 토해버렸네. 여기 혹시 〈진검 십대 (真剣十代) 토론장*〉인가?"

"아니, 병실이지."

나는 매우 퉁명스럽게 대답했다. 그녀는 볼이 부루퉁해졌다.

용서해줘, 지금 그런 걸 감안할 겨를이 없으니까.

"……."

"????? 군…?"

그때 그녀의 말을 들으며 나는 처음으로 내 안의 더 안쪽, 더 밑바닥에 고인 진짜 마음을 찾아냈다. 그것은 깨닫고 보면 바로 가까이에 깃들어 내 마음 자체가 되어가고 있었는데도 나 자신은 여태까지 깨닫지 못한 것이었다. 내가 겁쟁이였기 때문에.

최근 며칠 동안, 아니, 사실은 항상, 찾아 헤맸던 답이 지금 그곳에 있었다.

그렇다, 나는 너를…….

그 말을 억누르는 것만으로도 나는 힘이 부쳤다.

"……정말로."

"엇, 드디어 입을 열었네? 왜 그래, ????? 군?"

"정말로 너는 나한테 많은 것을 가르쳐준다."

"엇, 웬일이야, 갑자기? 아, 부끄러워라."

---

* 2000년 4월부터 2006년 3월까지 NHK 교육방송에서 방영된 청소년 토론 프로그램

"진심이야. 고마워."

"너, 열 있는 거 아냐?"

그녀가 손바닥으로 내 이마를 짚었다. 당연히 열은 없었기 때문에 그녀는 고개를 갸우뚱했다. 아니, 단순한 비유가 아니라 진짜로 열이 있다고 생각한 건가? 나는 재미있어서 웃어버렸다. 그걸 보고 그녀가 다시 내 이마를 짚으려고 했다. 나는 다시 웃었다. 그게 계속 되풀이되었다.

재미있다. 그녀가 있기 때문이다.

그녀가 내게 열이 없다는 것을 이해한 다음에 나는, 매우 감사하게도 병문안 선물로 내가 손수 사다준 파인애플을 먹자고 제안했다.

지난번 병문안 때, 다음 선물은 파인애플이었으면, 이라고 말했던 그녀는 좋아서 얼굴에 웃음꽃이 피었다.

둘이서 맛있게 파인애플을 먹고 있는데 그녀가 한숨을 내쉬었다.

"하아, 나도 참 운이 없다니까."

"진실이냐 도전이냐 때문에? 그런가. 근데 게임이 아니라도 내가 대답할 만한 질문이면 대답해줄게."

"아이구, 됐네요, 게임 결과인데 뭘."

그녀는 딱 잘라 말했다. 무엇을 물어보려고 했는지, 여전히 짐작되는 게 하나도 없었다.

간식시간도 끝나고, 보충수업 진도만큼 그녀에게 알려준 다음

에 항례행사가 된 마술 감상에 들어갔다. 이번에는 지난번 병문
안 이후로 시간이 얼마 지나지 않았기 때문에 마술 상품을 이용
한 간단한 마술이었다. 매번 그랬지만 마술에 조예가 깊지 않은
나는 순수하게 감탄했다. 공부하는 시간에도 마술을 하는 시간에
도 조금 전까지는 알지 못했던 나 자신의 마음을 깨달은 나는 그
녀만 바라보고 있었다.

"이제 그만 가야겠다. 슬슬 배도 고프고."

"에이, 벌써 가려고?"

그녀는 어린애처럼 몸을 흔들며 항의했다. 그녀에게 달랑 혼자
뿐인 병실은 내가 생각하는 것보다 훨씬 더 무료하고 꺼림칙한
것인지도 모른다.

"이제 곧 병원 점심시간이잖아. 게다가 절친 님이 오시기라도
하면 나를 점심거리로 삼을 텐데."

"너의 췌장을?"

"응, 그럴지도."

육식동물의 먹잇감이 되는 나를 상상하며 자리에서 일어서자
그녀가 "얼음 땡!"을 걸었다.

"잠깐, 마지막으로 부탁이 있어."

그녀는 까불까불 손짓을 했다. 경계심이라고는 눈곱만큼도 없
이 다가갔더니 그녀는 아무런 악의도 조심성도 타의도 꿍꿍이도
반성도 책임도 없이 상반신을 쭉 내밀어 내 품에 뛰어들었다.

나는 예감도 전조도 내보이지 않은 그녀의 행동에 놀라는 것을

깜빡 잊었다. 나 스스로도 의외일 만큼 침착하게 나는 그녀의 어깨에 턱을 얹었다. 달큼했다.

"······이런이런."

"지난번과는 달라, 이건 장난 아니야."

"······그럼 뭔데?"

"요즘 이상하게 사람의 온기가 그립더라."

그녀의 그 말에 나는 어떤 확신을 가졌다.

"실은 계속 물어보려고 했었는데······."

"아, 쓰리사이즈? 가슴이 닿으니까 궁금해?"

"너, 바보냐?"

"우와하핫."

"너, 뭔가 낌새가 좀 이상한 것 같다, 라는 질문이야. 무슨 일 있었어?"

몸을 껴안은 채, 아니, 정확히는 그녀가 마음대로 내 품에 안긴 채, 나는 그녀의 대답을 가만히 기다렸다. 이전과는 달리 바보 취급을 당한다는 생각은 없었다. 오히려 내 체온으로라도 괜찮다면 쓰고 싶은 만큼 써주었으면, 하고 생각했다.

그녀는 천천히 고개를 두 번 가로저었다.

"아니, 아무 일도 없어."

당연히 나는 그 말을 믿지 않았다. 하지만 말하고 싶지 않은 것을 말하게 할 용기도 나에게는 없었다.

"그냥 네가 주는 진실과 일상을 맛보고 싶었을 뿐이야."

"······그래."

하긴 빗나간 용기가 있었다 한들, 혹은 없었다 한들 그때 내가 그녀의 마음속을 알아내는 데는 이르지 못했으리라.

정말로 나는 타이밍이라는 행운에서는 완전히 버림을 받았다.

그녀가 침묵한 사이에 등 뒤에서 맹수의 울부짖음이 들려온 것이다.

"사쿠라, 안녕···엇? 야야, 너, 너! 오늘 딱 걸렸어!"

졸지에 그녀를 침대에 떠밀어놓고, 크르릉 하는 포효를 들으며 문 쪽을 돌아보니 마왕 같은 얼굴로 나를 노려보는 클래스메이트가 있었다. 어지간한 나도 얼굴이 푸들푸들 떨렸을 것이다. 포위망을 좁혀오는 교코에게서 도망치려고 뒷걸음질을 쳤지만 침대가 방해를 했다.

마침내 교코가 내 멱살을 잡으려는 순간, 이제 다 끝났구나 하는 참에 구조의 손길이 내려왔다. 그녀가 잽싸게 침대에서 내려와 절친을 끌어안았다.

"교코는 내가 잡고 있을 테니까 빨리 도망쳐!"

"아, 응! 자, 그럼 나는 간다!"

나는 교코에게서 도망치듯이, 라기보다 오로지 도망치기 위해서 병실을 뛰쳐나왔다. 그녀를 찾아오면 항상 도망만 친다. 마지막으로 교코가 내 이름을 높직하게 부르짖는 것을 깨끗이 무시하면서 세 번째 병문안은 끝이 났다. 내 몸에 아직 달큼한 향기가 남아있는 것 같았다.

역시, 라고 해야 할까, 실제로는 그런 식으로 모든 것을 이해한 것은 아니었지만, 그다음 날인 일요일 밤에 그녀에게서 메시지를 받고 나는 그날 그녀가 감추려고 했을 터인 사실을 알았다.

　그녀의 입원 기간이 예정보다 2주일 연장되었다.

| 7 |

입원 기간이 연장된 것에 대해 그녀는 의외로 태연한 모습이었다. 걱정을 많이 했는데 본인으로서는 딱히 예상 못했던 일도 아니라는 기색이어서 조금은 안심했다. 속내를 털어놓자면 나는 거의 넋이 나갈 정도였다.

화요일 오후, 보충수업이 끝나자마자 병문안을 갔다. 보충수업 기간도 이제 곧 끝나려 하고 있었다.

"에잇, 여름방학이 반절 넘게 날아갔네."

그것만은 몹시 아쉽다는 듯 그녀는 투덜거렸다. 정말로 그것 하나만 아쉽다고 내게 전하려는 것처럼.

날씨는 환하게 맑았다. 에어컨으로 시원해진 병실은 마치 햇볕에서 우리를 지켜주는 피난처 같아서 별 의미도 없이 나를 불안하게 했다.

"교코는, 괜찮았어?"

"아, 응. 지난주보다 어쩐지 눈빛이 더 날카로워진 것 같던데, 네가 달래준 게 마취 총처럼 효과가 있었는지 아직 나한테 덤벼들지는 않았어."

"내 절친을 맹수인 것처럼 말하지 말아줘."

"너한테는 아마 그런 눈빛을 보낸 적이 없겠지. 분명 고양이 탈을 쓰고 있을 거야. 고양이 과의 맹수, 사자처럼."

일주일 전, 서점에서의 일은 그녀에게 말하지 않았다.

선물로 사 온 복숭아 통조림을 그릇에 담아 그녀와 함께 먹었다. 시럽의 달콤한 맛에 왠지 초등학교 시절이 떠올랐다.

기이할 만큼 샛노란 복숭아를 씹으며 그녀는 밖을 보았다.

"이런 화창한 날에 너는 왜 병원에 와 있어? 밖에서 캐치볼이라도 하지."

"첫째, 네가 나를 불렀기 때문에. 둘째, 캐치볼 따위는 초등학생 이후에 해본 적이 없기 때문에. 셋째, 함께 캐치볼을 할 사람이 없기 때문에. 이상 세 가지 주의점이 있는데 그중 어떤 게 좋은지 골라봐."

"전부 다."

"욕심도 많다. 자, 그러면 마지막 복숭아는 너 먹어."

어린애 같은 웃음을 지으며 그녀는 포크로 복숭아를 집어 한입에 덥석 먹었다. 나는 접시와 캔을 병실 귀퉁이의 싱크대로 가져갔다. 이곳에 놓아두면 간호사가 치워주는 시스템이라고 했다. 식사도 착착 나오고, 그녀 안의 병만 아니라면 이곳은 VIP룸인지도 모른다.

VIP룸의 옵션으로서 내가 무상으로 수업을 해줬더니 그녀는 오늘도 귀찮은 척해가며 착실히 노트를 했다. 전에 나는 그녀에게 공부를 할 필요성에 대해 물어본 적이 있었다. 그녀에게 대학 입시는 없는 셈이니까. 그랬더니 그녀는 성적이 갑작스럽게 뚝 떨어지면 주위에서 이상하게 생각할 테니까, 라고 말했다. 아, 그렇구나. 나는 나 자신이 어떤 상황에서도 딱히 공부할 마음이 나지 않는 이유를 알았다.

오늘 그녀의 마술쇼는 다음으로 미뤄졌다. 그리 쉽게 새 작품을 준비할 수 있는 게 아니라고 그녀는 말했다. 비장의 마술을 연습하고 있으니까 기대하셔, 라고도.

"목을 길게 빼고 기다릴게."

"목을 길게 빼다니, 그건 어떻게 빼는 걸까? 누군가 목을 당겨준다든가?"

"관용구도 못 알아들을 만큼 바보가 된 거야? 뇌에도 바이러스가 옮겨갔구나. 큰일 났네."

"바보라고 하는 사람이 더 바보야!"

"그건 틀렸지, 너한테 병 걸렸다고 말했는데도 나는 병에 안 걸렸어."

"틀린 거 없어. 너 죽어! 어때, 내가 죽잖아?"

"혼잡한 틈을 타서 나한테 저주의 말을 퍼붓지 말아줄래?"

보통 때와 똑같은 짓궂은 대화. 이런 아무것도 아닌 대화가 가능하다는 것을 나는 기뻐하고 있었다. 그녀와 평소와 똑같은 상태로 농담을 주고받는 이런 분위기가 변함없는 일상의 증명인 것 같은 마음이 들었기 때문이다.

그런 아무 의미도 없는 일로 안심해버린 나는 역시 인간 경험이 심히 부족했던 것이리라.

그녀가 〈공병문고〉에 뭔가 써넣기 시작해서 나는 그냥 무심코 병실 귀퉁이를 보았다. 이 병실을 다녀간 사람들의 온갖 질병의 파편이 배어들어 거무스름해졌나, 하고 생각했다.

"*?????* 군은 여름방학에 뭘할 예정이야?"

귀퉁이에서 천천히 그녀에게로 시선을 돌리려던 참에 이름을 불려서 내 시선은 내가 생각했던 것보다 조금 빠르게 그녀에게로 도달했다.

"너 병문안, 그리고 집에서 책 읽는 것? 아, 숙제도."

"에게, 그것뿐이야? 뭐든 좀 해야지! 모처럼의 여름방학이잖아. 나 대신 교코와 여행 다녀올래?"

"나, 사자 우리에 들어갈 수 있는 자격증이 없어. 너는 교코하고 여행 안 가?"

"조금 어려울 거 같아. 입원도 연장됐고, 교코가 운동부 활동 때문에 너무 바빠."

그녀는 섭섭한 기색으로 내게 웃음을 지으며 말했다.

"한 번 더 여행 가고 싶었는데."

"……뭐?"

쓸쓸한 듯한 그녀의 말이 일순 내 호흡을 멈추게 했다.

돌연 병실 안의 공기 색깔까지 거무칙칙하게 보이고, 내 마음 속에 잠들어 있던 뭔가 안 좋은 것이 목구멍까지 치미는 것을 느꼈다. 자칫 그것을 토해내지 않게 서둘러 페트병의 차를 마셨다. 뭔가, 방금 그것은.

나는 머릿속에서 그녀의 말을 곱씹었다. 소설 속에서 명탐정이 주요 인물의 말을 그렇게 하는 것처럼.

내가 심각한 얼굴이었기 때문이리라. 그녀는 꺼져들 듯한 웃음을 거두고 고개를 갸우뚱했다.

신기한 것은 내 쪽이었다.

왜, 그녀는…….

생각했을 때는 이미 입 밖으로 튀어나왔다.

"왜 너는 이제 두 번 다시 여행은 못 한다는 식으로 말해?"

그녀는 허를 찔린 것 같았다. 비둘기가 콩알 세례를 받은 듯한 표정이었다.

"내가 그런 식으로 말했어?"

"그랬어."

"그래? 내가 이래봬도 뭔가 깊이 생각하는 바가 있는 모양 이지."

"너…….''

나는 어떤 얼굴을 하고 있을까. 지난번에 이곳에 왔을 때부터 마음속에 숨겨왔던 불안의 물결이 마침내 입 밖으로 튀어나올 것 같았다. 손으로 내 입을 막으려 했지만 손이 움직이는 것보다 입이 먼저 움직여버렸다.

"안 죽을 거지?"

"뭐? 나, 죽을 거야. 당연히 죽지. 나도 그렇고 너도 그렇고."

"아니, 그게 아니라."

"췌장 망가진 얘기라면, 그것도 뭐, 죽을 거야."

"글쎄 그런 게 아니라!"

침대 끝을 내리치며 나도 모르게 벌떡 일어섰다. 의자가 넘어지면서 기분 나쁜 금속성 소음이 울렸다. 내 눈은 계속 그녀의 눈 속에 있었다. 그녀는 이번에야말로 정말로 놀랐다는 얼굴을 하고 있었다. 나야말로 나 자신에 놀랐다. 대체 왜 말해버렸을까.

나는 바짝 마른 목을 쥐어짜 마지막 한 방울 같은 목소리를 냈다.

"아직 안 죽어. 그렇지?"

놀란 그녀가 아무 대답도 안 해서 병실에는 정적이 떨어져내렸다. 나는 그것이 두려워 다시 말을 이었다.

"너, 지난번부터 낌새가 좀 이상해."

"……."

"뭔가 감추고 있지? 뻔히 다 보여. 진실이냐 도전이냐도 그렇고 갑자기 내 품에 뛰어든 것도 그래. 내가 무슨 일이냐고 물었을 때의 반응도 이상했어. 뭔가 길게 뜸을 들이는데 내가 이상하게 생각하지 않을 거라고 생각했어? 그래도 나는 큰 병을 앓는 너를 진심으로 걱정하고 있다고!"

나 스스로도 기억에 없을 만큼 빠른 말투로 마구 주워섬겼다. 말을 마치자 숨까지 헉헉거렸다. 숨도 쉬지 않고 쏘아붙인 것만이 원인은 아니었다. 나는 당황하고 있었다. 뭔가를 숨기고 있는 그녀에게도, 그녀에게 따지고 드는 나 자신에게도.

아직도 깜짝 놀란 얼굴인 그녀를 보며, 누군가가 자신보다 더 당황하면 오히려 침착해진다는 원리로 나는 조금 마음을 가라앉히고 다시 의자에 앉았다. 시트를 움켜쥐었던 손도 스르륵 풀어졌다.

그녀의 얼굴을 보았다. 눈을 둥그렇게 뜬 채 입을 꾹 다물고 있었다. 또 다시 그녀는 말장난으로 내달릴까. 그렇다면 나는 어떻게 해야 할까. 다시 더 추궁할 용기가 나에게 있을까. 있다고 쳐도 그게 무슨 의미가 있을까.

나는…어떻게 하기를 원하는가.

생각하는 사이에 답이 나와 버렸다.

평소에 핑글핑글 변화하는 그녀의 표정. 그래서 어리둥절한 지금의 얼굴에서 그녀의 표정은 어떤 형태로든 풍부하게 회전하듯이 변할 것이라고 생각했다.

아니었다. 이번에 그녀의 얼굴은 정말로 천천히 그 색감을 바꾸었다. 꾹 다물었던 입술 끝이 달팽이처럼 느릿느릿 올라갔다. 둥그렇게 떴던 눈이 장막이 닫히는 속도로 가느다란 실눈이 되었다. 경직되었던 뺨이 얼음이 녹아드는 속도로 풀려나갔다.

그녀는 나라면 평생이 걸려도 모자랄 듯한 웃음을 지었다.

"알려줄까, 무슨 일이 있었는지?"

"……응."

나는 꾸지람을 듣기 직전의 어린애처럼 긴장했다.

그녀는 입을 앙 벌리고 완전히 행복하다는 듯이 대답했다.

"아무것도 없어. 그냥 너에 대해 생각했었어."

"나에 대해?"

"응, 너에 대해. 진실이냐 도전이냐도 정말 아무것도 아닌 것을 물어보려고 했었어. 굳이 말하자면, 너하고 좀 더 친한 관계가 되었으면 해서."

"……진짜야?"

나는 회의적인 목소리로 물었다.

"진짜라니까. 나, 너한테는 거짓말 안 해."

립 서비스인지도 모른다. 그래도 나는 안도감을 감출 수 없었다. 어깨 힘이 스르륵 빠져나갔다. 지나친 낙관이라는 것은 잘 알지만 나는 그녀를 믿었다.

"우후후후후후."

"……왜?"

"아니, 지금 너무 행복해서. 잘못하면 죽겠어."

"안 되지."

"내가 살았으면 좋겠어?"

"……응."

"우후후후후후후후후후후."

내 얼굴을 바라보며 그녀는 이상할 만큼 흐뭇하게 웃었다.

"설마 네가 나를 그렇게까지 필요로 할 줄은 몰랐어. 아, 인간으로 태어나서 진짜로 행복하다. 은둔형 외톨이였던 네가 처음으로 필요로 한 사람이잖아, 내가."

"내가 왜 은둔형 외톨이야?"

불퉁거리면서 나는 얼굴이 폭발해버릴 만큼 창피해졌다. 그녀를 걱정했다는 것은 잃고 싶지 않다는 뜻이고, 꼭 필요하다는 뜻이었다. 사실이긴 했지만 직접 말로 듣고 보니 머릿속의 생각일 때와는 비교가 안 될 만큼 창피해져서 온몸의 피가 머리로 푸슈슉 끓어오르는 것 같았다. 이러다가는 내가 먼저 죽겠네. 가까스로 심호흡을 거듭해 열기를 몸 밖으로 몰아냈다.

잠시 휴식 중인 내게 빈틈을 줄 생각이 전혀 없다는 듯 그녀는 흐뭇한 얼굴 그대로 말을 이어갔다.

"내 낌새가 이상해서 당장 죽을 거라고 생각했구나? 너한테 아무 말도 안 한 채?"

"……그래, 갑자기 입원 기간도 연장됐잖아."

그녀는 팔뚝에 꽂힌 링거가 떨어질까 걱정스러울 만큼 데굴데굴 구르며 웃었다. 그렇게까지 웃음을 사고 보니 어지간한 나도 불끈 화가 났다.

"나쁜 건 그렇게 착각하게 한 너야!"

"전부터 내가 말했잖아. 아직 시간 있다니까! 안 그러면 마슐 연습 같은 거 안 하지. 아까 네가 했던 말, 내가 이야기하면서 뜸 들이는 것까지 왜 걱정을 해? 너, 진짜 소설을 너무 지나치게 많이 읽은 거 아냐?"

말이 끝나자 그녀는 다시 웃었다.

"걱정 마, 죽을 때는 꼭 너한테 말하고 죽을게."

그녀는 다시 폭소를 터뜨렸다. 너무 웃는 바람에 나까지 괜히 우스워졌다. 내가 아무래도 큰 착각을 했다는 게 뻔히 드러나서.

"나 죽으면 내 췌장을 꼭 먹어줘."

"혹시 안 좋은 곳이 없어지면 죽지 않는 것 아닐까? 지금 당장이라도 먹어줄까?"

"내가 살아있었으면 좋겠어?"

"무척."

나는 내가 솔직히 드러낸 마음이 농담처럼 보이는 인간인 것이 좋았다. 진짜 솔직한 마음을 들킨다면 타인과의 교류를 게을리해 온 나는 창피해서 더 이상 밖에 나다닐 수도 없다.

그녀가 어떻게 받아들였는지는 모르겠지만, "꺄아앗, 고마워"라고 농담처럼 말하고 나를 향해 두 팔을 펼쳤다. 신이 난 그녀의 얼굴은 매우 농담스러웠다.

"너도 요즘 사람의 온기가 그리웠지?"

배시시 웃는 그녀의 말은 분명 농담이었다. 그래서 나는 거꾸로 순순히 받아준다는 농담으로 응수하기로 했다.

자리에서 일어나 그녀에게 다가가 처음으로 내 쪽에서 그녀를 껴안는 농담을 해줬더니 그녀는 "우히히히"라고 이 또한 농담스럽게 말하며 나를 마주 껴안았다. 어떤 의미가 있느냐 따위는 그야말로 초치는 소리다. 농담을 이론적으로 따져서는 안 된다.

잠시 같은 자세로 있으면서 나는 신기한 것이 생각났다.

"오늘은 이 타이밍에 왜 교코가 안 나타나지?"

"교코는 오늘 운동부 활동이야. 아니, 그보다 교코를 대체 뭐라고 생각하는 거야?"

"우리 사이를 갈라놓는 악마?"

웃으면서 나는 적당히 그녀를 놓아줬지만, 그녀는 한 차례 내 등을 꽉 끌어안은 뒤에 놓아줬다. 떨어진 다음에는 어디까지나 농담스럽게 서로의 얼굴이 붉어진 것에 대해 함께 웃어젖혔다.

"나는 죽을 거니까……."

둘 다 진정된 뒤에 그녀가 말을 꺼냈다.

"그런 식으로 얘기 시작하는 사람, 너 말고는 세상 어디에도 없을 거야."

"이제 슬슬 유서를 써볼까 해."

"빠르지 않아? 역시 아직 시간이 있다는 건 거짓말?"

"아냐, 퇴고와 첨삭을 여러 번 해서 아주 제대로 된 걸 내려고. 그래서 초안을 잡아보려는 거야."

"그런 거라면 괜찮지. 소설도 쓰는 것보다 첨삭에 더 시간이 걸린다던데."

"거봐, 역시 내 생각이 맞지? 나 죽은 뒤에는 내가 완성한 유서, 재미있게 봐줘."

"그래, 목을 길게 빼고 기다릴게."

"빨리 죽으라는 얘기야? 너무하네. 말은 그렇게 하면서 말이지, 너는 내가 필요해서 죽지 말았으면 좋겠지?"

그녀는 느물느물 웃었지만, 이제 나도 심정적으로 한계에 도달해서 순순히 고개를 끄덕여주는 것까지는 하지 않았다. 썰렁하다는 눈빛으로 쳐다봐줬는데도 그녀는 지칠 줄도 모르고 느물거리고 있었다. 어쩌면 그게 췌장 병의 증세인지도 모른다.

"아참, 너한테 쓸데없는 걱정을 끼쳤으니까 사과도 할 겸 퇴원한 뒤에 너하고 제일 먼저 놀아줄게."

"사과치고는 아주 오만하다?"

"싫어?"

"싫은 건 아니고."

"*????? 군은 진짜 그렇고 그런 면이 있다니까.*"

어떤 면인지는 나도 어쩐지 알 만해서 굳이 물어보지 않았다.

"퇴원하는 날, 일단 집에 갈 건데 그다음에는 시간 괜찮으니까 오후에, 알았지?"

"뭐할 거야?"

"흠, 뭐할까. 퇴원 때까지 몇 번 더 올 거지? 그때 같이 연구해보자."

나는 그렇게 하기로 했다. 나중에 그녀가 '데이트 약속'이라고 본의 아닌 이름을 붙인 그 예정은 퇴원 전 2주일 동안에 그녀의 희망에 따라 '바다 여행'으로 정해졌다. 더불어 어딘가 카페에 들러 현재 연습 중인 비장의 마술을 보여주겠다고 했다.

사실 나는 퇴원 후의 만남을 약속한 그 시점에 이미 뭔가 복선이 있는지도 모른다고 생각했었다. 혹시 퇴원하기 전에 매우 중대한 일이 일어나는 게 아닌가 하고 우려한 것이다. 하지만 별 탈없이 2주일의 하루하루가 지나갔다. 그때만은 그녀의 말대로 내가 소설을 너무 지나치게 많이 읽은 모양이라고 생각했다.

연장된 2주일 사이에 보충수업도 끝나고, 우리는 본격적인 여름방학에 들어갔다. 그동안 병문안은 네 번. 그 중 한 번은 절친 교코와 덜컥 마주쳤다. 두 번째에는 그녀가 침대가 흔들릴 정도로 크게 웃었다. 세 번째에는 내가 돌아올 때 발을 동동 구르며 떼를 썼다. 네 번째에는 그녀를 두 팔로 껴안았다. 단 한 번도 익숙해진 것은 없었다.

수많은 농담을 했고 수없이 웃었고 수없이 서로를 매도하고 수없이 서로를 존중했다. 마치 초등학생 같은 우리의 일상이 너무 좋아져서 이게 대체 무슨 일인가 하고 제삼자적인 내가 나를 보며 놀라곤 했다.

나를 내려다보는 나에게 말해주리라. 나는 타인과 교류하는 것을 기뻐하고 있다. 태어나서 처음이다. 누군가와 함께 있으면서 나 혼자가 되고 싶다는 생각을 한 번도 하지 않은 것은.

타인과 교류하는 것에 대해 분명 이 세상 누구보다 크게 감동했던 나의 2주일은 온통 그녀의 병실로 집약되었다. 달랑 나흘,

그 나흘이 나의 2주일의 모든 것이었다.

달랑 나흘이었기 때문에 그녀의 퇴원 날은 금세 다가왔다.

그녀가 퇴원하는 날, 나는 아침 일찍 일어났다. 기본적으로 나는 아침에 일찍 일어난다. 그것이 맑은 날이든 흐린 날이든, 예정이 있든 없든. 그날은 쾌청한 날씨였고 예정이 있었다. 창문을 열자 방 안 공기와 바깥 공기가 들고나는 게 눈에 보이는 것 같았다. 기분 좋은 아침이었다.

아래층에서 세수하고 거실로 가자 아버지가 막 출근하는 참이었다. 노고에 대한 인사를 건네자 흐뭇한 듯 내 등을 두드려주고 집을 나섰다. 아버지는 일 년 내내 건강하다. 그런 아버지 밑에서 어떻게 나 같은 아들이 태어났는지 매번 희한하게 생각된다.

식탁에는 나를 위한 아침밥이 차려져 있었다. 어머니에게 "잘 먹겠습니다"라고 말하고 식탁에 앉아 다시 한 번 음식 재료들에게 "잘 먹겠습니다"라고 말한 다음에 된장국을 마셨다. 어머니가 해주는 된장국이 나는 꽤 좋다.

내가 요리를 맛보고 있는데 설거지를 끝낸 어머니가 내 맞은편 자리에 앉아 뜨거운 커피를 마시기 시작했다.

"어이, 자기."

나를 '자기'라고 부르는 것은 현재로서는 어머니뿐이다.

"응?"

"여자친구 생겼지?"

"……뭔 소리래."

아침부터 무슨 말씀을 하시는 건가요, 어머님.

"아냐? 그럼 너 혼자 좋아하는 여학생인가? 어느 쪽이건 다음에 한 번 데려와."

"어느 쪽도 아니고, 데려올 일도 없어."

"나는 딱 그런 줄 알았는데?"

무슨 이유로, 라고 생각했지만 부모님의 감이라는 게 작동했는지도 모른다. 잘못 짚은 것이긴 하지만.

"그럼 그냥 친구?"

그것도 아니다.

"뭐든 좋은데, 처음으로 우리 아들을 지켜봐주는 사람이 생겨서 엄마는 기쁘다."

"……응?"

"내가 네 거짓말도 눈치 못 챌 줄 알았어? 엄마를 물로 보면 안 돼."

항상 감사하게 생각하면서도 실은 완전히 물로 보고 있었던 어머니의 얼굴을 찬찬히 바라보았다. 나와는 달리 눈빛이 강한 어머니는 정말로 흐뭇한 기색이었다. 진짜 두 손 번쩍 들고 항복이다. 나는 입 끝만 슬쩍 올리며 웃었다. 어머니는 벌써 커피를 들고 내려가 텔레비전을 보고 있었다.

그녀와의 약속은 오후였기 때문에 오전 중에는 책을 읽으며 보냈다. 그녀에게서 빌려온 〈어린 왕자〉는 아직 순서가 돌아오지 않았다. 얼마 전에 구입한 미스터리 소설을 침대에 누워 읽었다.

시간은 금세 지나가고 점심 전에 나는 간편한 옷으로 갈아입고 집을 나섰다. 책을 구경하려고 약속 시간보다 한참 이른 참에 역에 도착해 근처 대형 서점으로 갔다.

책도 한 권 사고 잠시 어슬렁거리다가 약속 장소인 카페에 갈 생각이었다. 역에서 잠깐 걸어 들어간 장소에 있는 그 서점은 평일이라서 한산한 편이었다. 아이스커피를 주문하고 창가 자리에 진을 쳤다. 약속 시간까지는 아직 한 시간쯤 남았다.

서점 안은 냉방으로 시원했지만 몸 안에는 열기가 있었다. 아이스커피를 마시자 몸속으로 속속 스며드는 듯한 쾌감이 느껴졌다. 정말로 그랬다가는 내가 먼저 죽을 테니까 이건 어디까지나 상상력에 따른 얘기다.

에어컨과 커피의 힘을 빌려 땀을 식히자 배가 꼬르륵 소리를 냈다. 건전한 생활 덕분에 정확한 시간에 배고픔을 느낀다. 뭔가 좀 먹어볼까 하는 생각이 한순간 머리를 스쳤지만 그녀와 점심을 함께하기로 약속했기 때문에 관뒀다. 여기서 허기를 달래봤자 또 다시 무한 리필 뷔페에라도 끌려간다면 괜히 나만 억울해진다. 그녀에게는 그런 막무가내인 면이 있었다.

이틀 연속으로 의도치 않게 점심식사를 함께했던 그때 일을 떠올리며 웃었다. 그것도 벌써 한 달여 전의 일인가.

나는 얌전히 그녀를 기다리기로 했다. 테이블에 읽고 있던 문고본 책을 내려놓았다.

분명 책을 읽으려고 했는데 왜 그런지 바깥만 내다보고 있었다. 어째서인지는 알 수 없었다. 누군가 이유를 묻는다면 왠지, 라고 대답할 수밖에 없다. 나답지 않은 대답, 마치 그녀 같은 태평한 이유.

강한 햇볕 속에 다양한 사람들이 오고갔다. 양복 차림의 남자는 몹시 더울 것 같았다. 왜 양복을 벗지 않을까. 탱크톱을 입은 젊은 여자는 발걸음도 가볍게 역 쪽으로 향했다. 즐거운 약속이라도 있는가. 고교생 남녀가 손을 맞잡고 지나갔다. 커플이다. 아이를 유모차에 태우고 가는 어머니는…….

생각에 잠겨 있다가 나는 흠칫했다.

창밖을 걷고 있는 그들은 아마도 나와는 평생 관계가 없을, 틀림없는 타인이었다.

타인인데도 나는 왠지 그들에 대해 궁금해 하고 있었다. 이런 일은 전에는 없었다.

줄곧 주위의 어느 누구에게도 관심을 갖지 않았다. 아니, 그게 아니다. 관심을 갖지 말고 살자고 결심했었다. 그랬던 내가…….

저절로 피식 웃어버렸다. 그래, 내가 이렇게 변해버렸다. 재미있어서 혼자 웃음이 터졌다.

오늘 만날 그녀의 얼굴이 머릿속에 떠올랐다.

나를 바꿔놓았다. 틀림없이 그녀가.

그녀를 만난 그날, 내 인간성도 일상도 삶과 죽음에 대한 가치관도 변하는 것으로 정해져 있었다.

아, 그렇다. 그녀 식으로 말하자면, 나는 지금까지의 선택 속에서 나 스스로 변화하는 것을 선택한 것이다.

나는 테이블에 놓아둔 문고본을 손에 드는 것을 선택했다.

문고본을 펼치는 것을 선택했다.

그녀와 대화하는 것을 선택했다.

그녀에게 도서위원이 할 일을 가르쳐주는 것을 선택했다.

그녀의 만나자는 요청에 응하는 것을 선택했다. 그녀와 식사하는 것을 선택했다.

그녀와 나란히 걷는 것을 선택했다. 그녀와 여행하는 것을 선택했다.

그녀가 가고 싶어하는 곳에 가는 것을 선택했다. 그녀와 같은 방에서 자는 것을 선택했다.

진실을 선택했다. 도전을 선택했다.

그녀와 한 침대에서 자는 것을 선택했다.

그녀가 남긴 아침식사를 먹어주는 것을 선택했다. 그녀와 함께 피에로 마술사의 연기를 보는 것을 선택했다.

그녀에게 마술 연습을 추천하는 것을 선택했다.

그녀에게 울트라맨을 사주는 것을 선택했다. 그 지역 선물을 선택했다.

여행은 즐거웠다고 대답하는 것을 선택했다.

그녀의 집에 가는 것을 선택했다.

장기 두는 것을 선택했다. 그녀를 떼어내는 것을 선택했다.

그녀를 밀어 쓰러뜨리는 것을 선택했다. 학급위원인 그를 상처 입히는 것을 선택했다.

그에게 얻어맞는 것을 선택했다. 그녀와 화해하는 것을 선택했다.

그녀의 병문안을 가는 것을 선택했다. 병문안 선물을 선택했다.

그녀에게 수업 내용을 가르쳐주는 것을 선택했다. 집에 돌아올 타이밍을 선택했다.

절친 교코에게서 도망치는 것을 선택했다. 마술을 봐주는 것을 선택했다.

진실이냐 도전이냐를 선택했다. 질문을 선택했다.

그녀의 팔에서 도망치지 않는 것을 선택했다. 그녀를 추궁하는 것을 선택했다.

그녀와 함께 웃는 것을 선택했다. 그녀를 꼭 끌어안는 것을 선택했다.

몇 번이나 그렇게 끌어안는 것을 선택했다.

다른 선택도 가능했을 텐데 나는 분명코 나 자신의 의지에 따라 선택했고, 그 끝에 지금 이곳에 존재한다. 이전과는 달라진 나로서 이곳에 존재한다.

그렇다, 방금 깨달았다.

어느 누구도, 나조차도, 사실은 풀잎 배 따위가 아니다. 휩쓸려 가는 것도 휩쓸려가지 않는 것도 우리는 분명하게 선택한다.

그것을 가르쳐준 것은 한 치의 틀림도 없이 그녀였다. 이제 곧 죽을 텐데도 세상 어느 누구보다 저 먼 미래를 바라보며 자신의 인생을 자신의 것으로 만들려고 하는 그녀. 세상을 사랑하고 인간을 사랑하고 자신을 사랑하는 그녀.

새삼 생각했다.

나는 네가…….

불쑥 호주머니 속의 휴대폰이 울렸다.

「방금 집에 돌아왔어! 조금 늦을지도 모르겠네. 미안해(땀 줄 줄). 예쁘게 차려입고 가줄 테니까 그리 아셔!(웃음)」

메시지를 읽고 나는 잠시 고민한 뒤에 답신을 보냈다.

「퇴원 축하한다. 방금 너를 생각하고 있었어.」

농담인 것처럼 보낸 메시지에 곧바로 답이 왔다.

「웬일로 기특한 말을 해주시네? 왜 그래, 어디 아파?(윙크하는 얼굴)」

나는 잠시 틈을 둔 뒤에 답했다.

「너하고는 달리 아주 건강해.」

「너무해! 넌 나한테 상처를 줬어! 그 벌로 지금부터 나를 칭찬하도록 해!」

「칭찬할 게 하나도 생각 안 나는데? 나한테 문제가 있는 건지 너한테 문제가 있는 건지.」

「백 퍼센트, 너야! 당장 칭찬해!」

휴대폰을 테이블에 내려놓고 팔짱을 낀 채 나는 생각했다. 그녀를 칭찬하기? 칭찬할 것은 실은 산더미처럼 많았다. 분명 휴대폰 메모리에 다 담지 못할 만큼.

나는 그녀를 만나 정말 많은 것을 배웠다. 지금껏 알지 못했던 것을 그녀는 알려주었다.

이렇게 메시지를 교환하는 것도 그녀에게서 배운 것 중의 하나였다. 타인과의 대화가 주는 즐거움을 처음으로 알았고, 그래서 그녀에게서 재미있는 반응이 돌아올 만한 말을 선택하곤 했다.

무엇보다 대단한 점은 그녀의 인간적인 매력 대부분이 그녀의 한정된 생명과는 전혀 관계가 없다는 것이었다. 분명 그녀는 항상 그런 모습이었다. 물론 사상(思想)은 조금씩 가다듬어지고 언어는 풍성함이 더해졌겠지만 그 뿌리는 분명 그녀가 일 년 후에 세상을 떠나든 떠나지 않든 관계가 없었을 것이다.

그녀는 그녀인 채로 대단하다. 나는 그게 정말로 대단하다고 생각했다.

모두 다 솔직히 털어놓자. 뭔가를 배울 때마다 나는 그녀를 대단하다고 생각했다. 나와는 정반대인 사람. 겁쟁이여서 지금껏 나 자신 속에 틀어박히는 것 말고는 아무것도 못했던 나로서는 도저히 하지 못 할 일을 아무렇지도 않게 말하고 또한 해내는 사람.

나는 휴대폰을 손에 들었다.

너는 정말 대단한 사람이다.

지금까지 항상 그렇게 생각했다. 하지만 그것을 명확한 언어로 파악하지 못했었다.

하지만 그때 알았다.

그녀가 나에게 살아간다는 것의 의미를 알려준 그때에.

내 마음은 그녀로 가득 채워졌다.

나는 네가…….

나는 실은 네가 되고 싶었어.

타인을 인정할 수 있는 사람, 타인에게 인정받을 수 있는 사람이 되고 싶었다.

타인을 사랑할 수 있는 사람, 타인에게 사랑받는 사람이 되고 싶었다.

말로 하고 보니 내 속마음과 딱 맞아떨어져 속속 스며드는 것을 깨달았다. 저절로 입가가 쭉 올라갔다.

나는 어떻게 하면 네가 될 수 있었을까.

나는 어떻게 하면 네가 될 수 있을까.

어떻게 하면.

그렇다면, 하고 깨달았다. 분명 그런 의미의 속담이 있었다.

한참 더듬어본 끝에 생각이 나서 나는 그 말을 그녀에게 선물하기로 했다.

「**너의 발뒤꿈치라도 따라가고 싶다.**」

자판을 한참 두드린 다음에 곧바로 지워버렸다. 이런 속담으로는 뭔가 재미가 없는 것 같았다. 그녀를 기쁘게 해주기에 좀 더 적합한 말이 있을 텐데.

다시 한 번 더듬어보자 기억의 한 귀퉁이, 아니 한가운데인가,

거기 어디쯤에서 말이 둥실 떠올랐다.

나는 그 말을 발견하고 무척 기뻤다. 나 혼자 의기양양하기까지 했다.

그녀에게 선물하기에 이보다 더 적합한 말은 없었다.

나는 혼신의 힘을 다해 그 말을 그녀의 휴대폰을 향해 보냈다.

나는⋯⋯

「너의 췌장을 먹고 싶어.」

휴대폰을 테이블에 내려놓고 나는 그녀의 답신을 즐겁게 기다렸다. 누군가의 반응을 가슴 두근거리며 즐겁게 기다리다니, 분명 몇 달 전의 나라면 도저히 믿을 수 없는 일이었다. 물론 몇 달 전의 내가 지금의 나를 선택한 것이기 때문에 아무 불만도 없을 터였다.

골똘히 그녀의 답신을 기다렸다.

골똘히.

하지만 그녀에게서의 답신은 오지 않았다.

시간만 흘러가고 배고픔이 점점 더해갔다.

약속 시간이 지나자 이번에는 그녀가 온 뒤의 반응을 즐겁게 기다리기로 했다.

그런데 그녀가 오는 일도 없었다.

삼십 분까지는 별로 신경도 쓰지 않고 기다렸다.

한 시간이 지나고 두 시간이 되자 역시 걱정이 되어 들썽들썽 불안해지기 시작했다.

세 시간이 지나서야 처음으로 그녀에게 전화를 해보았다. 그녀는 받지 않았다.

네 시간이 지나고 바깥이 저녁 풍경으로 바뀌었다. 나는 카페를 나왔다. 무슨 일이 생겼다는 것은 짐작했지만 무슨 일인지는 알 수 없었다. 막연한 불안감이 커졌지만 그 불안을 지워버릴 방법이 없어서 나는 그녀에게 메시지를 보내놓고 별수 없이 집에 돌아가기로 했다.

집에 온 뒤에, 혹시 그녀의 부모님이 억지로 어딘가 좋은 곳에 데려간 게 아닌가, 하고 생각했다. 그렇게라도 생각하지 않고서는 마음속에 달라붙은 두려움을 씻어내기가 힘들었다.

계속 들썩들썩 불안해하던 나.

그때 온 세상의 시간이 멈춰버렸더라면 좋았을 텐데.

그렇게 생각한 것은 내가 저녁밥을 앞에 두고 불안으로 배가 그득해져 있을 때, 텔레비전을 보면서였다.

나는 그때 비로소 그녀가 왜 나타나지 않았는지 알았다.

그녀는 거짓말을 했다.

나도 거짓말을 했다.

그녀는 내게 자신이 죽을 때는 꼭 알려주겠다는 약속을 깼다.

나는 그녀에게서 빌려온 책을 반드시 돌려주겠다는 약속을 깼다.

나는 이제 두 번 다시 그녀를 만날 수 없다.

뉴스를 봤다.

나의 클래스메이트 야마우치 사쿠라는 주택가 골목길에 쓰러져 있는 모습이 인근 주민에게 발견되었다.

발견 후 곧바로 긴급하게 병원에 실려 갔으나 필사적인 치료도 소용없이 그녀는 숨을 거두었다.

뉴스 방송의 캐스터는 무감정하게 사실만을 읽어 내려갔다.

내내 그냥 들고만 있었던 젓가락을 나는 조심성 없이 바닥에 떨어뜨리고 말았다.

발견되었을 때, 그녀의 가슴에는 시판되는 잭나이프가 깊숙이 꽂혀 있었다.

그녀는 얼마 전부터 세상을 소란스럽게 했던 묻지 마 사건의 살인마에게 희생되었다.

어디 사는 누구인지도 알지 못하는 그 살인마는 곧바로 체포되었다.

그녀가 죽었다.

세상을 너무 낙관적으로 보았다.

이 상황에 이르러서도 나는 여전히 만만하게 낙관적으로 보고 있었다.

그녀에게 일 년이라는 시간이 남겨져 있다고만 생각했다.

어쩌면 그녀도 마찬가지였는지 모른다.

최소한 나는 어느 누구에게나 내일이 보장된 게 아니라는 사실을 제대로 인식하지 못했었다.

나는 남은 시간이 많지 않은 그녀에게는 당연히 내일이 있는 것처럼 생각했었다.

아직 시간이 있는 나의 내일은 알 수 없지만 이미 시간이 없는 그녀의 내일은 약속되어 있다고만 생각했다.

얼마나 어리석은 인식이었던가.

나는 얼마 남지 않은 그녀의 생명만은 이 세상이 잘 봐줄 거라고 굳게 믿었다.

물론 그런 일은 없다. 없었다.

세상은 차별하지 않는다.

건강한 몸을 가진 나 같은 인간에게도, 병을 앓아 머지않아 사망할 그녀에게도, 그야말로 평등하게 공격의 고삐를 풀지 않는다.

우리는 잘못 생각했다. 바보였다.

하지만 어느 누가 잘못한 우리를 비웃을 수 있을까.

마지막 회가 정해진 드라마는 마지막 회까지는 끝나지 않는다.

끝이 정해진 만화는 끝날 때까지는 끝나지 않는다.

마지막 장면이 예고된 영화는 마지막 장면까지는 끝나지 않는다.

모두가 그것을 믿으며 살아왔으리라. 그렇게 배워왔으리라.

나도 그렇게 생각했다.

소설은 마지막 페이지까지는 끝나지 않는다, 라고 믿었다.

그녀는 또 웃을까, 소설을 너무 지나치게 많이 읽었다고?

웃음을 사도 상관없다.

마지막까지 꼭 읽고 싶었다. 그리고 읽을 예정이었다.

나머지 몇 페이지를 백지로 남겨둔 채 끝나버린 그녀의 이야기.

전조도 복선도 오독(誤讀)도 그냥 내팽개쳐둔 채.

이제는 그 어떤 것도 알아내는 게 불가능하다.

그녀가 꾸민 밧줄 장난의 결말도.

그녀의 비장의 마술 트릭도.

그녀가 사실은 나를 어떻게 생각했는지도.

이제 알아내는 것은 불가능하다.

……그렇게 생각했다.

그녀가 사망한 뒤, 나는 그렇게 체념해버렸다.

하지만 그것이 진실이 아니라는 것을 나중에야 깨달았다.

장례식이 끝나고 그녀가 완전히 유골이 된 다음에도 나는 그녀의 집에 가지 않았다.

하루하루 내 방에 틀어박혀 책을 읽으면서 시간을 보냈다.

결국 내가 그녀의 집에 찾아갈 용기와 이유를 발견하기까지 열흘쯤의 시간이 필요했다.

여름방학이 끝나기 직전에 나는 생각해냈다.

그녀의 스토리의 남은 몇 페이지, 그걸 알아내는 게 가능한 유일한 방법이 있다는 것을.

나와 그녀의 시작이라고 할 수 있는 그것.

〈공병문고〉를, 나는 읽어야만 한다.

| 8 |

비가 내렸다. 이제 곧 여름방학도 끝나는데 이래서야 어느 누구도 남겨진 숙제를 할 의욕이 나지 않을 것 같다.

일어나자마자 그런 생각이 떠올랐다. 벌써 열 번째의, 그녀가 이 세상에 없는 아침이었다.

참고로, 나는 여름방학 숙제를 신속히 끝내버리는 타입이라 여태껏 살아오면서 여름방학 종료 직전에 허둥거린 경험은 없었다.

아래층에 내려가 세수를 하는데 출근 전의 아버지가 욕실에 들어와 옷차림을 점검하기 시작했다. 가볍게 인사를 나누고 욕실을 나오려는데 아버지가 내 등을 툭 쳐주었다. 뭔가 의미가 있을 것이라고 생각했지만, 생각하는 것 자체가 귀찮았다.

주방에 서 있는 어머니에게 인사하고 식탁에 앉았다. 평소처럼 아침밥이 차려져 있었다. 나는 두 손을 맞대고 "잘 먹겠습니다"라고 말하고 된장국 그릇을 들었다. 어머니의 된장국은 언제라도 꽤 맛있다.

식사를 하고 있는데 어머니가 향기로운 커피가 든 잔을 들고 식탁으로 다가왔다. 흘끔 쳐다봤더니 나를 바라보고 있었다.

"자기, 오늘은 나가려고?"

"응, 오후에."

"자, 이거."

아무렇지도 않은 척 어머니가 내민 것은 흰 봉투였다. 받아서 안을 들여다보았다. 만 엔짜리 지폐 한 장이 들어 있었다. 흠칫 놀라 어머니를 보았다.

"이건……?"

"분명하게 작별하고 와."

그 말만 하고 어머니는 텔레비전으로 시선을 돌려 개그맨의 시시껄렁한 한 마디에 하하 웃었다. 나는 말없이 아침을 먹고 흰 봉투를 든 채 내 방으로 돌아왔다. 어머니는 아무 말도 하지 않았다.

점심때까지 내 방에서 보내고 외출하기 위해 교복으로 갈아입었다. 사복 차림으로 가는 것보다 교복을 입고 가는 게 좋다는 소문도 들은 적이 있었고, 그쪽 가족 분들이 자칫 수상하게 여긴다면 도저히 견딜 수 없을 것이라는 이유 때문이었다.

일층 욕실에서 머리를 가다듬었다. 어머니는 이미 출근하고 없었다.

내 방에서 필요한 것들을 가방에 챙겨 넣었다. 어머니에게서

받은 조의금, 휴대폰, 〈어린 왕자〉. 하지만 빌린 돈은 아직은 갚을 수가 없었다.

집 현관을 나서자 본격적으로 쏟아지는 비가 바닥에 튀어 교복 바지에 금세 물방울 여러 개가 생겨났다. 우산을 써야 해서 자전거가 아니라 도보로 그녀의 집으로 향했다.

평일 한낮의 굵직한 빗방울, 인도에 오고가는 사람이 적었다. 학교까지 가는 길을 나는 조용히 걸었다.

학교 근처 편의점에 들러 조의금 봉투를 샀다. 다행히 가게 안에 음식을 먹기 위한 테이블이 있어서 거기서 봉투 속에 돈을 넣는 작업을 했다.

학교에서 다시 한참을 걸어 주택가로 들어섰다.

아, 그렇구나.

주택가 한 귀퉁이에서 나는 불경스럽게도, 생각했다.

이 근처 어딘가에서 그녀는 살해되었다. 오늘도 왕래하는 사람은 전혀 없었다. 그날도 그랬던 것이리라. 그녀는 칼에 찔렸다. 원한을 산 누군가에게, 혹은 그녀의 운명에 동정한 누군가에게가 아니라 얼굴도 이름도 알지 못하는 어딘가의 살인마에게.

기묘하게도 죄책감은 없었다. 만일 그날 나와 약속을 하지 않았더라면 그녀는 죽지 않았을지도 모른다든가, 그런 후회는 해봐야 의미도 없고 이미 그런 문제가 아니라는 것은 이해하고 있었다.

이렇게 냉철한 나를 박정하다고 생각할까? 누가?

나는 슬픔에 빠져 있었다.

슬픔에 빠졌지만 그것이 나를 망가뜨리지는 않았다. 그녀를 잃은 것은 당연히 슬프다. 하지만 나보다 더 슬퍼할 사람이 많을 터였다. 지금 만나러 가는 가족도 그렇고, 절친 교코도 그렇고, 학급위원인 그 친구 역시 그럴지 모른다. 그렇게 생각하다 보면 나는 아무래도 슬픔이라는 것을 순순히 받아들일 수 없었다.

게다가 슬픔으로 헝클어져도 그녀는 다시 돌아오지 않는다. 당연한 결론이 내 정신을 단단히 붙잡아주었다.

빗속을 걸었다. 내가 그 친구에게 얻어맞은 자리를 지나갔다.

그녀의 집에 가는 것에 그다지 긴장하지는 않았다. 집에 아무도 없으면 어떻게 할까, 그런 정도만 생각했을 뿐이다.

두 번째로 그녀의 집 앞에 서서 나는 주저 없이 인터폰을 눌렀다. 조금 시간이 지나 응답이 있었다. 다행이다.

"……누구세요?"

먹먹한 여자 목소리였다.

나는 이름을 밝히고, 사쿠라의 클래스메이트입니다, 라고 전했다. 여자는 "아아…"라는 말소리 끝에 잠시 침묵하다가 이윽고 "잠깐만 기다려라"라면서 인터폰이 끊겼다.

빗속에서 기다리고 서 있는데 여윈 몸매의 여자가 나왔다. 아무래도 그녀의 어머니인 것 같았다. 안색이 창백한 것만 빼고는 그녀를 꼭 닮았다. 인사를 드리자 몹시 어색한 웃음을 지으며 어머니는 나를 맞아주었다. 우산을 접고 권하는 대로 현관을 지나

집 안으로 들어섰다.

현관문이 닫히자 나는 다시 머리를 숙였다.

"갑작스럽게 찾아와 죄송합니다. 사정이 있어서 빈소에도 장례식에도 가지 못했지만, 그래도 향불만이라도 피우게 해주셨으면 하고 찾아왔습니다."

거짓이 섞인 내 말을 받아들이며 어머니는 다시 어색한 웃음을 지었다.

"응, 그래. 지금 집에 나뿐이지만 아마 사쿠라도 기뻐할 거야."

기뻐하는 그녀는 어디에 있다는 것일까, 라고 생각했지만 물론 입 밖에는 내지 않았다.

운동화를 벗고 들어가자 내가 그렇게 봐서 그런지 집 안이 전에 왔을 때보다 더 넓고 차갑게 느껴졌다.

지난번에 왔을 때는 들어가지 않았던 거실로 어머니는 나를 안내해주었다.

"먼저 사쿠라부터 볼까?"

내가 고개를 끄덕이자 어머니는 거실 옆의 방으로 나를 데려갔다. 그곳에서 본 광경에 나는 순간 몸과 마음이 휘청 흔들리는 것을 느꼈지만 가까스로 버티며 부자연스럽지 않게 여겨질 만한 걸음새로 여러 가지 것이 진열된 목제 불단 앞에 섰다.

어머니는 먼저 무릎을 꿇고 불단 아래쪽에서 성냥을 꺼내 향꽂이 등이 놓인 받침대의 초에 불을 붙였다.

"사쿠라, 네 친구가 와줬어."

불단에 놓인 영정을 향해 작은 소리로 말하는 어머니의 목소리는 어디에도 가닿지 않고 그저 공허한 막(膜)이 되어 내 귀에 와 닿았다.

어머니가 권해준 방석에 정좌했다.

눈앞에 놓인 그녀의 영정과 어쩔 수 없이 마주해버렸다.

생전의 그녀 그대로, 금방이라도 웃음소리가 들려올 듯 미소 가득한 얼굴 사진.

안 돼….

나는 사진에서 시선을 돌리고 이름도 잘 알지 못하는 도구로 때앵 높직한 소리를 울린 뒤에 두 손을 합장했다.

어떻게 된 영문인지 빌고 싶은 것이 하나도 생각나지 않았다.

향불 피우기가 끝나고, 옆에 정좌한 어머님 쪽으로 돌아앉았다. 일단 방석에서는 내려왔다. 어머니는 몹시 초췌한 얼굴이었지만 정면으로 마주한 내게 미소를 건네주었다.

"사쿠라에게서 빌렸던 게 있습니다. 그걸 어머님께 돌려드려도 괜찮을까요?"

"그 아이에게서? 응, 그래, 뭐지?"

가방에서 문고본 〈어린 왕자〉를 꺼내 어머니에게 건넸다. 마음에 짚이는 게 있는지 어머니는 책을 받아 한 차례 꼭 껴안더니 그녀의 영정 옆에 공물처럼 올려놓았다.

"우리 사쿠라와 사이좋게 지내줘서 정말 고맙다."

정중히 고개를 숙이는 인사를 받고 나는 당황스러웠다.

"아뇨, 저야말로 생전에 사쿠라에게서 많은 도움을 받았습니다. 항상 씩씩해서 함께 있으면 저까지 덩달아 환해졌어요."

"응, 씩씩한 아이였지……."

어머니가 말끝을 흐리는 것을 보고 나는 가족 이외의 사람에게는 그녀의 병을 비밀로 했었다는 게 생각났다.

이대로 모른 척 넘어갈까도 생각했지만, 비밀로 해둔 채로는 여기까지 찾아온 목적을 꺼낼 수 없다는 것을 깨달았다.

솔직히 이제 새삼 고인의 가족과 이런 이야기를 하는 것도 난감하지 않은가, 하는 착한 마음도 있었지만 그런 마음은 즉각 때려눕혀버렸다.

"드릴 말씀이 있습니다."

"그래?"

어머니는 다정하게 슬픈 얼굴을 보였다. 나는 다시금 착한 마음을 때려눕혔다.

"실은 제가 사쿠라의 병에 대해 알고 있었습니다."

"응?"

어머니는 예상했던 대로 놀란 얼굴을 보였다.

"사쿠라에게서 들었습니다. 그래서 더더욱 이번 일은 정말 생각지도 못하던 일이고……."

놀란 얼굴 그대로 어머니는 말없이 손으로 입을 가렸다. 역시 그녀는 자신의 병에 대해 누군가에게 털어놓았다는 말을 가족에게 하지 않은 모양이었다. 그럴 것이라고는 생각했었다. 왜냐면 그녀는 그 병실에서 나와 교코를 몇 번이나 마주치게 했으면서도 나와 가족이 우연히 마주치게 하는 일은 결코 없었다. 만일 그랬다면 난처해지는 것은 나였지만.

"실은 병원에서 우연히 만난 적이 있어요. 그때 직접 들었습니다. 왜 저한테 알려줬는지는 모르겠지만."

말없이 내 이야기를 들어주시는 것에 힘을 얻어 나는 말을 이어나갔다.

"나 이외의 친구들에게는 여태껏 비밀로 했었어요. 갑작스럽게 제가 이런 이야기로 놀라게 해드려서 죄송합니다."

나는 오늘 찾아온 목적의 핵심을 찔렀다.

"오늘 찾아뵌 것도 실은 불단에 참배하는 것 외에 또 한 가지 부탁이 있어서예요. 사쿠라가 병이 난 뒤부터 일기처럼 썼던 책을 좀 보여주셨으면 하고."

"……."

"〈공병문고〉."

그 말이 방아쇠였다.

어머니는, 야마우치 사쿠라의 어머니는, 손으로 입을 가린 채 두 눈에서 주르륵 눈물을 흘렸다. 조용히, 조용히, 소리를 억누르듯이 어머니는 울고 있었다.

그 눈물의 의미를 나는 알지 못했다. 슬픔인 것은 틀림이 없지만, 내가 그녀의 병을 알고 있다는 사실의 어디에 다시금 슬픔을 유발하는 작용이 있는지 나는 알지 못했다. 그래서 위로할 말조차 찾지 못한 채 말없이 기다렸다.

이윽고 눈물이 미처 마르지 않았을 때 어머니는 내 눈을 지그시 들여다보며 눈물의 이유를 띄엄띄엄 말해주었다.

"너였구나……."

무슨 뜻일까.

"다행이다, 다행이야……. 네가 이렇게 와줘서 정말 다행이야."

점점 더 무슨 말인지 알 수 없었다. 나는 멍하니 눈물의 행방을 지켜보았다.

"잠깐만 기다려라."

어머니는 자리에서 일어나 어딘가 다른 곳으로 갔다. 혼자 남겨진 나는 어머니의 눈물과 말의 의미를 생각했다. 아무것도 머릿속에 떠오르지 않았다.

뭔가 생각해내기 전에 어머니가 방으로 돌아왔다. 손에는 눈에 익은 노트.

"이거, 맞지?"

눈물을 글썽이며 어머니는 노트를 가만히 바닥에 내려놓고 내 쪽으로 향했다. 그것은 분명 그녀가 한시도 놓지 않고 지니고 다녔던 그 노트였다. 단 한 번을 빼고는 그녀가 안의 내용을 줄곧 감춰왔던 노트.

"네, 〈공병문고〉예요. 병에 걸린 뒤부터 쓰기 시작한 일기라고 들었습니다. 생전에 안에 적힌 내용을 본 적은 없지만, 자신이 떠난 다음에는 모두에게 공개하겠다고 직접 말했었어요. 그것에 관해 뭔가 얘기를 들으셨습니까?"

말없이 어머니는 몇 번이나 고개를 끄덕였다. 그때마다 방바닥과 연한 빛깔의 치마에 눈물이 떨어졌다.

나는 정식으로 고개를 숙이고 부탁했다.

"저도 읽을 수 있게 해주시겠습니까?"

"응, 물론, 물론이지……."

"고맙습니다."

"그 아이가 이걸 너한테 남겼는걸."

노트를 집으려던 내 손이 멈췄다. 뜻밖의 말에 반사적으로 팔을 멈추고 어머니의 얼굴을 보았다.

"예?"

어머니는 더욱 더 눈물을 쏟으면서 이야기하기 시작했다.

"우리 사쿠라가 말했었어……. 이 일기는……자신이 죽고 나면 어떤 친구에게 전해달라고……. 단 한 사람, 자신의 병을 알고 있다고……. 〈공병문고〉라는 이름을 아는 사람이 있다고……."

한층 진해진 눈물이 공기 속에 녹아들었다. 나는 그저 듣는 것밖에는 아무것도 할 수 없었다. 옆에서는 웃는 얼굴의 그녀가 우리를 지켜보고 있었다.

"그 친구가 겁이 많아서……장례식에는 참석하지 않을지도 모른다, 하지만 틀림없이 이걸 가지러 올 테니까 그때까지는……가족 이외의 누구에게도 보여주지 말라고……분명하게 우리 사쿠라가 말했던 거, 기억한다……. 사실은 좀 더 나중의 일이었어야 하는데……."

마침내 감정이 극에 달했는지 어머니는 두 손으로 얼굴을 가렸다. 나는 멍하니 앉아 있기만 했다. 내가 들은 이야기와는 뭔가 달랐다. 그녀가 나에게 이걸 남겼다고?

그녀와의 기억이 뇌를 뚫고 스쳐갔다.

어머니의 눈물 틈새로 띄엄띄엄 말이 새어나왔다.

"고맙다, 정말 고마워……. 네 덕분에 우리 사쿠라는, 우리 사쿠라는……너를……."

나는 더 이상 견딜 수 없어서 눈앞에 놓인 노트를 들었다. 아무도 그것을 가로막지 않았다.

처음 며칠은 중학생이던 그녀의 독백으로 시작했다.

20ㅇㅇ년 11월 29일

가능하면 우울한 얘기는 하고 싶지 않지만 이런 것도 적어둬야겠지. 처음 병에 걸린 것을 알았을 때는 머릿속이 하얘져서 어떻게 해야 좋을지, 그냥 한없이 불안해져서 울기도 하고 가족에게 엉뚱한 화풀이도 하고 정말 별짓을 다했다. 우선 우리 가족에게 그걸 사과하고 싶다. 정말 미안해. 내가 서서히 안정될 때까지 말없이 지켜봐줘서 고마워…….

20 x x년 12월 4일

요즘 날씨가 춥다. 병을 알고 나서 많은 생각을 했지만, 그중한 가지는 병이 든 나 자신의 운명을 원망하지 않기로 결심했다는 것. 그래서 투병이 아니라 공병(共病)이라고 내 일기에 이름을 붙였다. ……

며칠 간격으로 그녀의 일상에서 일어난 일들이 기록되었다. 그렇게 몇 년 분량이 이어졌다. 하지만 그 기간의 글은 짤막한 것이 대부분이었다. 내가 알고 싶은 것과는 그리 관계가 없다고 생각해서 우선은 훑어보는 정도로만 읽기로 했다. 마음에 걸리는 글도 드문드문 눈에 띄었다.

20 x x년 10월 12일

새 남자친구가 생겼다. 신기한 기분. 만일 그와 오래 이어진다면 내 병에 대한 얘기도 해야 할까? 아, 싫은데…….

20 x x년 1월 3일

헤어졌다. 정월 초사흘 안에 헤어지다니, 이건 재수 없는 거 아닌가? 교코가 위로해주었다.

20 x x년 1월 20일

교코에게는 언젠가 내 병에 대해 말해야 한다. 하지만 그건 정말 마지막 아슬아슬한 순간에 해도 된다. 나는 언제까지나 교코와 즐겁게 지내고 싶으니까. 만일 교코가 이 글을 읽었을 때를 위해 이 자리에서 미리 사과하고 싶다. 교코, 나 죽는다는 거 미리 말하지 않은 것, 정말정말 미안해.

중학교를 졸업하고 그녀는 고등학교에 입학해 절친 교코와 함께 온 힘을 다해 청춘을 구가한다. 일 년이 지나서 2학년이 되고, 죽음이 바로 코앞에 와있다는 것을 느끼면서도 애써 환하게 살아가려는 그녀의 일상에 대한 기록은 한 마디 한 마디가 나의 내장에 깊숙이 스며들었다.

20××년 6월 15일
나도 조금쯤은 고등학생다워졌나? 동아리에 가입할지 말지 엄청 망설였지만 결국 관두기로 했다. 문화 관련 쪽도 몇 가지 생각해봤지만, 가족이나 친구와 함께하는 시간을 좀 더 아껴가며 누리기 위해, 라는 이유로 일찍 귀가하는 쪽을 선택했다. 교코는 변함없이 배구부 활동으로 날마다 구슬땀을 흘리고 있다. 힘내라, 교코!

20××년 3월 12일
사람들은 벚꽃이 지는 것을 보면 안타깝다고 말하지만, 나는 벚꽃이 피는 것을 보면 더 안타깝다. 앞으로 몇 번이나 이 벚꽃을

볼 수 있을까, 마음속으로 저절로 계산을 해버리게 되니까. 하지만 좋은 일도 있다. 분명 내가 바라보는 벚꽃은 내 또래의 어느누가 바라보는 벚꽃보다 아름다울 것이다.

20××년 4월 5일
2학년이다! 교코와 같은 반! 다행이다! 그밖에도 히나와 리카, 남학생 중에는 다카히로도 나랑 같은 반이 되었다. 난 역시 운이좋아! 하긴 췌장의 운이 모두 그쪽으로 옮아간 것이라면 이론적으로 딱 맞겠지, 굳이 따져보자면.

그리고 청춘의 한복판에서, 어느 날 그녀와 나는 만난다.
서로를 알게 된 것은 그보다 훨씬 전이었지만 만난 것은 그날이었다.

20××년 4월 22일
오늘 가족 이외에는 처음으로 어떤 사람에게 내 병에 대한 얘기를 했다. 우리 반 남학생 ●●. 병원에서 우연히 이 공병문고를주워 이미 읽어버린 다음이어서 뭐, 이제는 상관없다 싶어서 다말해버렸다. 어쩌면 나도 누군가 내 얘기를 들어줬으면 하는 마음이 있었는지도 모른다. 게다가 ●●는 친구도 별로 없는 것 같고, 아마 혼자 마음속에 담아둘 것이라는 믿음도 있었다. 실은 전부터 ●●가 조금 마음에 걸렸었다. 1학년 때도 같은 반이었는데,

그는 기억이나 할까? 항상 책을 읽고 있고 마치 지그시 자기 자신과 싸우는 것 같은 남학생이다. 그리고 오늘 이야기를 나눠보니 엄청 재미있는 사람이어서 나는 금세 그가 마음에 들었다. 단순하기 짝이 없는 나. ●●는 다른 친구들과는 조금 다른 듯한 느낌이 든다. 좀 더 친해지고 싶다. 비밀도 들켜버렸으니 이미 특별한 사이랄 수밖에 없네.

내 이름을 알아볼 수 없게 그녀는 볼펜으로 동그랗게 칠했다. 내 이름은 쓰지 말아달라고 말했었기 때문에 이렇게 지워버렸는지도 모른다.

여기서부터 그녀의 시간이 내 시간과 겹치기 시작한다. 기록은 대체로 사흘에 한 번 꼴로 이루어졌다. 대부분이 별스러울 것도 없는 평범한 내용이었다.

20××년 4월 23일

도서위원이 되었다. 여기서 이런 말을 해봤자 소용도 없지만, 도서위원회 인원수가 정해져 있지 않다니, 이건 말이 안 되는 시스템이잖아요! 아무튼 ●●에게 말을 걸었더니 난처한 표정을 지었다. 그래도 도서위원으로서 어떤 일을 해야 하는지는 잘 알려줄 것 같다. 이것저것 얘기를 들어볼 생각이다.

20ㅇㅇ년 6월 7일

시험, 만점이 나왔다. 역시 난 대단해! 그나저나 '역시 난'이라
는 말, 어쩐지 꽃 이름 같지 않아? 요즘 마음이 가벼워진 듯한 느
낌이다. 그야말로 어쩌다 한 번씩, 내가 죽는 것에 대한 농담을
하면 ●●는 얼굴을 찌푸리며 재미난 대구를 해준다. 그의 사람
됨됨이가 조금씩이지만 보이기 시작했다. 그는 역시 외부가 아니
라 자기 자신과 대치하는 사람이었다.

20ㅇㅇ년 6월 30일

아휴, 날씨가 너무 더워. 하지만 무더위가 싫지는 않다. 땀을
흘리면 살아있다는 실감이 드니까. 오늘 체육 시간은 농구였다.
아, 그보다 ●●가 공병문고에 자기 이름은 쓰지 말아달라고 했
다. 그를 흉내 내 이따금 미운소리를 하곤 했지만, 그와는 달리
애초 뿌리부터 순하고 착한 나니까 가끔은 그의 주장을 순순히
들어줘야지. 이다음부터는 너의 이름은 쓰지 않을게.

역시 그랬다. 읽어 내려갈수록 그날 이후 정말로 내 이름은 나
오지 않았다. 또 한 가지를 나는 알았다. 이런 글이었기 때문에
어머님은 누가 그녀의 병에 대해 알고 있는지, 지목할 수 없었던
것이다. 가족 분의 심정적인 노고를 생각하면, 내가 공연히 쓸데
없는 주장을 했는지도 모른다. 그다음을 읽어나가면서 그런 생각
이 한층 더 강해졌다.

20 × ×년 7월 8일

주어진 시간을 내가 꼭 원하는 일에 쓰는 것이 좋다는 조언을 들었다. 무엇이 있을까 하고 생각해봤는데 그 조언을 해준 사람과 놀러가고 싶다는 것, 그리고 숯불구이 고기도 먹고 싶어져서 일요일에 그걸 실행하기로 약속했다.

20 × ×년 7월 11일

숯불구이, 진짜 맛있었다! 그리고 오늘 너무 재미있었다. 자세한 얘기를 줄줄 기록해둘 수 없는 게 아쉽다. 일단 딱 한 가지, 내장 고기가 얼마나 맛있는지를 나 죽기 전에 꼭 주입시키자는 것. 그리고 그다음에는…….

20 × ×년 7월 12일

오늘은 급하게 일정을 짜서 달콤한 케이크를 배가 불룩하게 실컷 먹으러 나갔다. 아침에 학교에 간 뒤에야 퍼뜩 생각나서 어떻게 그걸 일정에 짜넣을지 궁리하다가 계획을 세워 착착 실행에 옮겼다. 계속 그런 생각만 하느라 기말고사는 잘 못 봤는지도 모르겠다.

내 이름을 쓰지 않다 보니 그녀가 나에 대해 생각한 것에 대한 글도 함께 사라져버렸다. 이건 정말 큰 실수였다.

이 부분쯤에서부터 그녀는 거의 매일같이 일기처럼 글을 썼다.

20×× 년 7월 13일

오늘부터 하고 싶은 게 생각나면 이곳에 하나하나 적어두기로
했다.

- 여행 떠나기(남학생과)

- 맛있는 내장고기 실컷 먹기

- 본고장 라면 먹기

흠, 이건 정말 멋진 아이디어야!

20×× 년 7월 15일

연인이 아닌 남학생과 '나쁜 짓' 하기(웃음)

여행에 대한 얘기는 집에 돌아간 뒤에 쓰기로 했다.

20×× 년 7월 20일

기말고사 결과가 예상보다 좋게 나왔다! 여행도 재미있었고,
교코도 용서해줬고, 나의 여름방학은 아주 좋은 느낌으로 시작될
것 같아요…라고 생각했더니만 아직 보충수업이 남았잖아. 제기
랄!

20×× 년 7월 21일

매우 나쁘고, 또한 매우 좋은 날이었다. 아주 조금, 나 혼자 울
었다. 오늘은 내내 울기만 하네.

……그날의 얘기이리라. 우리가 잘못했던 바로 그날.

그녀가 혼자 울었다는 것은 뜻밖이어서 폐 근처가 욱신욱신 아려왔다.

20×× 년 7월 22일

병원에 와 있다. 2주일쯤 입원하게 되었다. 뭔가 수치가 이상하다고 해서. 조금 불안하다. 아니, 여기서 거짓말을 하는 건 관두자. 상당히 불안하다. 하지만 주위 사람들에게는 아닌 척 허세를 부리고 있다. 그래, 거짓말을 한 건 아니야, 단지 허세를 좀 부린 것뿐이지.

20×× 년 7월 24일

불안을 날려버리려고 혼자 막춤을 추는 장면을 들켜버렸다. 창피하기도 하고, 병문안을 와줘서 안도하기도 하고, 그래서 갑자기 눈물이 나는 바람에 필사적으로 감췄다. 그다음에는 아주 재미있게 보냈다. 마음이 한결 가벼워졌다. ……

20×× 년 7월 27일

재미있는 일이 있었지만 그 일에 대해서는 규칙을 지키기 위해 쓰지 않기로 했다. 그러면 오늘은 마술에 대한 얘기나 써둘까. ……

20ㅈㅈ년 7월 28일
수명이 반으로 줄어들었다.

줄줄이 이어지는 기록을 소리 없이 읽고 있던 나는 말문이 턱 막혀버렸다.

20ㅈㅈ년 7월 31일
거짓말을 했다. 처음인 것 같다, 명백한 거짓말을 한 것은. 무슨 일이 있었느냐고 물어보는데 또 다시 눈물이 나려고 했다. 나도 모르게 털어놓을 뻔했다. 하지만 안 된다는 생각에 말하지 않았다. 그가 가져와준 일상을 놓치고 싶지 않았다. 나는 약해빠진 인간. 진실을 언제나 전할까.

20ㅈㅈ년 8월 3일
나를 걱정해주었다. 또 다시 거짓말을 했다. 그토록 안도하는 얼굴을 보이는데 어떻게 진실을 말하라는 거야. 하지만 기뻤다. 지금껏 살아오면서 이토록 기쁜 일이 있었나 싶을 정도로. 그렇게 나를 필요로 해준다는 것은 알지 못했으니까. 너무 기뻐서 나혼자가 된 뒤에 엄청 울어버렸다. 이렇게 글을 쓰고 있는 것도 나죽은 뒤에 내 진짜 마음을 알아줬으면 하기 때문이다. 그러니까 역시 나는 약해빠졌다. 들키지는 않은 것 같다. 나, 의외로 포커페이스가 강한 듯.

20×x년 8월 4일

아무래도 내가 요즘 마음이 약해졌나봐. 이제 더 이상 우울한 얘기는 그만하자. 오래 전에 결심한 것을 잊어버렸지 뭐야. 어쩌면 요즘 며칠 동안의 일기는 나중에 지워버릴지도.

20×x년 8월 7일

사실은 입원했을 때부터였는데, 최대한 두 사람을 덜컥 마주치도록 하고 있다. 둘이 사이좋게 지내주었으면 하는 마음인데 좀 어려울 것 같다(웃음). 내가 죽기 전까지 그 두 사람 사이가 좋아질 수 있기를! 요즘 꽤 덩치가 큰 마술을 연습하고 있다. 그에게 발표하는 거, 기대된다. ……

20×x년 8월 10일

퇴원한 다음의 일정을 결정했다. 바다 여행이다! 우선은 그 정도가 딱 좋을 것 같다. 요즘 우리 사이, 약간 속도 조절을 하지 않으면 자칫 갈 데까지 가버릴 것 같아서(웃음). 그것도 나쁘진 않지만 서서히, 서서히, 가꿔나가야지. 그나저나 마술, 너무 어려워. ……

20×x년 8월 13일

병원에서 이번 여름의 첫 수박을 먹었다. 나는 멜론보다 수박이 더 좋더라. 어렸을 때부터 그랬는데, 취향이란 나이가 들어도 바뀌지 않는 거네. 하긴 내장 고기는 딱히 어렸을 때부터 좋아한 것은 아니다. 소의 양을 와그작와그작 먹어대는 어린애라니, 이건 진짜 싫지(웃음). 엄마에게 이 책에 대한 규칙을 설명해주었다. 다시 한 번 적어둔다. 이 책은 어떤 사람이 가지러 올 때까지 절대로 가족 이외에는 보여주지 않는다. 교코나 다른 친구들에게 그 사람이 누군지 힌트를 물어보는 것도 안 됨. ……

　20ｘｘ년 8월 16일
　이제 곧 퇴원이다! 교코와 그가 마지막 병문안을 와주었다. 두 사람 모두 이제는 마주치지 않게 해달라고 사정하는 바람에 병문안 시간을 서로 어긋나게 잡아줬다(웃음).
　*한 번이라도 좋으니까 우리 셋이서 사이좋게 밥이라도 먹고 싶다!

　20ｘｘ년 8월 18일
　내일 퇴원이다아아아!
　이제부터 내게 남겨진 시간을 마음껏 누릴 거야!
　예이예이예이예이예예예!

　그녀의 일기는 거기서 뚝 끊겼다.
　……이게 대체 무슨 일인가.

내가 품은 불안이 옳았었다.

그녀는 무슨 일인가 있었는데도 그것을 감췄다.

내장에서 언젠가처럼 뭔가가 치밀어 올랐다. 침착해, 하고 나 자신을 다독였다. 이제는 어쩔 수도 없고, 이제 새삼 어떻게도 할 수 없다고 변명하면서 나 자신을 필사적으로 유지했다.

심호흡을 하면서 나는 지금 생각해야 할 것들을 생각했다.

내가 바라는 것은 〈공병문고〉 안에서는 찾지 못했다. 그녀가 나를 어떻게 생각했었는가 하는 명확한 답이 이 노트 안에는 없었다. 소중하게 여겼다는 것은 알았다. 하지만 그런 건 이미 알고 있던 일이었다. 나는 그녀가 나를 어떻게 부르고 있었는지를 알고 싶었는데.

크게 낙담했다.

눈을 감고 호흡을 가다듬었다. 뜻하지 않게 묵도를 하는 듯한 모습이 되어버렸다.

노트를 덮자 내 앞에서 그녀의 어머님이 지그시 기다려주고 있었다. 책을 조용히 바닥에 내려놓고 그쪽으로 밀어드렸다.

"고맙습니다."

"아직⋯⋯."

"⋯⋯예?"

어머니는 〈공병문고〉를 받아가지 않았다. 그녀를 꼭 닮은 눈이 빨갛게 물든 채 똑바로 내 눈을 보고 있었다.

"사쿠라가 너에게 보여주려고 한 글이 아직 그 뒤에 더 있어."

그 말에 나는 백지로 남은 책장을 서둘러 넘겨보았다.

다시금 기록이 시작된 것은 책의 마지막 쪽부터였다.

그녀의 인간성이 느껴지는 힘찬 글씨였다.

나는 숨이 턱 멎는 줄만 알았다.

유서(초안. 벌써 몇 번이나 새로 썼다.)

안녕, 내 친구들.

이건 나의 유서야.

누군가 이 글을 읽고 있다는 것은 내가 이미 이 세상에 없다는 뜻이겠지?(너무 흔한 말인가?)

우선 대부분의 친구들에게 내 병에 대해 비밀로 했던 것을 사과할게. 정말 미안해.

이기적인 일이지만, 나는 너희들과 그냥 보통사람처럼 평범하게 지내면서 마음껏 놀고 마음껏 웃고 싶었어. 그래서 내 병에 대해 끝내 아무 말도 안 한 채 그냥 죽어버렸지.

어쩌면 나에게 뭔가 전하고 싶어한 사람이 있었을지도 모르겠다. 만일 그렇다면 나 이외의 사람에게는 꼭 전하고 싶은 마음을 남김없이 전하면 좋겠어. 너를 좋아한다, 너를 싫어한다, 그런 모든 것을 남김없이 전하면서 살았으면 해. 그런 걸 미적미적 미뤘다가는 나처럼 어느 틈에 죽어버릴지도 모르잖아? 나에게는 이제 더 이상 시간이 없지만, 내 친구들은 아직 시간이 많으니까 꼭 서로 마음을 나눠 갖기를 빌게.

나의 학교 친구들(몇 명은 개별적으로 이름을 써둘까?), 너희들과 함께 공부할 수 있어서 정말 좋았어. 문화제도 체육대회도 마음껏 즐겼지만, 오히려 일상생활에서 너희가 내 곁에 함께해준 것이 가장 좋았던 것 같아. 내 친구들이 앞으로 다양한 장소에서 다양한 직업으로 활약을 펼친다는 게 너무 기대되고, 그걸 지켜볼 수 없다는 게 좀 억울하다. 너희는 추억을 아주 많이 만들어서 나중에 천국에서 다시 만났을 때 내게 들려줘야 해. 그러니까 너희들, 절대 나쁜 짓은 하면 안 된다?(웃음). 나를 좋아했던 친구들, 나를 싫어했던 친구들, 모두 다 고마워.

아빠, 엄마, 오빠(이건 진짜 개별적으로 해야겠네), 지금까지 정말 고마워요. 우리 가족이 나는 정말 좋았답니다. 아빠도 엄마도 오빠도 정말 좋아했어. 내가 아직 한참 어렸을 때, 우리 넷이서 자주 여행을 다녔지? 지금도 다 생각나. 어렸을 때부터 내가 워낙 자유분방한 아이여서 이래저래 폐도 많이 끼쳤지만, 그래도 조금쯤은 자랑스러운 딸이었을까? 천국에서도 아빠 엄마의 아이였으면 좋겠어. 다시 태어나더라도 나는 아빠와 엄마의 딸이고 싶어. 그러니까 언제까지나 두 분이 사이좋게 지내주세요. 다시 태어났을 때도 또 두 분이 나를 키워줘야 하니까. 오빠와 함께 나는 다시 야마우치 가의 가족으로 태어나고 싶어. 아휴, 쓰고 싶은 게 너무 많아서 정리가 안 된다…….

(역시 소중한 사람에게는 개별적으로 쓰는 게 좋을 것 같다. 가

족에게 보내는 글은 새로 쓸게.)

교코에게

우선 이 말부터 하게 해줘.

네가 정말 좋아.

나는 내 절친 교코가 좋아. 틀림없이, 진짜로, 좋아. 그래서 정말 미안해.

내 병을 마지막 아슬아슬한 순간에야 털어놓게 되어서 미안해.(이것도 언제 말할지 고민해봐야 한다.)

용서해달라는 말은 할 수가 없다.

하지만 이것만은 믿어줘. 네가 정말 좋았어.

정말 좋아했기 때문에 차마 말할 수 없었어.

교코, 너와 함께하는 시간이 너무 좋았어. 함께 웃고 함께 화내고, 바보 같은 농담도 하고 때로는 함께 울기도 했던 게 너무 좋았어.

미안, 그게 아니다.

지금도 네가 좋아.

언제까지나 현재진행형으로 네가 좋아. 천국에 가서도, 다시 태어나도, 나는 항상 너를 좋아할 거야.

너무 좋아하는 내 절친 교코와의 너무도 행복한 시간을 망가뜨릴 용기가 나에게는 없었어.

다른 친구들에게는 좀 미안한 말이지만, 교코는 언제라도 내

첫 번째 절친. 어쩌면 나는 교코를 사랑했었는지도 모르겠다. 흠,
좋아, 다음에 다시 태어날 때는 네가 남자가 되어줘(웃음).

꼭 행복해야 해, 교코.

어떤 어려움이 있더라도 교코라면 아무 문제없어. 내가 가장
사랑하는 교코는 어떤 어려움에도 지지 않을 거야.

멋진 남자를 만나 귀여운 아기를 낳아야 해. 누구보다 행복한
가정을 만들어줘.

사실을 말하자면, 꼭 보고 싶었어. 교코가 꾸려가는 스위트홈
○ …… (←정식으로 쓸 때는 울지 말아야지).

천국에서나마 나는 항상 교코를 지켜줄 거야.

아참, 한 가지 부탁이 있어. 내 마지막 부탁이라고 생각하고 꼭
들어주었으면 좋겠다.

교코가 앞으로 평생 친하게 지내주었으면 하는 사람이 있어.

맞아, 교코가 항상 눈을 흘겼던 그 사람(웃음).

그는 좋은 사람이야. 정말로. 이따금 나를 괴롭히기도 했지만
(웃음).

하지만 그는…….

(그에 대한 설명은 나중에 해도 되나? 웃음)

(교코에게 전하고 싶은 말도 좀 더 자세히 써야 하고)

자, 마지막으로 너에게.

이름은 안 써줄 거야(웃음).

너 말이야, 너! 네가 이름은 쓰지 말라고 했잖아. 그러니까 섭섭해 할 거 없어.

어때, 잘 지내?(웃음)

이래저래 요즘에는 특히 하고 싶은 말이 많아진 것 같다(2학년 여름에).

어쨌든 일단 사무적인 연락부터 할게.

이 〈공병문고〉는 네가 원하는 대로 처리해줘.

우리 가족에게도 미리 얘기해뒀어. 네가 이걸 가지러 오면 건네주라고.

네가 원하는 대로 처리하라는 것은 건네받은 이 노트를 어떻게 사용하든 괜찮다는 뜻이야.

찢어버리든 꽁꽁 감춰두든 누구한테 줘버리든.

즉 내가 여러 사람들에게 메시지를 썼지만, 그걸 그들에게 보여줄지 말지도 네가 정하기 나름이야.

지금 네가 이걸 읽고 있는 시점에 이 〈공병문고〉는 너의 것이 됐다는 얘기야.

뭐, 싫다면 어딘가에 내버려도 좋아(화남).

그게 나에게 많은 것을 해준 너에 대한 최소한의 답례야.

지난번 수박, 맛있었어(웃음). (어쩐지 자꾸 현재 시점에서 쓰게 된다. 이건 새로 써야겠네.)

아, 지금 꼭 하고 싶은 얘기를 기록해둘게. 이게 진짜 내 마음이라고 생각하니까. 만일 마음이 바뀐다면 다시 쓸 거야. 물론 네가 싫어지면 다시 쓸 일도 없겠지만(웃음). 그때는 교코 손에 죽을 각오를 하시고(웃음).

처음 병원에서 만나고 아직 네 달밖에 안 됐네? 신기하다. 나는 훨씬 더 많은 시간을 너와 함께 보낸 듯한 느낌이야. 아마도 너에게서 많은 것을 배우면서 나름대로 충실한 시간을 보냈던 모양이지?

일기에도 썼지만, 나는 실은 그보다 한참 전부터 네가 마음에 걸렸어. 왜 그런지, 너는 알까? 네가 자주 말했던 그거야.

정답은, 실은 나도 생각했었거든, 너와 나는 분명 정반대 쪽에 선 사람이라는 거.

맞아, 나도 그렇게 생각했었어.

그래서 왠지 마음에는 걸렸는데 도무지 친해질 기회가 없었어. 그러던 참에 우연히 맞부딪혔잖아. 이제는 뭐, 친해질 수밖에 없겠다, 라고 생각했지. 결과적으로 우리 둘, 이만큼 친해질 수 있어서 다행이다.

요즘에는 지나치게 친해진 거 아니냐는 목소리도 드문드문 들려오더라(웃음).

뭐랄까, 연인 놀이라고나 할까. 내 마음대로 이름을 붙여봤지만, 그거 진짜 가슴이 두근두근했어. 아직 껴안은 것뿐이라서 괜찮지만 이대로 가다가는 우리, 장난으로 키스쯤은 해버리는 거 아닌가 하고 가슴이 두근거린다는 얘기야(웃음).

뭐, 난 그것도 나쁘지 않아. 폭탄 발언인가? 하지만 정말 그래도 괜찮아. 연인 사이만 되지 않는다면 그래도 좋아.

잠깐 고민하긴 했는데 이제 뭐, 아무려면 어때? 네가 이거 읽고 있을 때, 나는 이미 죽어버렸을 거고(웃음), 좀 더 솔직해질래.

진짜 솔직히 말해서 나는 몇 번이나, 정말로 몇 번이나, 너를 사랑한다고 생각했어. 이를테면 그거, 네가 첫사랑 얘기를 해줬을 때, 나 정말 가슴이 두근거렸어. 호텔 방에서 술을 마셨을 때도 그렇고, 처음으로 내가 먼저 껴안았을 때도 그렇고.

하지만 나는 너와 연인이 될 마음은 없었고, 앞으로도 연인이 될 생각은 없어…라고 생각해, 아마도(웃음).

어쩌면, 연인이 되었다면 꽤 잘할 수 있었을지도 모르겠다. 하지만 우리에게는 그걸 확인할 시간이 없잖아?

게다가 우리 사이를 그런 흔해빠진 이름으로 부르는 건 싫어.

사랑이라느니 우정이라느니, 그런 건 아니지, 우리는. 만일 네가 나를 사랑했다면 어떻게 했을지, 그건 좀 마음에 걸린다. 너한테 물어볼 수도 없는 일이지만.

아, 그 얘기와 관계가 있으니까 내친 김에 병원에서 내가 진실이냐 도전이냐를 하자고 했을 때, 뭘 물어보려고 했었는지 알려줄게. 나는 답을 듣지 못하니까 규칙 위반은 아니지?

내가 물어보고 싶었던 것은 "왜 너는 내 이름을 부르지 않아?"라는 거야.

나, 기억하고 있어. 신칸센에서 내가 잠들었을 때, 고무밴드를 타악 튕겨서 나를 깨웠지? 이름을 불러서 깨우면 될 텐데 넌 그러지 않았어. 그때부터 줄곧 신경써서 지켜봤어. 그랬더니 너는 정말 한 번도 내 이름을 부르지 않더라. 항상 너, 너, 너, 라고만 했지.

그때 그걸 너한테 물어봐도 될지 어떨지 망설였던 것은 혹시 네가 나를 싫어해서 이름을 부르지 않는지도 모른다는 생각이 들었기 때문이야. 나는 아무래도 그런 식으로 생각하게 돼. 게다가 그걸 어느 쪽이든 상관없다고는 생각할 수가 없어. 나, 자신감 같은 건 전혀 없으니까. 나는 너와는 달리 주위 사람들에 의지하지 않고서는 나 자신을 만들어낼 수 없는 사람이니까.

그런 생각 때문에 진실이냐 도전이냐에 기대지 않으면 물어볼 수 없는 질문이었는데, 요즘 들어 사실은 그게 아니라는 것을 깨달았어.

여기서부터는 그냥 내 마음대로 해본 상상이야. 틀렸더라도 용서해줘.

너는 나를 네 안의 누군가로 만드는 게 두려웠던 거 아닐까?

네가 말했었지? 너는 이름을 불렸을 때 주위 사람이 자신을 어떻게 생각하는지 상상하는 게 취미라고. 상상을 하고, 그게 옳건 옳지 않건 어느 쪽이라도 상관없다고.

이건 나한테 유리한 내 멋대로의 해석이지만, 너는 나를 어느 쪽이건 상관없다고는 생각하지 않았던 거 아닐까?

그래서 네가 해왔던 것처럼 내가 혼자 상상할 것이 두려웠다든가.

　네가 부르는 내 이름에 의미가 붙는 게 두려웠다든가.

　머지않아 잃게 되리라는 것을 뻔히 알고 있는 나를 '친구'나 '연인'으로 만드는 게 두려웠다든가.

　어때, 내 생각이? 정확히 맞혔다면 내 무덤 앞에 매실주라도 한 잔 따라주도록 해!(웃음)

　하지만 두려워하지 않아도 괜찮아. 어떤 어려움이 있더라도 사람과 사람은 잘 헤쳐나갈 수 있을 테니까. 지금까지의 너와 나처럼.

　아차, 네가 두려워한다고 자꾸 말했지만, 그래서 너를 겁쟁이라고 비난하는 것 같지만, 결코 그런 건 아니야.

　나는 너를 대단한 사람이라고 생각해.

　나와는 완전히 반대되는, 대단한 사람.

　좋아, 내친 김에 네가 지난번에 했던 질문에도 대답해줄게. 어때, 서비스가 좋지?

　나는 너를 어떻게 생각하느냐는 거.

　엇, 별로 알고 싶지 않다고?(웃음) 그렇다면 읽지 말고 그냥 건너뛰어도 돼.

　나는 말이지…, 너를 동경했어.

　얼마 전부터 계속 느낀 바가 있었거든.

　내가 너 같았다면 좀 더 어느 누구에게도 폐 끼치지 않고, 슬픔을 너나 우리 가족에게 내보이는 일도 없이, 오로지 나 자신을 위해서만, 오로지 나 자신만의 매력을 갖고, 나 자신의 책임으로 살 수 있지 않았을까.

물론 지금의 내 인생은 최고로 행복해. 하지만 주위에 사람들이 없어도 단지 자신 혼자만의 인간으로서 살아가는 너를 나는 동경했어.

내 인생은 항상 주위에 누군가 있어준다는 것이 전제였어.

어느 순간에 문득 깨달았어.

내 매력은 내 주위에 있는 누군가가 없어서는 성립하지 않는 것이라고.

그것도 나쁜 건 아니라고 생각해. 원래 다른 사람들도 다 그렇잖아. 타인과의 관계가 한 사람을 만드는 거니까. 우리 반 아이들 역시 친구나 연인과 함께가 아니면 자신을 유지할 수 없을 거야.

누군가와 비교당하고 나를 비교해가면서 비로소 나 자신을 찾을 수 있어.

그게 '내게 있어서의 산다는 것'이야.

하지만 너는, 너만은, 항상 너 자신이었어.

너는 타인과의 관계가 아니라 너 자신을 응시하면서 매력을 만들어내고 있었어.

나도 나 자신만의 매력을 갖고 싶어.

그래서 그날 네가 돌아간 뒤에 나 혼자 울었던 거야.

네가 진심으로 나를 걱정해준 날. 나에게 더 오래 살아주기를 바란다고 말해준 날.

친구라느니 연인이라느니, 그런 관계를 필요로 하지 않는 네가 나를 선택해준 거잖아.

다른 누군가가 아니라, 바로 나를 선택해준 거잖아.

처음으로 나는 나 자신으로서 누군가에게 필요한 사람이라는 것을 알았어.

처음으로 나는 나 자신이 단 한 사람뿐인 나라고 생각할 수 있었어.

고마워.

17년, 나는 너에게 필요한 사람이기를 기다렸던 것인지도 모르겠다.

벚꽃이, 사쿠라가, 봄을 기다리는 것처럼.

그걸 깨달았기 때문에 나는 책도 읽지 않는 주제에 이 〈공병문고〉라는 기록 방법을 선택했는지도 모르겠어.

나 스스로 선택해서 너를 만난 거야.

정말로 누군가를 이렇게 행복하게 만들 수 있다니, 너는 대단한 사람이지? 다른 친구들이 모두 다 너의 매력을 알아주면 좋을 텐데.

나는 이미 오래 전부터 너의 매력을 꿰뚫어봤다니까.

죽기 전에 너의 발뒤꿈치라도 따라가고 싶어.

……라고 써놓고 나서 문득 깨달았어.

이런 흔해빠진 말로는 안 되겠지? 나와 너의 관계는 이런 흔해빠진 말로 표현하기에는 아까운 관계니까.

그래, 너는 싫어할지도 모르지만……

나는 역시……

너의 췌장을 먹고 싶어.

(너에 대한 글이 가장 길어져버렸다. 교코가 화낼 것 같으니까 다시 수정해야겠네.)

(첫 번째 초안)

"……"

유서를 다 읽고 되돌아온 세상에 그녀가 없다는 것을 깨달은 나는 새삼 실감했다.

무너진다는 것, 내가 무너진다는 것.

자각했다. 이걸 억지로 막는 것은 무리한 짓이라고 자각했다.

그전에 꼭 물어봐야 할 일이 있었다.

"어머님, 사쿠라의 휴대폰은……?"

"휴대폰?"

어머니는 자리에서 일어나 곧바로 휴대폰 한 대를 들고 나왔다.

"우리 사쿠라가 세상 떠난 다음에도 전화는 통하게 해뒀었는데 요즘에는 전원도 끊겼구나."

"부탁드립니다. 잠깐만 보여주세요."

어머니는 말없이 휴대폰을 내밀었다.

개폐식 휴대폰을 열고 전원을 켰다. 잠시 기다린 끝에 메시지 메뉴의 수신함을 열었다.

수많은 미개봉 메시지 속에서 발견했다.

내가 보낸 마지막 말.

그녀에게 보낸 마지막 메시지.

그것은 '읽음'으로 표시되어 있었다.

그녀에게 전해졌다…….

휴대폰과 〈공병문고〉를 바닥에 내려놓고 나는 떨리는 입술을 가까스로 움직여 무너지기 직전에 마지막 말을 했다.

"어, 어머님……."

"응?"

"죄송합니다, 여기서 이러는 건 안 될 일이지만, 하지만……, 죄송합니다……."

"……."

"제가 좀, 울어도, 괜찮겠습니까."

어머니는 자신도 주르륵 눈물을 흘리며 한 차례 고개를 끄덕여 나를 용서해주었다.

나는 무너졌다. 아니, 사실은 진즉에 무너져 있었다.

"으아아아아! 으아아아아아아아! 으아아아아아, 으아아아아아 아아아, 으아아아아아아아아아아! 크극, 으아아아아, 아아 아……."

나는 울었다. 부끄러운 줄도 모르고 갓난아이처럼 울어버렸다. 바닥에 이마를 부비고 천장을 우러르며 큰소리로 울었다. 처음이었다. 큰소리로 운 것도, 남 앞에서 운 것도. 그런 짓은 하고 싶지 않았다. 슬픔을 남에게 밀어붙이는 그런 짓은 하고 싶지 않았다. 그래서 지금까지 한 번도 해본 적이 없었다. 하지만 봇물처럼 밀려드는 수많은 감정이 나에게 자기완결을 허락하지 않았다.

기뻤다.

전해졌다는 것, 통했다는 것.

그녀가 나를 필요로 해주었다는 것.

내가 그녀에게 도움이 되었다는 것.

기뻤다.

동시에 상상해본 적도 없을 만큼 고통스러웠다.

메아리가 멈추지 않는 그녀의 목소리.

차례차례 떠오르는 그녀의 얼굴.

울고 화내고 웃고 웃고 웃는 얼굴.

그녀의 감촉.

향기.

달큼한 그 향기.

지금 바로 저 앞에 있는 것처럼, 지금 바로 저 앞에 존재하는 것처럼, 생각났다.

하지만 이제는 없다. 그녀는 이제 없다.

어디에도. 내가 줄곧 보았던 그녀는 이제 어디에도 없다.

우리는 방향성이 다르다고 그녀는 곧잘 말했다.

당연하다.

우리는 같은 방향을 보고 있지 않았다.

언제든 서로를 보고 있었다.

정반대 쪽에서 항상 맞은편을 바라보고 있었다.

사실은 알지 못했을 터였는데, 깨닫지 못했을 터였는데. 서로를 보고 있었다는 것. 다른 장소에서, 관계없는 장소에서, 각자 따로따로 있었을 터였는데.

그런데도 우리는 만났다, 그녀가 둘 사이의 장벽을 훌쩍 뛰어넘어 내게로 와줬기 때문에.

그래도 나 혼자만 그런 거라고 생각했다. 그녀를 필요로 하고, 그녀처럼 되고 싶다고 생각했던 것은.

설마 이런 나를.

설마 이런 나를 그녀가…….

나야말로 그렇다.

나야말로, 바로 지금, 확신했다.

나는 그녀를 만나기 위해 지금까지 살아왔다.

선택해왔다. 그녀를 만나는 단지 그것만을 위해, 선택하고 살아왔다.

아무 의심 없이 그렇게 생각했다.

그럴 수밖에 없지 않은가. 나는 이토록 행복하고 이토록 고통스러운 일이라고는 여태껏 단 한 가지도 알지 못했으니까.

살아있었다.

나는 그녀 덕분에 지난 넉 달 동안을 살아있었다.

분명 한 인간으로서 처음으로.

그녀와 마음을 주고받는 것으로.

고마워, 고마워, 고마워.

감사는 어떤 말로도 부족한데, 그 말을 들어주어야 할 그녀는 없었다.

아무리 울어도 이제는 가닿지 않았다.

아무리 소리쳐도 이제는 가닿지 않았다.

이토록 전해주고 싶은데, 기쁘다는 것, 고통스럽다는 것.

그녀와의 나날이 지금까지의 그 어느 때보다 즐거웠다는 것.

좀 더 함께 있고 싶었다는 것.

언제까지고 함께 있어주었으면 했다는 것.

불가능하더라도 전했더라면 좋았을 텐데.

자기만족이라도 꼭 들려주었더라면 좋았을 텐데.

안타깝고 분하다.

나는 이제 더 이상 그녀에게 아무것도 전할 수 없다.

나는 이제 더 이상 그녀에게 아무것도 해줄 수 없다.

그녀에게서 이렇게나 많은 것을 받았는데.

나는, 아무것도…….

| 9 |

울었다. 울고 또 울었다.

그리고 마침내.

내 의지가 아니라 내 몸의 기능이 우는 것을 멈췄을 때, 눈앞에서는 그녀의 어머니가 변함없이 조용히 기다려주고 있었다.

내가 얼굴을 들자 어머니는 하늘색 손수건을 내밀었다. 머뭇머뭇 손수건을 받아 나는 헉헉거리며 눈물을 닦았다.

"그 손수건은 너한테 줄게. 사쿠라 손수건이야. 네가 갖고 있어주면 그 아이도 좋아할 거야."

"……고맙습니다."

나는 감사 인사를 하고 눈과 코와 입을 닦은 뒤에 그 손수건을 교복 호주머니에 넣었다.

다시 한 번 자세를 바로잡고 정좌했다. 어머니처럼 나도 눈이 붉어진 채였다.

"죄송합니다, 흐트러진 꼴을 보여서."

어머니는 곧바로 고개를 저었다.

"괜찮아, 아이들은 울면서 크는 거야. 우리 사쿠라도 걸핏하면 울었어. 어려서부터 아주 울보였거든. 하지만 너를 만났던 날 일기에 적혀 있는 대로 너와 시간을 함께하던 때쯤부터 우리 사쿠라가 울지 않게 됐어. 전혀, 는 아니지만 말이야. 그래서 나는 너한테 고맙다. 사쿠라는 네 덕분에 정말 소중한 시간을 보낼 수 있었어."

나는 다시 쏟아지려는 눈물을 꾹 참으며 고개를 가로저었다.

"사쿠라에게서 소중한 시간을 얻은 것은 오히려 저예요."

"너와 우리 가족, 모두 함께 식사라도 한 번 했더라면 좋았을 텐데. 사쿠라가 너에 대해 아무 말도 안 해주는 바람에 그걸 못했구나."

어머님의 슬픈 미소에 나는 다시 뒤흔들렸다.

뒤흔들리는 나 자신을 받아들인 채, 나는 어머니에게 그녀와의 추억을 아주 조금 이야기했다. 일기에 적혀 있지 않은 이야기였다. 물론 진실이냐 도전이냐에 대해서나 한 침대에서 잤다는 얘기는 빼고. 어머님은 수없이 고개를 끄덕이며 내 이야기를 들어주었다.

말을 하다 보니 내 마음이 서서히 슬픔에서 헤어나는 것 같았다.

소중한 기쁨이나 슬픔은 그대로였지만 쓸데없는 것들이 하나씩 하나씩 베어 넘겨지는 듯한 느낌이었다.

그렇기 때문에 나를 위해 어머니는 이야기를 들어준 것이라고 생각했다.

이야기 말미에 나는 어머니에게 부탁했다.

"다음에 또 조문하러 와도 되겠습니까?"

"물론이지. 그때는 꼭 우리 사쿠라의 아빠와 오빠도 만나자. 아 참, 교코와는 그다지 사이가 좋지 않은 모양이던데?"

그녀를 꼭 닮은 어머니가 큭큭 웃었다.

"아, 네, 그렇게 됐습니다. 이래저래 사정이 있어서 교코가 나를 싫어하는 바람에……."

"억지로 그러라는 건 아니지만, 언젠가 가능하면 교코와 너와 우리 가족이 함께 식사라도 하자. 인사차, 라는 것도 있지만 사 쿠라가 누구보다 소중하게 생각한 두 친구와 그렇게 허물없이 지 낼 수 있으면 나는 참 좋겠다."

"저보다 교코가 어떻게 생각할지가 문제지만, 네, 명심하겠습 니다."

그리고는 몇 마디 인사말을 나눈 뒤 나는 다시 방문하기로 약 속하고 자리에서 일어섰다. 〈공병문고〉는 어머니의 부탁으로 내가 가져오기로 했다. 조의금 만 엔은 극구 사양하며 받지 않 았다.

어머니는 현관까지 배웅해주었다. 운동화를 신고 다시 인사를 건네고 현관 문손잡이를 잡으려는 참에 어머니가 나를 불러 세왔다.

"아참, 이름이 어떻게 되지?"

무심코 던진 어머니의 질문에 나는 정면으로 몸을 돌려 대답했다.

"하루키라고 합니다. 시가 하루키*."

"어라, 똑같은 이름의 소설가가 있지?"

나는 놀랐고, 그리고 입에 웃음이 떠오르는 것을 느꼈다.

"네, 둘 중 어느 분을 말씀하시는지는 모르겠습니다만."

다시 한 번 감사와 작별 인사를 하고 야마우치 가의 현관을 나왔다.

비는 그쳐 있었다.

집에 돌아오자 어머니가 벌써 퇴근해서 내 얼굴을 보자마자 "애썼다"라고 말했다. 아버지는 저녁식사 때 마주치자 내 등을 툭 두드려주었다. 역시 부모님의 촉은 무시할 수 없다.

저녁식사를 마치고 내 방에 틀어박혀 다시 한 번 〈공병문고〉를 읽으면서 나는 생각했다. 세 번, 중간에 또 다시 눈물이 터졌지만 그래도 생각했다.

이제 나는 무엇을 해야 하는가. 그녀를 위해, 그녀의 가족을 위해, 나 자신을 위해, 무엇을 할 수 있는지를 고민했다.

〈공병문고〉를 받아든 내가 할 수 있는 일이 무엇인가.

---

* 시가 하루키=시가 나오야+무라카미 하루키. 시가 나오야는 객관적이고 예리한 시선으로 유명한 일본의 소설가이다. 무라카미 하루키 역시 일본의 소설가로 대표작으로는 《상실의 시대》가 있다.

생각 끝에 나는 밤 아홉 시가 넘어서야 결단을 내리고 행동에 나섰다.

　책상 서랍에 넣어둔 프린트 한 장을 꺼내고 휴대폰을 집어들었다.

　그 프린트를 들여다보며 평생 누를 일이 없다고 생각했던 번호를 휴대폰에 입력했다.

　그날 밤 나는 그녀와 신나게 이야기하는 꿈을 꾸고 또 다시 울었다.

　점심때가 지나서, 정해준 카페에 도착했다.

　약속 시간보다 조금 일찍 도착해버려서 아직 상대는 나오지 않았다. 아이스커피를 주문하고, 빈 창가 자리에 앉았다.

　정해준 카페까지는 헤매지 않고 올 수 있었다. 우연이겠지만 그녀가 죽은 그날 만나기로 했던 장소와 같은 곳이었기 때문이다.

　아, 우연이 아닌가. 나는 아이스커피를 마시며 다시 생각했다. 분명 둘 다 이 카페 단골이었던 것이리라.

　그날과 마찬가지로 나는 바깥을 내다보았다. 그날과 마찬가지로 다양한 인상을 가진 사람들이 지나쳐갔다.

　그날과 다른 것은 약속 상대가 정확한 시간에 나와준 것이었다. 다행이다. 마음이 턱 놓였다. 그때의 트라우마와는 별개로, 혹시 바람을 맞을지도 모른다고 생각했었기 때문이다.

말없이 맞은편 자리에 앉은 교코는 새빨개진 눈으로 즉시 나를 노려보았다.

"나오래서 나오긴 했는데, 무슨 일이야?"

기가 죽어서는 안 된다. 나는 떨리는 마음을 애써 일으켜 세웠다. 그녀의 시선을 맞받으면서 입을 열려고 했다.

하지만 내 첫마디는 교코에 의해 가로막혔다.

"너, 사쿠라 장례식에 안 왔지?"

"……."

"왜?"

"그건……."

내가 미처 대답하지 못하자 요란한 소리가 카페 안을 울리며 일순 모든 것이 멈췄다. 교코가 주먹으로 테이블을 콰앙 내리친 것이었다.

"아, 미안……."

카페 안의 시간이 다시 움직이는 것과 동시에 교코는 눈을 내리깔고 작은 목소리로 사과했다.

나는 다시 입을 열기로 했다.

"나와줘서 고맙다. 정식으로 얘기하는 건 처음인가?"

"……."

"너한테 할 얘기가 있어서 나오라고 했는데, 무슨 얘기부터 해야 할지……."

"좀 간결하게 말해줄래?"

"응, 그래. 미안하다. 네가 읽어볼 게 있어."

"……."

물론 할 얘기라는 것은 그녀, 사쿠라에 대한 것이었다. 나와 교코 사이의 접점은 그것뿐이다. 어제 밤늦도록 고민한 끝에 교코와 대화를 해보기로 결심한 것이다.

이곳에 나오기 전까지 교코에게 과연 어떤 식으로 얘기해야 할지 걱정스러웠다. 우선 나와 그녀의 관계에 대해 말해야 할까, 아니면 병에 대한 것부터 말해야 할까. 결국 나는 일단 교코가 직접 진실을 읽어보게 하기로 했다.

가방에서 〈공병문고〉를 꺼내 테이블 위에 내려놓았다.

"……노트?"

"응, 이건 〈공병문고〉야."

"……공병이라니?"

나는 책에 씌워진 커버를 벗겨 보여주었다.

그 즉시 교코의 어딘가 멍했던 눈이 한껏 큼직해졌다. 나는 역시나 절친, 이라고 생각했다. 부럽다는 마음도 함께 들었다.

"사쿠라 글씨네?"

"맞아."

나는 확실한 동작으로 고개를 끄덕였다.

"이건 그녀의 노트야. 그녀의 유언이 담겨있는 노트. 내가 받아왔어."

"유언이라니……."

그다음 말은 내 입과 마음을 한층 무겁게 만들었다. 하지만 여기서 멈출 수는 없었다.

"이 안에 적힌 내용은 모두 사실이야. 그녀가 장난친 것도 아니고 내가 장난친 것도 아니야. 이건 그녀가 쓴 일기 같은 것이고, 마지막 페이지에 교코와 나한테 보낸 유서가 있어."

"……지금, 뭔 소리야?"

"그녀는 병을 앓고 있었어."

"……거짓말. 나는 전혀 모르는데?"

"너한테 말을 하지 못 했어."

"내가 모르는 걸 어떻게 네가 알고 있어?"

나도 그렇게 생각했었다. 하지만 이제는 그 이유를 충분히 이해한다.

"나 말고는 아무한테도 말하지 않았어. 그녀는 뜻밖의 사건으로 세상을 떠났지만, 만일 그런 사건이 없었더라도 사실은……."

내 말은 중간에 끊겼다. 그 대신 귀에 닿은 높은 소리와 함께 이윽고 왼쪽 뺨에 아픔이 느껴졌다. 전혀 경험이 없었기 때문에 그것이 뺨 싸대기라는 폭력에 의한 아픔이라는 것을 깨닫는 데 시간이 걸렸다.

교코는 울먹거리는 눈빛으로 호소하듯이 말했다.

"관둬……."

"……관둘 수가 없어. 나는 교코에게 전해야 해. 그녀가 이 책에도 적어뒀어. 교코가 세상에서 가장 소중하다고. 그러니까 내 얘기를 좀 들어줘. 그녀는 병을 앓았어. 만일 그때 그런 일을 당하지 않았더라도 반 년 뒤에는 죽음이 닥칠 예정이었어. 거짓말이 아니야."

교코는 힘없이 고개를 가로저었다.

나는 〈공병문고〉를 교코에게 내밀었다.

"제발 읽어봐. 그녀는 장난꾸러기였지만 너를 상처 입힐 만한 농담은 절대로 하지 않아."

더 이상 아무 말도 하지 않기로 했다.

어쩌면 읽어주지도 않는 게 아닐까, 라는 불안은 잠시 뒤에 교코가 내민 손에 의해 해소되었다.

교코는 머뭇머뭇 〈공병문고〉를 집어들고 페이지를 넘겼다.

"정말 사쿠라 글씨네……."

"틀림없이 그녀가 쓴 거야."

교코는 미간을 좁힌 채 첫 장부터 천천히 읽기 시작했다. 나는 오로지 기다리는 데만 집중했다.

이미 세상에 없는 그녀에게서 들은 적이 있다. 교코도 평소에 책을 자주 읽는 편은 아니다. 그래서 교코가 〈공병문고〉를 다 읽기까지 상당한 시간이 필요했다. 물론 책을 읽는 속도만이 시간의 흐름을 재촉했던 것은 아니다.

교코는 처음에는 도저히 믿을 수 없다는 눈빛으로 수없이 페이지를 오르내렸다. 말도 안 돼, 말도 안 돼, 라고 주문처럼 중얼거리기도 했다. 그러다가 어딘가에서 그녀와 마음이 링크된 모양이었다. 마치 스위치가 켜진 것처럼 눈물이 터져 더욱더 책 읽는 속도가 늦어졌다.

나는 따분한 마음은 전혀 없었다. 특히 교코가 울기 시작했을 때 이제는 이해해주었다, 라고 안심이 되었다. 이해해주지 않는다면 오늘 내가 이곳에 나온 의미가 없기 때문이다. 그녀가 남긴 마음을 전하는 것, 그리고 또 다른 목적의 의미가.

중간에 커피 두 잔을 리필했다. 생각해본 끝에 교코 앞에도 오렌지 주스 잔을 챙겨주었다. 교코는 아무 말 없이 몇 모금 마셨다.

기다리는 동안, 나는 그녀에 대해 생각하지 않았다. 오히려 그녀에게서 받은 것으로 무엇을 할 수 있는지를 생각했다. 여태까지 자기완결을 관철해온 나에게 그것은 어려운 과제였다. 생각에 잠겨 있다 보니 시간이 금세 지나갔다.

문득 밖을 보자 해가 저물어 있었다. 그 결과, 나는 어제 생각해낸 것보다 더 많이 앞으로의 일을 구체적으로 포착할 수 있었다. 다른 사람들이 보통으로 하는 것들이 나한테는 이토록 어렵다.

교코를 보니 얼굴이 온통 눈물로 얼룩진 채 테이블에 티슈의 산을 만들며 마침 책의 중간쯤에 손가락을 끼운 채 책을 덮으려 하고 있었다. 나는 어제 어머니가 했던 것과 똑같은 말을 했다.

"아직 그 뒤에 더 있어."

교코는 이미 울기에도 지친 기색이었지만, 그녀의 유서 부분을 읽고 난 뒤에는 완전히 책을 덮고 주위에 사람들이 있다는 것 따위 알지 못하는 것처럼 큰소리로 울었다. 나는 그런 교코를 조용히 지켜주었다. 어제 그녀의 어머니가 내게 그렇게 해준 것처럼 오래오래. 교코는 수없이 그녀의 이름을 불렀다, 사쿠라, 사쿠라, 라고.

어제의 나보다 훨씬 더 오래 울고 있는 교코를 조용히 지켜보자 눈물이 그렁그렁한 시선이 내게로 날아왔다. 평소와 마찬가지로 나를 눈엣가시로 여기는 시선이었다.

"왜……."

교코는 바짝 마른 목쉰 소리로 말했다.

"왜 나한테 말을 안 했어?"

"그러니까 그건 그녀가……."

"사쿠라 얘기가 아냐. 너는 왜 나한테 말을 안 했느냐고!"

예상치 못한 노성에 나는 대꾸할 말을 잃었다. 교코는 눈물 가득한 시선으로 나를 찌르려는 듯이 비난의 말을 던졌다.

"네가 미리 말을 해줬으면 좀 더, 좀 더, 사쿠라와 함께 시간을 보낼 수 있었잖아. 배구부 활동도 그만뒀을 거고, 학교든 뭐든 다 관둬버렸을 거라고! 네가 미리 말을 해줬으면 나는 사쿠라와 좀 더 오래 함께 지낼 수 있었어……."

아, 그런 얘기인가.

"너, 절대 용서 못해. 아무리 사쿠라가 너를 좋아했고 소중히 생각했고 필요로 했었다고 해도 나는 너 용서 못해."

그녀는 다시 고개를 숙이고 눈물을 뚝뚝 떨구기 시작했다. 정말로 조금, 아주 조금 나는 지금까지와 똑같은 나로 살아도 괜찮

다고 생각해버렸다. 나를 미워하건 말건 괜찮다고. 하지만 나는
고개를 저었다. 안 된다. 그래서는 안 될 일이다.

나는 마음을 정하고, 고개를 떨군 교코에게 말을 건넸다.

"미안하다. 근데 아주 조금씩이라도 좋으니까 나를 용서해줬으
면 좋겠다."

교코는 아무 말도 하지 않았다.

바짝 긴장되는 것을 애써 밀쳐내며 나는 가까스로 다시 입을
열었다.

"그래서 만일 너만 괜찮다면, 나하고 언젠가……."

교코는 나를 쳐다보지 않았다.

"언젠가 친구가 되어줬으면 좋겠어."

평생 한 번도 해본 적이 없는 말을 한 탓에 목구멍과 마음이 파
르르 떨렸다. 나는 필사적으로 호흡을 가다듬으려고 했다. 내 감
정을 추스르기에도 바빠서 교코의 심경을 헤아려볼 정도의 여유
는 없었다.

"……."

"그녀가 남긴 뜻이라서가 아니야. 나 스스로 선택했어. 교코가
나와 친하게 지내줬으면 좋겠어. 응, 친해지고 싶어."

"……."

"안 될까?"

나는 그 이상의 부탁 방법을 알지 못했다. 그래서 입을 꾹 다물
었다. 둘 사이에 침묵이 떨어져 내렸다.

누군가의 대답을 이토록 긴장하며 기다려본 적이 없었다. 그런 염치없는 극한의 정신상태로 교코의 대답을 기다리고 있으려니 이윽고 교코는 시선을 떨군 채 몇 차례 고개를 가로젓고 몇 시간 만에 자리에서 일어나 내 얼굴은 쳐다보지도 않고 가버렸다.

교코의 등을 바라보았다. 이번에는 내가 고개를 떨굴 차례였다.

역시 안 되는 건가.

그간에 내가 했던 행동에 대한 앙갚음이 떨어진 것이라고 생각했다. 여태까지 남을 인정하려 하지 않았던 잘못에 대한 앙갚음이.

"이거, 너무 어려워……."

나는 혼자 중얼거렸다. 하지만 사실은 그녀를 향해 던진 말이었다.

테이블에 덜렁 남겨진 〈공병문고〉를 가방에 넣고 둘이서 만든 쓰레기를 치운 뒤에 나는 완전히 어두컴컴해진 밖으로 나왔다.

이제 어떻게 해야 할까. 출구 없는 미로에 갇힌 듯한 기분이었다. 그 미로에서는 하늘이 보였다. 외부가 있다는 것은 알고 있는데 거기로 나갈 길이 없었다.

정말 번거로운 문제다. 이런 문제를 일상적으로 풀어나가는 모든 사람들이 참 대단하다고 생각했다.

자전거를 타고 집으로 돌아가기로 했다.

여름방학은 이제 곧 끝난다.

내가 떠안은 숙제는 여름방학 동안에는 도저히 끝날 것 같지 않았다.

| 10 |

매미소리가 보란 듯이 내 꽁무니를 때렸다.

어제로 보충수업도 끝나고 진정한 의미에서의 여름방학이 시작되는 날, 나는 돌계단을 끄덕끄덕 올라갔다.

펄펄 끓는 날씨, 오늘은 그중에서도 특히 무더운 날이어서 위에서 내리쬐고 아래에서 반사되는 햇볕이 가차 없이 공격해오는 바람에 티셔츠는 벌써 땀으로 흠뻑 젖었다.

딱히 나 자신을 괴롭히는 고행을 하고자 몸을 들볶고 있는 것은 아니었다.

"항상 그렇지만 넌 어째 그리 허약하냐."

땀에 젖어 숨을 헉헉거리는 나를 보고 앞서가던 그녀가 웃으면서 말했다. 불끈해서 그에 합당한 반론을 하려고 했지만 일단 몸을 좀 추스른 다음에 하려고 필사적으로 걸음을 서둘렀다.

"그렇지, 힘내라, 힘내."

여유 만만한 그녀가 손뼉을 쳐가며 격려인지 딴지인지 알 수 없는 표정으로 나를 응원했다.

드디어 계단을 다 올라와 손수건으로 땀을 닦으며 나는 그제야 겨우 그녀에게 반론을 내밀었다.

"너하고 달라, 나는."

"그래도 명색이 남자잖아. 참 한심하다."

"내가 원래 태생이 고귀해서 굳이 몸을 굴리지 않아도 되거든."

"고귀한 분들을 모독하지 마셔."

나는 배낭에서 페트병을 꺼내 꿀꺽꿀꺽 마셨다. 그 틈에 그녀는 척척 앞서갔다. 별수 없이 허둥지둥 따라갔더니 잠시 뒤에는 전망 좋은 장소가 나왔다. 높은 언덕이라서 우리가 사는 동네가 한눈에 내려다보였다.

"아, 상쾌하다!"

그녀가 양팔을 펼치며 부르짖었다. 아닌 게 아니라 전망도 좋고 바람도 상쾌했다. 바람으로 땀이 스르르 마르는 것을 느끼며 나는 다시 한 번 물을 마셔서 힘을 불어넣었다.

"이제 조금만 더 가면 되지?"

"갑자기 기운이 펄펄하네? 좋아, 내가 상으로 사탕 하나 줄게."

"너하고 그 친구는 내가 사탕과 껌을 주식으로 살아간다고 생각하는 거 아냐?"

만나기만 하면 매번 껌을 권하는 친구의 얼굴을 떠올리며 나는 말했다.

"그게 아니라 우연히도 내 호주머니에 항상 사탕이 들어 있는 걸 어쩌라고? 자자, 어서 먹기나 해."

나는 투덜거리며 사탕을 받아 호주머니에 넣었다. 이게 대체 몇 개째인지.

그녀는 콧노래를 흥얼거리며 씩씩하게 걸음을 옮겼다. 나는 그 뒤를 터벅터벅 따라갔지만, 마치 나와 그녀의 역학관계를 상징하는 꼴인 것 같아서 억지로 등을 꼿꼿이 세웠다.

흙바닥이 어느 새 돌바닥으로 바뀌면서 우리는 마침내 목적지에 도착했다.

수많은 비석이 늘어선 가운데서 한 곳을 찾아냈다.

"하루키, 넌 물 담당이지? 가서 물 좀 퍼와."

"두 가지만 확인하자. 우선 그밖에 또 어떤 담당이 있는가. 그리고 또 한 가지, 둘이 함께 가서 물을 퍼와도 되는 거 아닌가."

"닥치고 얼른 갔다 와. 내가 사탕 줬잖아."

어처구니가 없었지만 그녀의 성격상 괜히 대들어봤자 소용도 없어서 나는 말없이 짐을 내려놓고 근처 수도장으로 갔다. 그곳에 물통과 국자 몇 개가 놓여 있었다. 하나씩 챙겨들고 수도꼭지에서 물을 가득 받아 그녀가 기다리는 곳으로 돌아왔다.

그녀는 하늘을 올려다보며 서 있었다.

"응, 수고했어."

"그 말이 진심이라면 좀 거들어줘야지."

"내가 원래 태생이 고귀해서……."

"아, 네네, 이거 받으시지요."

나는 그녀에게 물통과 국자를 건넸다. 공손히 받아들더니 눈앞의 야마우치 가 묘지에 힘껏 물을 뿌렸다. 돌에 튕겨 나온 물이 거품이 되어 뺨에 닿았다. 묘지가 햇빛을 반사하면서 신비한 광경을 빚어냈다.

"야아앗, 깨어나라, 사쿠라!"

"그런 식으로 뿌리는 게 아닐걸? 절대로."

묘비에 거칠게 물을 뿌리는 그녀를 만류했다. 하지만 남의 말을 듣는 귀가 없는 친구라서 마지막 한 방울까지 촤아악 뿌려주며 기분 좋은 땀을 흘리고 있었다. 그런 스포츠가 있나, 하는 착각까지 들었다.

"묘에 합장할 때, 소리 내도 되나?"

"일반적으로는 정숙하게 하지만, 사쿠라는 짝짝 요란한 소리를 내주는 게 좋을 거야."

나와 그녀는 나란히 서서 한 차례 손뼉을 따악 치고 분명코 사쿠라에게 가닿기를 빌면서 눈을 감았다.

둘이서 사이좋게 우리는 진심어린 마음을 보냈다.

오랫동안 합장하다가 거의 동시에 눈을 떴다. 나와 그녀는 각자 가져온 공물을 올렸다.

"그럼 이제 사쿠라네 집에 가볼까?"

"응, 그래."

"아줌마와 내가 너를 실컷 혼내줄 예정이야."

"뭔 소리? 혼날 이유가 전혀 떠오르지 않는데?"

"내가 보기에는 너무 많아서 뭣부터 혼내야 할지 모를 정도야. 맞다, 우선 고3 주제에 놀러만 다니고 공부에는 전혀 소홀한 것부터 할까?"

"굳이 그런 잔소리 들을 것도 없어. 나는 원래 두뇌가 명석해서 공부는 안 해도 돼."

"바로 그걸 혼내려는 거야!"

높직한 푸른 하늘에 그녀의 잔소리가 빨려 들어갔다. 나는 오랜만에 찾아가는 야마우치 가를 향해 벌써 마음이 내달렸다. 지난번에는 처음으로 그녀의 오빠를 만나 함께 이야기를 나눴다.

"그러고 보니 너와 함께 사쿠라네 집에 가는 건 처음이다."

"맞아, 그것도 크게 혼날 일이야!"

지극히 쓸모없고 재미난 대화를 주고받으며, 이번에는 둘이 함께 물통과 국자를 제자리에 갖다놓았다. 다시 한 번 묘 앞으로 돌아와 "지금 집으로 간다"라고 말하고, 온 길을 되돌아가기로 했다. 길을 돌아간다는 게 약간은 번거롭지만, 이곳에 있어봤자 쓸데없고 재미난 대화만 주고받을 뿐이라서 영 비생산적이다.

올 때와 마찬가지로 나는 앞서가는 교코의 등을 허겁지겁 쫓아갔다.

손을 맞대고 눈을 감았다.

마음을 나만의 것에서 너에게 건네는 것으로 바꿨다.

용서해줬으면 해, 여기서 이렇게 생각하는 것.

기도하는 것.

원래 태생이 고약한 성격이라서 우선 불평부터 좀 해야겠어.

그리 간단하진 않았어, 네가 말했던 만큼은, 네가 느꼈던 만큼은.

타인과 관계를 맺는다는 것은 결코 간단한 일이 아니야.

어려웠어, 정말.

그래서 일 년씩이나 걸렸어. 이건 내 책임이기도 하겠지?

하지만 드디어 내 선택으로 여기까지 올 수 있었어. 그건 칭찬해줬으면 좋겠다.

나는 일 년 전에, 분명하게 선택했어. 너 같은 사람이 되는 것을.

타인을 인정할 줄 아는 사람, 타인을 사랑할 줄 아는 사람이 되는 것을.

성공했는지 어떤지는 아직 잘 모르겠지만 적어도 나는 선택은 했어.

이제 너의 절친이자 내 첫 번째 친구인 그녀와 너의 집에 간다.

사실은 셋이서 함께 만났었다면 좋았겠지만, 그건 이제 안 되니까 어쩔 수 없지. 나중에 천국에서 모두 함께 만나자.

어째서 너도 없는 집에 우리 둘이 찾아가느냐면, 그날 너희 어머니와 했던 약속을 지키려고.

너무 늦은 거 아니냐고? 그건 교코한테도 아까 혼이 난 얘기야.

변명을 좀 들어줬으면 좋겠다. 그동안 내내 혼자 살아온 사람이라서 나는 이를테면 친구라는 것의 기준조차 알지 못했어.

너의 집에는 교코와 반드시 친구가 된 다음에 찾아가야 한다고 생각했으니까.

친구를 알지 못했던 나는 너와 나의 관계를 기준으로 삼았어.

용서 못해, 라는 말을 들었던 그날로부터 우리는 한 걸음씩, 정말로 한 걸음씩, 친구로서의 길을 걸어왔어. 내가 내딛은 첫길, 평소에는 급한 성격이면서도 매번 발밑이 휘청거리는 나를 인내심 있게 기다려준 교코에게 감사의 마음이 가득하다. 역시나 너의 절친이야. 물론 본인에게 이런 말은 절대로 안 하지만.

그리고 마침내 얼마 전에 당일치기였지만 교코와 함께 우리가 일 년 전에 갔던 그곳에 다녀왔어. 그때 처음으로 너의 어머니와 했던 약속을 교코에게 얘기했어. 그랬더니 좀 더 빨리 말할 것이지, 라면서 화를 내더라.

내 친구, 진짜 성질도 급하지?

오늘 묘에 공양한 것은 그때 사온 선물이야.

학문의 신이 계시는 곳에서 생산한 매실 술.

너는 아직 열여덟 살이지만, 특별히 허락해줄게. 미리 잠깐 맛봤을 때는 꽤 맛있었어.

네 마음에 들었으면 좋겠다.

교코는 건강해. 아, 알고 있나?

나도 건강해. 너를 만나기 전보다 훨씬 더.

네가 세상을 떠났을 때, 나는 생각했어, 나는 너를 만나기 위해 지금까지 살아왔다고.

하지만 네가 나에게 필요한 사람이 되기 위해 지금까지 살아왔다는 것은 믿어지지 않았어.

하지만 지금은 달라.

우리는 분명 둘이 함께하기 위해 살아온 것이라고 굳게 믿고 있어.

우리는 우리 자신만으로는 부족했어.

그래서 서로를 보완해주기 위해 살아온 것이겠지.

요즘은 그런 식으로 생각하고 있어.

그러니까 네가 없는 나는 혼자 일어서지 않으면 안 돼.

그것이 둘이어서 마침내 하나였던 우리를 위해 내가 할 수 있는 일이라고 생각해.

……또 올게. 죽은 다음의 인간의 영혼에 대해서는 나도 잘 모르니까 너의 집에 갔을 때 사진 앞에서나마 똑같은 애기를 해줄게. 만일 듣고 있지 않다면, 내가 천국에 갔을 때 다시 얘기해줄게.

자, 그럼 안녕.

…….

아참, 너에게 했던 한 가지 거짓말을 아직 털어놓지 않았구나.

너는 〈공병문고〉를 통해 혼자 울었던 것, 나에 대한 것, 거짓말을 했던 것 등을 털어놓았으니까 나도 공평하게 다 털어놓도록 할게.

잘 들어.

내가 언젠가 말했던 맨 처음으로 좋아한 사람 얘기, 그건 거짓말이야.

생각나지? 어디에나 '님'을 붙이는 여학생 얘기. 그건 새빨간 거짓말, 그냥 내가 지어낸 얘기야.

네가 너무 감동해주는 바람에 차마 말을 못했어.

실제 이야기는 글쎄, 다음에 다시 너를 만났을 때 해주게 될까?

만일 내 진짜 첫사랑 같은 여자가 다시 나타난다면.

그때는 정말로 그 아이의 췌장을 먹어도 좋을지 모르겠다.

여전히 가차없이 쨍쨍 내리쬐는 땡볕 아래, 우리는 반짝거리는 하얀 계단을 내려갔다.

앞서가는 교코는 어깨에 멘 배구부 가방을 흔들며 콧노래를 흥얼거렸다.

왠지 기분이 좋아 보이는 그 친구 옆에 나란히 서서 나는 그녀가 흥얼거리는 노래를 함께 불렀다.

교코는 겸연쩍은 듯 내 어깨를 타악 쳤다.

나는 웃으면서 하늘을 올려다보고, 생각난 것을 그대로 말해버렸다.

"우리, 행복해지자."

"뭔 소리래? 혹시 나한테 고백하는 거? 사쿠라 성묘 다녀오는 길에? 야, 너무하다, 너무해."

"설마, 그건 아니지. 좀 더 큰 뜻에서 한 말이야. 게다가 나는 그

껌 친구와는 달리 네가 아니라 좀 더 얌전한 여학생을 좋아해."

벌쭉 웃으면서, 결코 용서할 수 없는 나를 용서해준 그녀에게 싸움을 걸었다.

하지만 곧바로 방금 한 말이 일종의 실언이었다는 것을 깨달았다. 때는 이미 늦어서 교코는 내가 한 말에 물음표를 날리며 미심쩍다는 듯 고개를 갸우뚱했다.

"그 껌 친구와는 달리, 라니?"

"헉, 미안. 아냐, 아냐, 방금 한 말, 취소, 취소."

나 스스로도 희한하게 느껴질 만큼 당황하는 모습에 그녀는 잠깐 생각해보더니 그야말로 얄밉게 입 양끝을 히쭉 치켜들며 손뼉을 따악 쳤다. 상쾌한 소리가 주위의 바위에 메아리쳤다.

나는 고개를 가로저으며 그녀에게 애원했다.

"방금 한 말은 내가 깜빡 잘못 내뱉은 거니까 제발 비밀로……."

"하루키, 네가 친구를 좀 더 많이 만들었다면 나도 깜빡 모르고 넘어갔겠지! 아니, 근데, 와아, 그 녀석이 나를? 흠, 그쪽이야말로 좀 더 얌전한 여학생을 좋아할 거라고 생각했는데?"

나도 그렇게 생각했었다. 무엇보다 그 친구가 자기 입으로 그렇게 말했었으니까. 취향이 달라진 것인지 거짓말을 한 것인지, 어느 쪽이든 상관없지만 아무튼 나는 그에게 마음속으로 힘껏 사과했다. 미안하다, 다음에는 내가 껌 줄 테니까 좀 봐줘.

교코는 와아, 오호, 해가면서 다시 느물느물 웃었다.

"기쁜 거야?"

"누군가 나를 좋아한다는데 안 기쁠 것도 없잖아?"

"그거, 좋은 소식이네."

깜빡 발설해버린 나에게도.

"근데 만나는 건 시험 끝난 다음에나 해볼까."

"어째 얘기가 급하게 흘러간다? 좋아, 그 껌 친구에게 전해줄게. 시험공부에도 힘이 날 거야."

계단을 내려가면서 바득바득 우리는 농담을 주고받았다.

분명 그것을 지켜보고 있었던 것이리라.

"우와하핫."

등 뒤에서 들려온 웃음소리에 나는 목이 꼬일 듯한 기세로 휙 돌아보았다. 교코도 똑같은 동작을 하다가 "아야앗!"하고 뒷목을 잡았다.

물론 우리 뒤쪽에는 아무도 없었다.

바람이 땀에 젖은 얼굴을 쓰다듬었다.

나와 교코는 서로 마주보며 눈과 눈으로 확인한 다음, 동시에 웃었다.

"자, 그럼 사쿠라네 집에 가볼까!"

"그래, 사쿠라가 기다리겠다."

우리는 우와하핫 하고 웃으며 긴 계단을 내려갔다.

이제 더 이상 두렵다는 생각은 들지 않았다.

옮긴이의 말

버티고 버틴 끝에 목 놓아 울기

일본 문학계에는 서점대상(本屋大賞)이라는 것이 있다. 일반 문학상과는 달리, 평론가나 선배 작가가 심사위원이 되는 것이 아니라 신간을 취급하는 서점의 점원들이 직접 투표하여 10권의 후보작 및 수상작을 결정한다. 2004년에 설립하여 첫 수상작을 발표했으니까 벌써 열세 번째다. 문단의 권력에서 벗어나 그야말로 실제 현장에서 독자들과 호흡을 같이하는 점원들이 주체가 된다는 진정성 덕분에 이제는 문학계에 상당한 영향력을 가진 문학상으로 자리를 잡았다. 특히 2016년 서점대상 후보작 중에 단연 화제가 된 작품이 있었다. 〈너의 췌장을 먹고 싶어〉, 바로 이 책이다. 쟁쟁한 아홉 명의 기성 작가들 사이에서 단 한 편, 신인작가 '스미노 요루'의 첫 소설이 당당히 2위에 올랐다. 이 작가, 문단의 신인상을 통해 등단하는 정식 절차를 밟은 것도 아니었다.

작가 스미노 요루 씨는 중3 때쯤부터 글을 쓰기 시작해, 라이트노벨 쪽에서 최다 응모작을 자랑하는 '덴게키(電擊) 소설대상'의 신인상을 노리고 해마다 도전했다고 한다. 초능력을 소재로 하는 등, 그야말로 가벼운 소설을 열심히 써서 응모했지만 번번이 1차 예심조차 통과하지 못했다. 그래서 자신에게 맞는 또 다른 느낌의 소설로 방향을 전환해 써낸 것이 〈너의 췌장을 먹고 싶어〉였다. 하지만 다 써놓고 보니 규정보다 분량이 많아져 '덴게키 소설대상'에는 응모할 수 없었고, 다른 상에 응모해봐도 결과는 탐탁지 않았다. 그래도 이 작품만은 누군가에게 꼭 보여주고 싶다는 바람으로 소설 투고 사이트 〈소설가가 되자〉에 올렸다.

소설가가 되려는 이들이 자유롭게 자신의 작품을 올리는 사이트라서 30만 편이 넘는 방대한 글들이 올라와 있었다. 그 가운데서 이 소설을 눈도 밝게 알아봐준 선배 작가가 있었다. 라이트노벨 작가 이토 기쿠 씨. 그는 평소 알고 지내던 출판사 후타바샤 (双葉社)의 담당자에게 '재미있는 소설이 있다'라고 이 작품을 추천했다.

〈소설가가 되자〉의 자체 랭킹에 올랐다거나 특별히 댓글이 많이 달린 것도 아니었는데 어떻게 자신의 소설이 눈에 들었는지 스미노 요루 씨도 매우 신기해했다. 나중에 담당 편집자에게 물어보니 '댓글 하나하나가 대단히 열심히 써넣은 것들이었다'라는 게 이유였다.

위 글은 신간이나 화제가 된 책을 안내해주는 문예춘추사의 〈책 이야기〉라는 홍보지에 실린 인터뷰 기사의 일부를 정리해본 것이다(2015년 11월 11일자). 스미노 요루 씨는 그런 뒷이야기를 나중에 듣고 참으로 기뻤다, 라고 말하고 있지만, 번역자 역시 이 일화가 더없이 흐뭇해서 일부러 자세히 소개해봤다. 선배 작가의 눈에 띄어 전격 출간된 이 첫 소설은 독자들의 사랑을 받아 현재까지 80만 부가 넘는 베스트셀러로 기록되었다. 제목을 줄여 부르는 '너췌(君膵臟, Kimisuizo)'가 온라인과 오프라인에서 유행어가 될 정도였다. '이 작품만은 누군가에게 꼭 보여주고 싶다'라는 바람이 세상에 통한 작은 기적이었다. 간절함이나 절박함이 모두 다 성공으로 이어지지는 않는 것이 현실이지만, 그래도 이 작가에게 일어난 실제 상황이 뭔가 희망의 근거가 되기를 빌어마지 않는다.

이 책은 제목부터 화제가 되었다. 자칫 기괴하게 들리는 제목이라는 질문에 대해 작가는 다음과 같이 말한다.

"소설 자체가 우선 독자의 눈에 띄지 않으면 안 된다고 생각했습니다. 처음 이 말이 머릿속에 떠올랐을 때, 이것이라면 독자가 시선을 던져줄지도 모른다고 느꼈습니다. 주인공 두 사람에게 '너의 췌장을 먹고 싶어'라고 말하게 하기 위한 소설입니다. 그러기 위해서 다양한 복선을 만들고 또한 이 말이 나오기까지 독자가 싫증나지 않게 대화를 연구해가며 썼습니다. 제목이 먼저 있었고, 거기에 스토리가 따라오면서 완성된 소설인 셈입니다."

주인공 둘이 떠난 여행지는 소설 속에서 정확한 지명이 밝혀져 있지 않지만, '학문의 신'을 통해 유추하면 후쿠오카 다자이후 시의 덴만구(天滿宮)로 보인다. 이곳에는 '쓰다듬는 소'의 동상이 있다. 자신의 아픈 부분과 소의 같은 부분을 쓰다듬으면 병이 가라앉는다고 한다. '너의 췌장을 먹고 싶어'라는 제목에 담긴 진심을, '사랑해'라는 것보다 더 아름답고 진솔한 말을, 서서히 이해해가는 것에도 큰 의미가 있을 것이다.

타인에게 관심을 갖지 못해 교실에서 고립된 '나'와 환하고 발랄한 성격으로 친구들 사이에서 인기있는 '그녀', 같은 반이면서도 접점이라고는 전혀 없다. 하지만 우연히 그녀의 노트를 주운 것이 계기가 되어 두 사람의 이야기가 시작된다. 그녀가 췌장의 병으로 시한부 선고를 받았다는 것을 알아버린 '나'는 자신과는 정반대의 성격인 그녀에게 점점 끌려든다. 비밀을 지키기 위해 둘만의 시간은 점점 길어지는데, 투병 중인 그녀에게는 보다 가혹한 운명이라는 대 반전이 덮쳐든다.

소설 전체에 상투적인 슬픔이나 기쁨, 사랑 따위는 섣불리 인정하지 않으려는 순수한 감성이 지적으로 매우 높은 수준에서 묘사되고 있다. 두 주인공이 서로를 견제하는(실은 진심으로 배려하는) 대화가 팽팽한 긴장감을 빚어내 마지막까지 재미있게, 두뇌를 풀 가동해가며 읽을 수 있는 것도 이 작품의 장점이다. 우정에 목숨 거는 여학생, 항상 껌을 권하는 남학생 등의 조연도 인상적이다. 얼핏 보기에는 아무 생각도 없는 것 같지만 사실은 주위와의 진정한 관계를 진지하게 추구하는 우리 젊은이들의 이야기다. 아슬아슬한 지점까지 버티고 버틴 끝에 결국 목 놓아 우는 울음에는 아프면서도 속이 후련한 공감을 느낄 수 있지 않을까.

이 이야기 속에는 내장고기의 '새끼보' 혹은 '자궁'과 같은 뜻의 이름을 가진 포크듀오 '고부쿠로'가 등장한다. 시구(詩句) 같은 노랫말과 멜로디로 널리 알려진 두 남자 가수다. 번역하는 동안 그들의 대표곡인 '사쿠라'라는 노래가 귀에 맴돌았다. 여주인공의 이름이기도 하다. 슬프고 힘겹지만 그래도 순수함의 희망을 이야기하는 이 소설의 배경음악으로 잘 어울리는 노래였다. 다들 한 번쯤 찾아 들어보길 권한다. 이 책의 감동에 다시 한 번 젖을 수 있을 것이다.

양윤옥

너의 췌장을 먹고 싶어 (노블판)

2017년 4월 1일 1판 1쇄 발행
2024년 8월 12일 1판 30쇄 발행

저   자 스미노 요루
옮 긴 이 양윤옥
발 행 인 유재옥

이   사 조병권
출판본부장 박광운
편 집 1 팀 박광운
편 집 2 팀 정영길 조찬희 박치우 정지원
편 집 3 팀 오준영 이소의 권진영
디자인랩팀 김보라
디지털사업팀 박상섭 김지연 윤희진
라이츠사업팀 김정미 맹미영 이윤서
영업마케팅팀 최원석 박수진 이다은
물 류 팀 허석용 백철기
경영지원팀 최정연
발 행 처 (주)소미미디어
인쇄제작처 코리아피앤피
등   록 제2015-000008호
주   소 서울시 마포구 토정로 222, 502호(신수동, 한국출판콘텐츠센터)
판   매 (주)소미미디어
전   화 편집부 (070)4164-3960, 기획실 (02)567-3388
              판매 및 마케팅 (070)8822-2301, Fax (02)322-7665

ISBN 979-11-5710- 871-8 03830